KB113257

싯다르타

Siddhartha

세계문학전집 58

싯다르타

Siddhartha

헤르만 헤세

박병덕 옮김

민음사

몬타뇰라의 해바라기 꽃밭에서

차례

1부

사랑하고 존경하는 로맹 롤랑!
강을 사이에 두고 서로 다른 국적을 갖고 있는 우리가
국경을 초월하는 동일한 필연성들에 대한 믿음 가운데
서로 악수를 나누었던 저 1914년 가을(그 얼마 전부터
저도 문득 지성이 숨쉬기 곤란하다는 사실을
느껴 왔습니다.)부터 줄곧 저는
당신에게 언젠가는 저의 사랑을 표하고 싶다는 소망,
그리고 그와 동시에 저의 사상계를 들여다볼 수 있는 시각과
저의 시험작을 제공하고 싶다는 소망을 품어 왔습니다.
아직 완성되지 않은 한 인도의 시(詩) 1부를
당신에게 바치오니 받아 주십시오.

— 헤르만 헤세 올림

바라문의 아들

집의 응달에서, 가까이에 나룻배들이 떠 있는 강가 양지 바른 곳에서, 사라수(沙羅樹)의 그늘에서, 무화과나무의 그늘에서, 바라문(婆羅門)[1]의 아름다운 아들이자 젊은 매〔鷹〕인 싯다르타는 역시 바라문의 아들인 친구 고빈다와 함께 자라났다. 강가에서 미역을 감거나, 신성한 목욕재계를 하거나, 신성한 제사를 지낼 때면 그의 밝게 빛나는 어깨가 햇볕에 갈색으로 그을었다. 망고나무 수풀 속에서, 사내아이들과 어울려 놀 때, 어머니의 노랫소리를 들을 때, 신성한 제사를 지낼 때, 학자인 아버지의 가르침을 받을 때나 현인(賢人)들의 대화를 들

1) 인도 사성(四姓) 가운데 가장 높은 계층으로 아주 옛날부터 사제, 시인, 학자, 그리고 정치가 일을 맡아왔으며 제사와 교법(敎法)을 다스려 다른 삼성(三姓)의 존경을 받는 계층.

을 때면 그의 새까만 눈동자 속으로 그림자가 흘러들었다. 이미 오래전부터 싯다르타는 현인들의 대화에 참여하였고, 고빈다와 더불어 논쟁술을 익혔으며, 고빈다와 함께 깊이 숙고하는 기술과 침잠(沈潛)하는 자세를 익혔다. 이미 그는 말 중의 말인 옴[2]을 소리내지 않고 발할 수가 있었으니, 영혼을 한군데에 모으고 명석하게 사고하는 정신의 광채로 이마를 둘러싸게 한 채, 숨을 들이쉴 때에는 소리내지 않고 자신의 안쪽에 대고 말할 수 있었고, 숨을 내쉴 때면 소리내지 않고 자신의 바깥쪽으로 말할 수 있었던 것이다. 벌써 그는 자기 존재의 내면 속에 삼라만상과 하나이자 불멸의 존재인 아트만[3]이 있음을 알 수 있었던 것이다.

그의 아버지의 마음속에는, 가르치는 것을 잘 깨우치고 지식욕에 불타는 아들에 대한 기쁨이 치솟아올랐으니, 그는 아들이 위대한 현인이자 사제로, 바라문들 중에서 우두머리로 자라날 수 있을 것이라고 생각하였다.

그의 어머니의 가슴속에는, 아들의 모습을 볼 때마다, 날씬한 두 다리로 자신만만하게 걸으며 예의를 완벽하게 갖추고 자기에게 인사를 올리는 강하고 아름다운 아들 싯다르타가 늠름하게 걷는 모습을 볼 때마다, 아들이 앉거나 일어서는 모습을 볼 때마다 환희가 샘솟았다.

---

2) 힌두교와 불교의 경전에 나오는 신성한 말로서 '완전한 것', '완성'을 의미한다.

3) 인도의 성전(聖典) 베다에 나오는 산스크리트어로 본래는 호흡, 생명력, 참된 자아를 뜻하며 인도 철학에서는 영혼을 의미하는 말.

바라문의 젊은 딸들의 마음속에는, 싯다르타가 반짝반짝 빛나는 이마와 왕 같은 눈매, 늘씬한 허리를 뽐내며 도시의 이 거리 저 거리를 지나다닐 때마다, 사랑의 감정이 용솟음쳤다.

하지만 누구보다 더 그를 사랑한 사람은 그의 친구이자 바라문의 아들인 고빈다였다. 그는 싯다르타의 눈매와 고운 목소리를 사랑하였으며, 그는 싯다르타의 걸음걸이와 완벽하게 예의를 갖춘 행동거지를 사랑하였으며, 그는 싯다르타가 말하고 행한 모든 것을 사랑하였다. 그리고 그가 가장 많이 사랑한 것은 무엇보다도 싯다르타의 정신, 고매하고 불처럼 활활 타오르는 사상, 불타는 듯한 의지, 그리고 드높은 소명감이었다. 고빈다는, 싯다르타가 결코 평범한 바라문이나, 형편없이 썩어 빠진 제사관(祭祀官), 주문이 적힌 부적을 갖고 다니는 탐욕스러운 장사꾼, 또는 겉만 그럴싸하고 속은 텅 비어 있는 변설가나, 사악하고 교활하기 짝이 없는 사제, 그리고 수많은 양떼 사이에 있는 그저 순하고 미련한 한 마리의 양이 되지는 않으리라는 것을 알고 있었다. 그렇다, 고빈다 역시 그런 존재, 허다한 그런 바라문이 되고 싶지는 않았다. 그는 자기가 사랑하는 훌륭한 인간인 싯다르타를 따르고자 하였다. 그리하여 만약 싯다르타가 언젠가 신의 경지에 이르게 된다면, 만약 싯다르타가 언젠가 몸에서 찬연히 빛을 발하는 존재가 된다면, 고빈다는 친구로서, 동반자로서, 하인으로서, 그의 창(槍)을 들고 다니는 호위병으로서, 그림자로서 그를 뒤따르고자 하였다.

이렇듯 모두가 싯다르타를 사랑하였다. 모든 사람에게 그는 기쁨을 주었으며, 모든 사람에게 그는 즐거움의 원천이 되었다.

그렇지만 싯다르타 자신은 스스로에게는 기쁨을 주지 못하였으며 스스로에게는 즐거움의 원천이 되지도 못하였다. 무화과나무 정원에 나 있는 장밋빛 길을 걸을 때나, 깊은 생각에 잠겨 수풀 속의 푸른 그늘 속에 앉아 있을 때, 날마다 속죄를 위해 자신의 팔다리를 씻어 내릴 때나, 모든 사람들에게 사랑을 받고 모든 사람들의 기쁨이 되어 예의 바르고 품위 있는 몸가짐으로 녹음이 우거진 망고나무 수풀에서 제사를 드릴 때에도 정작 그는 전혀 기쁘지 않았다. 꿈들과 끊임없는 생각들이 강의 물결로부터 흘러들어 왔고, 밤하늘의 별들로부터 반짝반짝 빛을 내며 왔고, 태양의 빛으로부터 녹아 내려왔다. 꿈들과 영혼의 불안함이 그에게, 제사를 올릴 때 연기처럼 무럭무럭 피어오르며 다가왔고, 『리그 베다』[4]의 시구(詩句)로부터 풍겨 왔으며, 늙은 바라문들의 가르침으로부터 방울방울 떨어지며 다가왔다.

싯다르타는 내면에 불만의 싹을 키우기 시작하였다. 그는 아버지나 어머니의 사랑, 또한 친구인 고빈다의 사랑도 언제나 그리고 영원토록 자신을 행복하게 하여 주지도, 자신을 달래주지도, 자신을 흡족하게 하여 주지도, 자신을 만족시켜 주

---

4) 바라문교의 성전이며 운문 찬가로 되어 있는 인도의 가장 오랜 종교적 문헌.

지도 못하리라는 것을 느끼기 시작하였다. 그는, 존경할 만한 아버지와 그 밖의 여러 스승들, 즉 지혜로운 바라문들이 자기에게 그들이 갖고 있는 최고의 지혜를 대부분 전달하였으며, 그들의 풍부한 지식을 자기가 기대하고 있는 그릇 속에 어쩌면 이미 다 부어 넣었는데도 그 그릇은 가득 차지 않았고, 정신은 만족을 얻지 못하였으며, 영혼은 안정을 얻지 못하고, 마음은 진정되어 있지 않다는 것을 어렴풋이 느끼기 시작하였다. 목욕재계라는 것은 좋은 일이었지만, 그것은 물에 불과할 뿐, 죄업을 씻어 주거나, 정신의 갈증을 풀어 주지 못하였으며, 마음의 불안을 해소해 주지도 못하였다. 제사를 지내는 일과 신들을 불러내어 그들에게 간청하고 탄원하는 것은 아주 훌륭한 일이었다. 하지만 그것이 전부일까? 제사가 행복을 줄까? 그리고 그것이 신들과 무슨 상관이 있을까? 세상을 창조한 것은 정말로 프라야파티[5)]일까? 세상을 창조한 것은 유일자이자 단독자인 아트만이 아닐까? 신들도 너와 나와 마찬가지로 창조된, 시간에 예속되어 있는, 덧없는 피조물들은 아닐까? 그렇다면, 신들에게 제사를 지내는 것은 좋은 일이고, 올바른 일이고, 뜻있는 최고의 일일까? 제사를 지내고 숭배하여야 할 존재가 유일자(唯一者)인 아트만 말고 또 있을까? 그렇다면 아트만을 어디에서 찾을 수 있으며, 그것은 도대체 어디에 살고 있으며 그것의 영원한 심장은 어디에서 요동치고 있는가? 그것은 각자가 자기 내면에 지니고 있는 가장 내적이자

---

5) 『베다』의 신화에 나오는 창조주 또는 최고의 신.

불멸의 것, 즉 바로 자기 자신의 자아 속에서 고동치고 있는 것이 아닐까? 그렇지만 이 자아, 이 가장 내적인 것, 이 궁극적인 것은 도대체 어디에 있는가? 가장 지혜로운 현인들은 그것이 살이나 뼈 속에 있는 것도 아니고, 생각 속에 있는 것도 의식 속에 있는 것도 아니라고 가르쳤다. 어디에, 그렇다면 그것은 도대체 어디에 있다는 말인가? 그곳으로, 자아를 향하여, 나에게로, 아트만에게로 나아가는 어떤 다른 길, 애써 추구할 만한 보람이 있는 길이 있을까? 아, 그런데 슬프게도 아무도 이 길을 알려 주지 않았으며, 그 길을 아는 사람이 아무도 없었으니, 아버지도 스승인 현인들도, 그리고 제사를 지낼 때 부르는 신성한 노래들도 그 길을 알지 못하였던 것이다. 바라문들과 그들의 성전(聖典)들은 모든 것을 다 알고 있었으며, 그 모든 것, 아니 모든 것 이상을 염려하고 있었으니, 세상의 창조, 말의 생성, 음식물의 생성, 들숨과 날숨의 생성, 오관의 감각 계통, 신들의 행위에 이르기까지 도대체 마음을 쓰지 않은 데가 없을 정도로 무한히 많은 것을 알고 있었다. 하지만 오직 하나밖에 없는 유일자, 가장 중요한 것, 오로지 딱 한 가지 중요한 것을 모른다면, 다른 모든 것을 다 알고 있다는 것이 도대체 무슨 가치가 있을까?

물론 성전들 속에 들어 있는 수많은 시구들, 특히 그중에서도 『사마베다』[6]의 『우파니샤드』[7]에는 가장 내적이고 궁극적

---

6) 바라문교의 종교 문헌으로 네 가지 베다 중의 하나. 다른 베다에 비하여 사상적인 가치는 적지만 찬가 형식으로 되어 있어 음악 연구에는 귀중한 문헌.

7) 인도의 철학과 종교의 원천이 되는 고대 인도의 종교적 문학 작품으로,

인 세상에 관하여 이야기한 훌륭한 시구들이 많이 있다. "그대의 영혼이 온 세상이니라."라고 거기에는 적혀 있으며, 또한 인간은 잠을 잘 때, 깊은 잠에 빠졌을 때, 자신의 가장 깊은 내면세계에 몰입할 수 있고, 아트만 속에서 살 수 있다고도 적혀 있다. 그 시구들에는 경탄을 금할 수 없는 놀라운 지혜가 쓰여 있으며, 가장 지혜로운 현인들이 모아 놓은 온갖 지식이, 마치 꿀벌들이 모은 꿀처럼 순수하게, 마법의 언어로 적혀 있다. 그렇다, 무수히 많은 세대에 걸쳐 지혜로운 바라문들에 의해 축적되고 보존되어 온 이 어마어마한 인식이 결코 무시될 수는 없는 노릇이다. 그러나 이러한 가장 심오한 지식을 알고 있을 뿐만 아니라 그 지식을 실제의 삶 속에서 생활화하기도 하였던 바라문이나 사제들, 현인들이나 참회자들이 과연 있었을까? 아트만 속에 안주한 채 잠들어 있는 것을 마법으로 끄집어내서, 한 걸음 한 걸음씩, 말과 행동으로, 그것을 각성의 상태로, 삶 속으로 이끌어 내었던 달인(達人)이 과연 어디에 있었는가? 싯다르타는 존경할 만한 수많은 바라문들을 알고 있었으니, 순수하고 박학다식한 학자인 그의 아버지는 그중에서 누구보다도 가장 존경할 만한 인물이었다. 자신의 아버지야말로 진정 경탄할 만한 존재였다. 아버지의 행동거지는 고요하고 고상하였으며, 삶은 순수하였으며, 말씀은 지혜로웠고, 두뇌는 훌륭하고 고귀한 생각들로 가득 차 있었다. 그러면 그

범아일여(梵我一如), 즉 우주의 중심 생명인 범(梵)과 개인의 중심 생명인 아(我)와의 궁극적 일치 등의 사상을 역설하고 있다.

토록 많은 것을 알고 있는 아버지는 과연 행복하게 살며, 마음의 평화를 얻었던가, 아니면 아버지도 단지 구도자(求道者)이자 목말라하는 자에 지나지 않는가? 갈구하는 자인 아버지는 제사를 지내거나, 경전들을 뒤적이거나, 바라문들과 대화를 나누면서 변함없이 언제나 성스러운 샘물가에서 목을 축여야만 하였던 것은 아니었을까? 무엇 때문에, 아무 흠잡을 데 없는 아버지가 날이면 날마다 죄업을 씻어 내어야만 하며, 날이면 날마다 스스로를 정화시키려고 애써야만 하며, 날이면 날마다 똑같은 그 일을 새삼스럽게 반복하여야만 하였을까? 아버지의 내면에는 아트만이 존재하지 않으며, 아버지의 마음속에는 근원적인 샘물이 흐르지 않는가? 그것을, 그러니까 바로 자기 자신의 자아 속에 있는 근원적인 샘물을 찾아내어야만 하며, 바로 그것을 자기 자신의 것으로 만들어야만 하는 것이다! 그 밖의 다른 모든 것은 탐색하는 것이요, 우회하는 길이며, 길을 잃고 방황하는 데 불과하다.

싯다르타의 생각들은 이러한 것이었으니, 이것이 그의 목마름이었고, 이것이 그의 고뇌였다.

그는 자주 『찬도기아 우파니샤드』[8] 속에 있는 말들을 암송하곤 하였다. "진실로, 바라문이라는 이름이야말로 마야[9]의 베일에 가려 은폐된 진정한 현실이니라. 진실로, 이것을 아는 자는 날마다 천상의 세계에 들어가느니라." 그 천상의 세계

---

8) 철학자 샨카라가 진본으로 인정하는 열 편의 우파니샤드 가운데 제9편.
9) 환영(幻影)과 허위로 가득 차 있는 물질계를 뜻하는 말.

가 가까워지는 것처럼 보일 때가 자주 있었으나, 그는 한 번도 그 천상의 세계에 온전히 도달한 적이 없었으며, 한 번도 궁극적인 목마름을 해소하지 못하였다. 그리고 가르침을 받는 기쁨을 누리게 해 준 모든 현인들 중에 그 누구도, 가장 지혜로운 현인들조차도, 그 천상의 세계에 온전히 도달하지 못하였으며, 그 영원한 목마름을 완전히 해소하지도 못하였다.

"고빈다." 싯다르타는 자기 친구에게 말하였다. "사랑하는 친구 고빈다, 함께 무화과나무 밑으로 가서 침잠(沈潛) 수련을 하세."

그들은 무화과나무 있는 곳으로 가서 그 자리에 꿇어앉았는데, 고빈다는 싯다르타가 앉은 자리에서 스무 걸음쯤 떨어진 곳에 자리잡고 앉았다. 싯다르타는 무릎을 꿇고 옴을 발성할 준비를 한 채, 다음과 같은 시구를 되풀이하여 웅얼거렸다.

옴은 활이고, 그 화살은 영혼이로다.
바라문은 화살의 과녁이니,
그 과녁을 어김없이 맞혀야 하느니라.

여느 때와 같은 침잠 수련 시간이 지났을 때 고빈다는 몸을 일으켰다. 어느덧 저녁이 되었는데, 목욕재계를 할 시간이었다. 그는 싯다르타의 이름을 불렀다. 싯다르타는 대답을 하지 않았다. 싯다르타는 침잠 상태로 앉아 있었는데, 두 눈은 아주 멀리 떨어진 곳의 한 목표를 응시하고 있었고, 혀끝은 이 사이로 약간 나와 있었으며, 숨을 쉬지 않는 것 같았다. 이렇듯 그는 침잠 상태에서 옴을 생각하며 영혼의 화살을 바라문의 과녁을 향해 보내면서, 앉아 있었다.

언젠가 사문(沙門)[10]들이 싯다르타가 살고 있는 도시를 지나간 적이 있었는데, 순례 행각을 하는 고행자인 그들 세 남자는 바싹 마른 데다 기운이 다 빠져 있었으며, 늙지도 젊지도 않았으며, 어깨는 먼지와 피투성이였으며, 거의 벌거벗다시피 한 몸뚱이는 햇볕에 그을어 있었으며, 고독에 싸여 있었으며, 속세에는 낯설고 적대적이었으며, 인간 세상과는 아무 상관 없는 딴세상 사람, 마치 바싹 마른 자칼 같았다. 그러나 그들의 뒤에서는, 소리 없는 정열의 향기가, 자기를 파괴하는 헌신의 향기가, 가차없는 자기 초탈(自己超脫)의 향기가 바람결에 확 풍겨 왔다.

그날 저녁 명상을 끝낸 후 싯다르타는 고빈다에게 이렇게 말하였다. "친구, 내일 아침 일찍 싯다르타는 사문들에게 갈 것이네. 싯다르타는 사문이 될 것이네."

고빈다는 그 말을 들었을 때, 그리고 자기 친구의 확고부동한 얼굴에서 마치 시위를 떠난 화살처럼 도저히 어쩔 수 없는 굳은 결심을 보았을 때, 얼굴이 새하얗게 질렸다. 그러나 그와 동시에 고빈다는 한눈에 곧바로 다음과 같은 사실을 깨닫게 되었다. '이제 마침내 일이 터지고 만 것이다. 이제 싯다르타는 자기 길을 가는 것이다. 이제 그의 운명은 싹트기 시작하고,

---

10) 선을 행하고 악을 없애는 사람이란 뜻으로, 머리를 깎고 떠돌아다니며 도를 닦는 탁발승을 말한다.

그의 운명과 더불어 나의 운명도 싹트기 시작한 것이다.' 고빈다의 얼굴은 흡사 말라비틀어진 바나나 껍질처럼 새하얗게 되어 버렸다.

"오, 싯다르타." 그는 부르짖었다. "자네 아버님께서 그것을 허락해 주실까?" 싯다르타는 마치 깨달음을 얻은 사람 같은 눈초리로 그를 바라보았다. 화살처럼 재빠르게 그는 고빈다의 영혼을 읽었으며, 고빈다의 불안한 마음을 읽었으며, 고빈다가 체념하였음을 알아챘다.

"오, 고빈다." 그는 나지막이 말하였다. "우리 쓸데없는 말은 그만두기로 하세. 내일 동이 트는 대로 나는 사문의 생활을 시작할 것이네. 이 문제에 대해서는 더 이상 여러 말 말아 주게나."

싯다르타는, 왕골 속껍질로 만든 돗자리 위에 아버지가 앉아 있는 방 안으로 들어가, 아버지가 등 뒤에 누군가가 서 있다는 것을 느낄 때까지 가만히 서 있었다. 그 바라문은 다음과 같이 말하였다. "싯다르타, 너니? 그래 무슨 말을 하려고 왔는지 어디 말해 보아라."

싯다르타가 말하였다. "아버님, 아버님의 허락을 받으려고 왔습니다. 내일 아버님의 집을 떠나 고행자들 무리로 가는 것을 제가 갈망하고 있다는 사실을 말씀드리려고 왔습니다. 사문이 되는 것은 저의 간절한 소망입니다. 제발 아버님께서 저의 소망을 꺾지 않으셨으면 합니다."

그 바라문은 아무 말도 하지 않았는데, 그의 침묵은 조그마한 창문 밖으로 보이던 별들이 움직여서 그 모습을 바꿀 때까지 오랫동안 계속되었다. 아들은 아무 말 없이 미동도 하지 않고 팔짱을 낀 채 서 있었고, 아버지는 아무 말 없이 미동도 하지 않은 채 돗자리 위에 앉아 있었으며, 별들은 하늘에서 운행을 계속하고 있었다. 마침내 아버지가 말문을 열었다. "격하고 성난 말들을 입에 담는 것은 바라문이 할 일이 아니다. 하지만 불쾌한 감정이 나의 마음을 뒤흔드는구나. 네가 그런 말을 입 밖에 내는 것을 두 번 다시는 듣고 싶지 않다."

그 바라문은 서서히 몸을 일으켰고, 싯다르타는 팔짱을 낀 채 묵묵히 서 있었다.

"무엇을 기다리고 있느냐?" 아버지가 물었다.

싯다르타가 말하였다. "아버님께서는 알고 계십니다."

언짢은 마음으로 아버지는 방을 나섰으며, 언짢은 마음으로 아버지는 침상을 찾더니 거기에 드러누웠다.

한 시간이 지났는데도 눈을 붙일 수가 없자 그 바라문은 자리에서 일어나 이리저리 몇 발짝 걷다가 집에서 나왔다. 작은 창문을 통하여 그는 방 안을 들여다보았다. 거기에 싯다르타가 꼼짝도 하지 않고 팔짱을 낀 채 서 있는 것이 보였다. 싯다르타가 입고 있는 밝은 빛깔의 겉옷이 희미하게 창백한 빛을 내고 있었다. 마음속에 불안을 느끼면서 아버지는 다시 잠자리로 되돌아왔다.

한 시간이 지나도 또 눈을 붙일 수가 없자 그 바라문은 다시 일어나서 이리저리 몇 발짝 걷다가 집 앞으로 나왔다. 달이 이미 떠올라 있는 것이 보였다. 방의 창문을 통해 안을 들여다보니, 싯다르타는 여전히 꼼짝도 하지 않고 팔짱을 낀 채

서 있었다. 달빛이 앙상하게 드러난 그의 종아리를 비추고 있었다. 근심스러운 마음으로 아버지는 다시 잠자리를 찾았다.

그리고 한 시간이 지나서 또다시 나와 보고, 두 시간 지나서 또다시 나와 보아도, 조그만 창 사이로, 싯다르타가 달빛 속에, 별빛 속에, 어둠 속에 서 있는 것이 보였다. 그렇게 한 시간마다 계속 아버지는 나와서 말없이 방 안을 들여다보았으며, 그때마다 꼼짝 않고 서 있는 아들을 보았다. 그러자 아버지의 마음은 분노로 가득 찼으며, 아버지의 마음은 불안으로 가득 찼으며, 아버지의 마음은 두려움으로 가득 찼으며, 아버지의 마음은 고뇌로 가득 찼다.

그리고 동이 트기 전, 밤이 막바지에 이른 시간이 되어 아버지는 다시 돌아와 마침내 아들이 있는 방 안으로 들어갔다. 키가 커 보이고 마치 낯선 사람처럼 보이는 젊은이가 서 있는 것이 보였다.

"싯다르타야." 아버지가 말하였다. "무엇을 기다리고 있느냐?"

"아버님께서는 알고 계십니다."

"날이 새고, 정오가 되고, 저녁이 될 때까지 언제까지나 그렇게 서서 기다릴 셈이냐?"

"저는 서서 기다릴 것입니다."

"싯다르타야, 넌 지치게 될 것이다."

"저는 지치게 될 것입니다."

"싯다르타야, 넌 잠이 들게 될 것이다."

"저는 잠들지 않을 것입니다."

"싯다르타야, 넌 죽게 될 것이다."

"저는 죽게 될 것입니다."

"그러면 넌 아비의 말을 따르느니 차라리 죽겠다는 거냐?"

"싯다르타는 항상 아버님의 말씀을 따라왔습니다."

"그러면 너의 계획을 포기하겠다는 거냐?"

"싯다르타는 아버님이 말씀하시는 것을 행하게 될 것입니다."

아침의 첫 햇살이 방 안에 들어왔다. 그 바라문은 싯다르타의 무릎이 가볍게 떨리는 것을 보았다. 싯다르타의 얼굴에서는 아무런 떨림도 볼 수 없었으며, 싯다르타의 두 눈은 먼 곳을 바라다보고 있었다. 그때 아버지는, 싯다르타의 마음이 이제 더 이상 자기 곁이나 고향에 머무르고 있지 않다는 것을, 싯다르타가 이제는 이미 자기를 떠나 버렸다는 것을 깨달았다.

아버지는 싯다르타의 어깨를 만졌다.

"너는." 아버지가 말하였다. "숲속으로 들어가 사문이 되어도 좋다. 네가 숲속에서 열락을 얻거든, 와서 나에게 열락을 가르쳐 다오. 네가 환멸을 느끼게 되면, 다시 돌아와 우리 함께 신들께 제사를 올리자꾸나. 이제 가서 어머니에게 작별의 입맞춤을 하고 네가 가는 곳을 말씀드리거라. 이제 강에 가서 목욕재계를 할 시간이구나."

그는 아들의 어깨에서 손을 떼고는 밖으로 나갔다. 싯다르타는 발걸음을 떼려고 할 때 옆으로 휘청거렸다. 그는 겨우 팔다리를 움직여 아버지에게 절을 하고는, 아버지가 말한 대로 행하기 위하여 어머니에게로 갔다.

날이 새자마자 싯다르타가 뻣뻣한 다리를 이끌고 느릿느릿 한 걸음으로 아직 고요 속에 잠든 그 도시를 떠나려고 하였을 때, 외딴 오두막에서 웅크리고 있던 한 그림자가 벌떡 일어나더니 그 순례자에게 따라붙었다. 고빈다였다.

"자네가 왔군." 싯다르타는 말하면서 미소를 지어 보였다.

"그래, 내가 왔네." 고빈다가 말하였다.

사문들과 함께 지내다

그날 저녁에 두 사람은 그 고행자들, 즉 뼈만 앙상한 사문들을 따라잡았다. 그리고 그들에게 동행하고 싶다는 의사를 내보이면서 그들의 말에 순종하겠노라고 하자 그들은 두 사람을 받아들여 주었다.

싯다르타는 입고 있던 옷을 거리의 한 가난한 바라문에게 주어 버렸다. 그는 이제 띠로 겨우 치부만을 가린 채 바느질도 하지 않은 흙빛의 베를 겉에 걸쳐 입고 있었다. 그는 하루에 딱 한 끼니만 식사를 하였으며, 게다가 익힌 음식은 결코 입에 대지 않았다. 그는 열닷새 동안 단식을 하였다. 그는 스무여드레 동안 단식을 하였다. 허벅지와 볼의 살이 쏙 빠졌다. 퀭하여진 두 눈에서는 열정적인 꿈들이 가물가물 타올랐으며, 앙상하게 뼈만 남은 손가락들 끝에서는 손톱들이 길게 자라났고, 턱에는 윤기를 잃은 털이 더부룩하게 자라났다. 여자들과 마주칠 때면 그의 눈빛이 얼음처럼 차가워졌으며, 도시를 지나다 아름답게 치장한 사람들을 볼 때면 그의 입은 멸시의 감정으로 일그러졌다. 그는 장사꾼들이 장사하는 것을, 제후들이 사냥하러 가는 것을, 상을 당한 가족들이 고인을 에워싸고 통곡하는 것을, 창녀들이 몸을 파는 것을, 의사들이 병자들을 위하여 애쓰는 것을, 사제들이 씨 뿌릴 날짜를 정하는 것을, 연인들이 사랑하는 것을, 어머니들이 젖을 먹여 자식들을 달래는 것을 보았다. 그렇지만 이 모든 것은 그에게는 볼 만한 가치가 없는 것이었으니, 모든 것이 속임수투성이였고, 모든 것이 악취를, 모든 것이 지독한 거짓의 악취를 풍겼으며, 모든 것이 그럴싸하게 속여 마치 참뜻과 행복과 아름다움이 있기라도 하는 것처럼 믿게 하였으며, 모든 것이 부패하여 있었다. 그러나 사람들은 모든 것이 부패하여 있다는 것을 시인하려 들지 않았다. 세상은 쓴맛이 났다. 인생은 끊임없이 지속되는 극심한 고통이었다.

싯다르타 앞에는 한 목표, 오직 하나뿐인 목표가 있었으니, 그것은 모든 것을 비우는 일이었다. 갈증으로부터 벗어나고, 소원으로부터 벗어나고, 꿈으로부터 벗어나고, 기쁨과 번뇌로부터 벗어나 자기를 비우는 일이었다. 자기 자신을 멸각(滅却)하는 것, 자아로부터 벗어나 이제 더 이상 나 자신이 아닌 상태로 되는 것, 마음을 텅 비운 상태에서 평정함을 얻는 것, 자기를 초탈하는 사색을 하는 가운데 경이로움에 마음을 열어 놓는 것, 이것이 그의 목표였다. 만약 일체의 자아가 극복되고 사멸된다면, 만약 마음속에 있는 모든 욕망과 모든 충동이 침묵한다면, 틀림없이 궁극적인 것, 그러니까 존재 속에 있는 가장 내밀한 것, 이제 더 이상 자아가 아닌 것, 그 위대한 비밀이 눈뜨게 될 것이었다.

수직으로 내리쬐는 햇빛 아래에서 싯다르타는, 너무나 고통스러운 나머지 벌겋게 달아오른 채, 아무 말 없이 서 있었다. 마침내 이제 더 이상 고통도 갈증도 느끼지 않을 때까지 그는 서 있었다. 우기(雨期)에도 그는 아무 말 없이 서 있었는데, 물방울이 그의 머리카락으로부터 얼어붙은 어깨를 타고, 얼어붙은 엉덩이와 다리를 타고, 뚝뚝 떨어졌지만, 그런데도 그 속죄자는 어깨와 다리들이 더 이상 얼어붙지 않을 때까지, 그것들이 아무 반응도 보이지 않고 진정될 때까지 그대로 서 있었다. 아무 말 없이 그는 가시덤불 속에 웅크리고 앉아 있기도 하였는데, 화끈거리는 살갗에서는 피가 뚝뚝 떨어져 내렸고 곪은 상처에서는 고름이 흘러내렸다. 그런데도 싯다르타는 더 이상 피가 흘러내리지 않고, 더 이상 무언가가 찌른 듯이 아프지 않고, 더 이상 화끈거리지 않게 될 때까지 꼿꼿하게 꿈쩍도 하지 않고 한 자리에 머물러 있었다.

싯다르타는 정좌(正坐)를 하고서 호흡을 줄이는 법을 배웠으며, 호흡을 거의 하지 않고서도 버티어 나가는 법을 배웠으며, 호흡을 아예 멈추어 버리는 법을 배웠다. 그는 맨 처음 호흡을 진정시키는 법을 배우는 것을 시작으로, 심장의 박동을 진정시키는 법을 배웠으며, 심장의 박동 수를 줄여 나가는 법을 배웠는데, 마침내 심장의 박동 수가 점차 줄어들어 심장의 박동이 거의 없는 경지에까지 이르게 되었다.

싯다르타는, 사문들 가운데 최연장자의 가르침을 받아, 새로운 사문의 규칙들에 따라서, 자기 초탈 수련을 하였으며 침잠 수련을 하였다. 왜가리 한 마리가 대나무 숲 위를 날아가고 있었다. 그러자 싯다르타는 왜가리를 자신의 영혼 속에 맞아들여서 스스로 한 마리의 왜가리가 되어 숲과 산 위를 날아올랐으며, 물고기들을 잡아먹었으며, 왜가리가 겪는 배고픔을 겪었으며, 왜가리가 내는 울음소리를 냈으며, 왜가리가 겪는 것 같은 죽음을 겪었다. 죽은 자칼 한 마리가 모래 해변에 쓰러져 있었다. 그러자 싯다르타의 영혼은 그 자칼의 시체 속으로 미끄러져 들어가 죽은 자칼이 되어 해변에 누워 있었으며, 몸이 부풀어 오르고 악취를 풍기며 썩어 갔다. 그러다가 하이에나들한테 갈가리 찢기고, 콘도르들에게 뜯겨 껍질이 벗겨지고, 뼈다귀만 남았다가 먼지가 되어 들판으로 흩날려 가 버렸다. 그런 다음 싯다르타의 영혼이 다시 돌아왔는데, 그것은 이미 한 번 죽어서 썩어 없어져 보고 먼지가 되어 흩날려 본 적이 있으며 윤회의 슬픈 황홀경을 맛본 영혼인 터인지라, 새로운 갈증 속에서 마치 사냥꾼처럼, 윤회의 수레바퀴로부터 벗어날 수도 있고 인과응보가 끝날 수도 있으며 고통 없는 영겁이 시작될 수도 있는 그런 빈틈을 학수고대하고 있었다. 그는 자기의 감각을 죽였고, 자기의 기억을 죽였다. 그는 자신의 자아로부터 슬그머니 빠져나와 수천 가지의 낯선 형체들 속으로 미끄러져 들어갔으며, 짐승이 되고, 썩은 고기가 되고, 돌이 되고, 나무가 되고, 물이 되었다. 그리고 그때마다 매번 깨어나면서 다시 자기 자신을 발견하였다. 해가 비추거나 달이 비추었다. 그는 다시 자아로 돌아와 있었으며, 윤회의 사슬을 벗어나지 못한 채 발버둥치고 있었으며, 갈증을 느꼈으며, 그 갈증을 극복하였으며, 또다시 새로운 갈증을 느꼈다.

사문들과 함께 지내면서 싯다르타는 많은 것을 배웠다. 그는 자아로부터 벗어나는 많은 길들을 가는 법을 배웠다. 그는 고통을 통하여, 자발적으로 고뇌를 감내함으로써, 그리고 고통과 굶주림과 갈증과 피로와 권태를 극복함으로써 자기 초탈의 길을 갔다. 그는 명상을 함으로써, 그리고 온갖 사념들로부터 생기는 감각적인 사고를 마음으로부터 비움으로써 자기 초탈의 길을 갔다. 그리고 그 밖의 이런저런 길들을 가는 법들을 배웠다. 수천 번이나 그는 자기 자신의 자아를 떠났으며, 몇 시간이고 며칠이고 비아(非我)의 경지에 머물렀다. 그러나 그러한 길들은 비록 자아로부터 멀리 떨어진 곳으로 통하기는 하지만 그 끝은 언제나 자아로 되돌아오는 그런 길들이었다. 싯다르타는 수천 번씩이나 자아로부터 도망쳐 나와서, 무(無)의 세계 속에 잠시 머물러 보기도 하고, 짐승 속에 또는 돌 속에 잠시 머물러 보기도 하였지만, 자아로 되돌아오는 것은 도저히 피할 도리가 없었으며, 시간의 속박으로부터 도무지 빠져나올 수가 없었으니, 그도 그럴 것이, 그는 햇빛 속에서도, 달빛 속에서도, 그늘 속에서도, 또는 빗속에서도 또다시 자기 자신을 발견하였고 또다시 자아가, 싯다르타가 되어 있었으며 또다시 고통스러운 윤회의 업보를 느꼈기 때문이다.

그의 곁에는 그의 그림자인 고빈다가 살면서 그와 똑같은 길들을 갔으며, 그와 똑같은 고초들을 겪었다. 그들은 봉사와 수행에 필요한 것을 빼놓고는 서로 말을 주고받는 일이 거의 없었다. 이따금씩 그들은 그들 자신과 스승들이 먹을 양식을 구하기 위하여 둘이 짝을 지어 이 마을 저 마을로 탁발을 다니기도 하였다.

“고빈다, 자네 생각은 어떤가?” 탁발하러 다니던 어느 날 싯다르타가 말하였다. “자네는 우리가 많이 진전하였다고 생각하나? 우리가 목표에 도달하였다고 보나?”

고빈다가 대답하였다. “우리는 배워 왔고, 앞으로도 계속 배워 나가겠지. 싯다르타, 자네는 위대한 사문이 될 거야. 자네는 어떤 수행이든 빨리 익혀서 나이 든 사문들이 자네에게 자주 경탄하곤 하였지. 오, 싯다르타, 자네는 성자가 될 거야.”

싯다르타가 말하였다. “친구, 아무래도 그런 것 같지는 않아 보여. 내가 이날 이때까지 그 사문들한테서 배웠던 것, 오, 고빈다, 그것을 나는 더 빠르고 더 간단하게 배울 수도 있었을 것 같아. 친구, 나는 그것을 아마 창녀들이 모여 사는 거리의 술집에서나, 마부들과 주사위 도박꾼들한테서도 배울 수 있었을 거라는 생각이 들거든.”

고빈다가 말하였다. “싯다르타가 나하고 농담을 하고 있군 그래. 자네는 어떻게 침잠(沈潛)을, 자네는 어떻게 호흡을 멈추는 법을, 자네는 어떻게 굶주림이나 고통에 대한 무감각 상태를 그런 곳에서 그런 비천한 자들한테서 배우지 못해 후회스럽다는 듯이 말할 수가 있지?”

그러자 싯다르타는 마치 혼잣말을 하듯이 나지막하게 말하였다. "침잠이란 것이 무엇인가? 육체를 떠난다는 것은 무엇인가? 단식이란 무엇인가? 호흡을 멈춘다는 것은 무엇인가? 그것은 자아로부터 도망치는 것이며, 그것은 자아 상태의 고통으로부터 잠시 동안 빠져나오는 것이며, 그것은 인생의 고통과 무의미함을 잠시 동안 마비시키는 것이야. 이러한 도망, 이러한 잠시 동안의 마비는 소몰이꾼도 여인숙에서 쌀막걸리 몇 사발이나 잘 발효한 야자유를 마시고 취하면 겪는 일이네. 그런 사람도 취하면 자기 자신의 자아를 더 이상 느끼지 않게 되며, 인생의 고통을 더 이상 느끼지 않게 되며, 결국 잠시 마비 상태를 겪게 되네. 그 사람은, 쌀막걸리 사발 위에 곯아떨어진 상태로, 싯다르타와 고빈다가 기나긴 수행 과정을 거친 후에야 자신들의 육신으로부터 빠져나올 경우 도달하게 되는 경지, 그러니까 비아의 상태에 잠시 머무르는 경지와 똑같은 그런 경지에 도달해 있다는 이야기야. 고빈다, 그게 그렇다고."

고빈다가 말하였다. "자네는 그렇게 말하고 있네만, 친구, 싯다르타는 소몰이꾼이 아니고 사문은 주정뱅이가 아니라는 것을 자네는 잘 알고 있어. 어쩌면 주정뱅이가 마비 상태를 체험할 수도 있고, 잠시 동안의 도피와 휴식을 얻을지도 모르겠지만, 그러나 그가 혼미한 상태에서 깨어나면 모든 것은 예전과 하나도 달라진 게 없지. 그는 예전보다 더 현명하게 된 것도 아니고, 인식을 축적한 것도 아니며, 몇 단계 더 높게 올라선 것도 아니지."

그러자 싯다르타는 미소를 지으며 말하였다. "나는 한 번도 술을 입에 대어 본 적이 없어 그것은 잘 모르겠어. 하지만 나,

이 싯다르타도 여러 가지 수행을 하는 도중에 그리고 침잠 상태에서 다만 잠시 동안 마비 상태를 체험하였을 뿐, 마치 자궁 속에 있는 어린아이처럼, 지혜로부터, 해탈(解脫)로부터 멀리 떨어져 있기는 마찬가지라는 사실을, 바로 그 사실을 나는 알고 있어, 오 고빈다, 그 사실을 나는 알고 있다는 말이야."

그리고 언젠가 또 한 번, 이 마을 저 마을을 다니면서 동료들과 스승들이 먹을 양식을 구걸하기 위하여 싯다르타가 고빈다와 함께 그 숲을 떠났을 때, 싯다르타가 이야기를 꺼냈다. "그런데 말이야, 고빈다, 우리가 올바른 길을 걷고는 있는 것일까? 우리가 도대체 인식에 접근하고는 있는 것일까? 우리가 도대체 해탈의 경지에 접근하고는 있는 것일까? 아니면, 우리가, 그러니까 윤회로부터 벗어나는 것을 상상하였던 우리가, 혹시 윤회의 수레바퀴를 벗어나지 못한 채 그 안에서 맴돌고 있는 것은 아닐까?"

고빈다가 말하였다. "우리는 많은 것을 배웠어, 싯다르타, 그리고 아직도 배울 것이 많이 있네. 우리는 쳇바퀴처럼 맴돌고 있는 것이 아니고, 우리는 위를 향하여 올라가고 있는 거야. 그 바퀴는 둥근 원이 아니라 나선형이고, 우리는 이미 많은 단계들을 거쳐 온 거야."

싯다르타가 대꾸하였다. "그런데 자네는, 존경하는 스승, 그러니까 최연장자이신 사문이 어느 정도 나이 드셨다고 생각하지?"

고빈다가 말하였다. "아마 예순은 되셨을 거야."

그러자 싯다르타가 말하였다. "그분은 예순이나 되었지만 아직 열반에 이르지는 못하셨어. 그분은 일흔이나 여든이 되실 테고, 자네와 나, 우리도 그분과 마찬가지로 나이 들어 갈 것이고, 자기 수행을 할 것이고, 금식을 하게 될 것이고, 그리고 또 명상도 하게 되겠지. 그러나 우리는 열반에 이르지는 못할 거야. 스승도 우리도 열반에 이르지는 못할 거란 말이야. 고빈다, 나는 이 세상에 있는 모든 사문들 중 아마 어느 누구도, 어느 한 사람도 열반에 이르지는 못할 거라고 생각하네. 우리는 여러 가지 위안을 얻기도 하고, 마비 상태를 체험하기도 하고, 스스로를 속이는 교묘한 재주를 배우기도 하지. 그렇지만 우리는 본질적인 것, 즉 길 중의 길은 발견하지 못할 거야."

"제발 부탁이니……." 고빈다가 말하였다. "싯다르타, 그렇게 끔찍한 말들은 제발 그만해! 그 많은 학식 높은 사람들 가운데, 그 많은 바라문들 가운데, 그 많은 엄격하고 존경할 만한 사문들 가운데, 그 많은 구도자들 가운데, 그 많은 진정으로 전심전력하는 사람들 가운데, 그 많은 성스러운 사람들 가운데 아무도 길 중의 길을 발견하지 못한다는 것이 도대체 말이나 될 법한가?"

하지만 싯다르타는 서글픔과 냉소가 담긴 목소리로, 나지막하게, 약간 서글프고 냉소적인 목소리로 말하였다. "고빈다, 곧 자네의 친구는 자네와 함께 그토록 오랫동안 걸어 왔던 이 사문의 좁은 길을 떠날 거야. 나는 갈증에 시달리고 있어, 오 고빈다, 이 긴 사문의 길에서도 나의 갈증은 하나도 줄어들지 않았네. 언제나 나는 인식에 목말라하여 왔으며, 언제나 나는 의문에 싸여 살아왔어. 나는 바라문들에게 물어 왔어, 해마다 말이야, 그리고 성스러운 경전인 『베다』에 해마다 물어 왔으며, 그리고 또 경건한 사문들에게 해마다 물어 왔었어. 아마도, 오 고빈다, 만약 내가 서조(鼠蚤)나 침팬지한테 물어보았더라도, 지금 이 정도로는 만족해 있을 것이고, 지금 이 정도로는 영리해 있을 것이며, 지금 이 정도로는 유익하였을 거야. 오 고빈다, 나는 '인간은 아무것도 배울 수 없다.'는 사실을 알기 위하여 오랜 시간 노력하였지만 아직도 그 일을 마무리짓지 못하고 있어. 우리가 '배움'이라고 부르는 것은 사실상 존재하지 않는다고 생각해. 오, 친구, 존재하는 것은 오로지 앎뿐이며, 그것은 도처에 있고, 그것은 아트만이고, 그것은 나의 내면과 자네의 내면, 그리고 모든 존재의 내면에 있는 것이지. 그래서 난 이렇게 믿기 시작하였네. 알려고 하는 의지와 배움보다 더 사악한 앎의 적은 없다고 말이야."

그러자 고빈다는 길에 멈추어 서서 두 손을 들어올리며 말하였다. "이봐, 싯다르타, 제발 부탁이니 그런 말로 자네 친구를 불안하게 만들지 말아 줘! 진실로, 자네가 한 말들은 내 마음을 불안하게 해. 한번 생각해 봐. 만약 자네가 말한 대로 배움이라는 것이 존재하지 않는다면, 기도의 신성함은 어디에 남아 있고, 바라문 계급의 존엄성은 어디에 남아 있으며, 사문들의 신성함은 어디에 남아 있다는 건가? 그렇다면, 오 싯다르타, 지상에서 신성한 것, 가치가 있는 것, 존중할 만한 것은 무엇으로부터, 도대체 무엇으로부터 연유하는 거지?"

그리고 고빈다는 시 한 구절, 『우파니샤드』에 나오는 시 한 구절을 웅얼거렸다.

명상하면서, 순수한 마음으로, 아트만 속으로 침잠하는 자,
그런 자의 마음에는 이루 형언할 수 없는 열락이 있도다.

그러나 싯다르타는 아무 말도 하지 않았다. 그는 고빈다가 자기에게 한 말들을 생각하고 있었으며, 그 말들의 의미를 궁극적인 데까지 생각하였다.

고개를 숙인 채 서서 그는 생각하였다. 그래, 우리에게 신성하게 보이는 모든 것 중에서 아직까지 남아 있는 것은 무엇이란 말인가? 무엇이 남아 있지? 무엇이 스스로가 진실함을 증명하고 있지? 그는 고개를 가로저었다.

이 두 젊은이가 사문들과 함께 생활하면서 수행을 한 지 어느덧 삼 년 정도 지났을 무렵이었다. 이런저런 직간접적인 여러 경로를 통해 그들에게 한 소식, 한 소문, 한 이야기가 들려왔다. 고타마라고 불리는 인물이 나타났는데, 그 사람은 자신의 내면에서 세상의 번뇌를 극복하고 윤회의 수레바퀴를 정지시킨 세존, 부처라는 것이었다. 그는 소유물도, 고향도, 아내도 없이, 고행자들이 입는 누런 적삼을 걸쳤지만 밝게 빛나는 이마에다 기쁨에 넘치는 복된 자의 모습으로, 방방곡곡을 돌아다니면서, 제자들이 에워싼 가운데, 설법을 행한다는 것이었다. 그리고 바라문들과 제후들이 그 앞에 고개 숙이고 제자가 되려 한다는 것이었다.

이러한 이야기, 이러한 소문, 이러한 동화 같은 믿을 수 없는 이야기가 마치 김이 솟아오르듯 이곳저곳으로 퍼져 나갔다. 도시들에서는 바라문들이 그에 관한 이야기를 하였으며,

숲속에서는 사문들이 그에 관한 이야기를 하였다. 그리하여 부처인 고타마의 이름을 이 두 젊은이는 귀가 따가울 정도로 거듭 반복하여 듣게 되었다. 고타마라는 이름을 좋게 말한 경우도 있었고 나쁘게 말한 경우도 있었으며, 그 이름을 칭송하는 경우도 있었고 비방하는 경우도 있었다.

마치 한 나라에 페스트가 창궐하게 되면, 말 한 마디, 입김 한 번으로 역병에 걸린 사람 모두를 충분히 치유할 수 있는·능력을 지닌 인물, 어떤 현인, 어떤 도사가 그곳 어딘가에 있다는 소문이 일단 났다 하면, 그 소문이 온 나라에 쫙 퍼져 누구나 그 이야기를 하게 되며, 그 소문을 더러는 믿기도 하고 더러는 의심하기도 하지만, 아무튼 많은 사람들이 자기를 도와줄 수 있는 그 현인을 찾아 곧장 길을 떠나는 것처럼, 석가(釋迦) 종족의 현인이자 부처인 고타마에 관한 그 이야기가 김처럼 모락모락 온 나라에 쫙 퍼져 나가게 되었다. 고타마를 믿는 신도들은 말하기를, 그는 최고의 인식을 지니고 있으며, 그는 자신의 전생(前生)을 기억하고 있으며, 그는 열반에 도달하였으므로 이제 더 이상 윤회의 수레바퀴 속으로 되돌아가지 않을 것이며 여러 형상으로 나타나는 윤회의 슬픈 강물 속에 이제 다시는 빠지지 않을 거라고 하였다. 그가 수많은 훌륭한 일, 믿을 수 없는 일들을 하였다는 소문이 나돌았는데, 기적을 행하였다거나 악마를 이겨 냈다거나 신들과 이야기를 나누었다는 따위의 소문이었다. 하지만 그의 적들과 그를 믿지 않는 사람들은, 고타마가 천박하고 속된 유혹자이며, 사치스러운 나날을 보내며, 제사를 경멸하며, 학식이 없고 수행도 금욕도 모르는 자라고들 말하였다.

부처에 관한 그 이야기는 달콤하게 들려왔으며, 이러한 소문들에서는 마력의 향기가 풍겨 왔다. 사실 세상은 병들어 있었으며, 인생은 견디기 힘든 것이었는데, 그런데 여기에서는 한 줄기 샘물이 솟아오르는 것 같고, 위안을 가득 담은 복음의 외침이 부드럽게, 고귀한 약속들과 함께 울리는 것 같았다. 부처에 관한 소문이 나돌았던 곳이면 어디에서나, 인도의 전역에서, 젊은이들은 그 소문에 귀 기울였으며, 동경을 느꼈고, 희망을 느꼈으며, 도시와 시골 가릴 것 없이 브라만의 아들들은, 세존 석가모니에 관한 소식을 가져오는 자라면, 그가 순례자건 이방인이건 가리지 않고 반갑게 맞아들였다.

숲속의 사문들에게도, 싯다르타에게도, 그리고 고빈다에게도 이 이야기가, 마치 물방울처럼 띄엄띄엄, 묵직한 희망의 물방울이나 의심의 물방울이 되어, 서서히 들려왔다. 그렇지만 그들은 이에 관한 이야기를 거의 하지 않았는데, 그것은 사문의 최연장자가 이 이야기에 우호적이지 않은 탓이었다. 사문의 최연장자는, 소위 부처임을 자처하는 그자가 예전에는 금욕하는 고행자로서 숲속에서 살았으나 나중에 향락과 사치를 누리는 속세의 생활로 되돌아갔다는 소문을 듣고는, 고타마를 보잘것없는 존재로 여겼던 것이다.

"싯다르타." 언젠가 한번은 고빈다가 자기 친구에게 이렇게 말하였다. "오늘 마을에 갔다 왔는데, 한 바라문이 나를 자기

집에 초대하더군. 그 집 안에는 마다가 왕국[11]에서 온 바라문의 아들이 있었는데, 그는 자기 두 눈으로 직접 그 부처를 보았으며 그 부처가 설법하는 것도 들었다고 하는 거야. 사실, 그때 난 가슴으로 숨쉬는 것이 고통스러웠어. 난 혼자서, 나도, 싯다르타와 나 우리 두 사람도, 도를 깨달은 그 완성자의 입에서 나오는 설법을 듣는다면 얼마나 좋을까 하는 생각을 해 보았지. 이봐 친구, 한번 말해 봐. 그곳으로 가서 그 부처의 입에서 나오는 가르침을 들어 보지 않으려나?"

싯다르타가 말하였다. "고빈다, 항상 나는, 고빈다는 사문들 곁에 머무를 것이라고 생각해 왔으며, 항상 나는, 고빈다의 목표는 아마도, 예순이나 일흔이 되어도 변함없이 사문을 명예롭게 해 주는 재주들과 수련을 행하는 일일 거라고 믿어 왔었네. 하지만 이제 보니 나는 고빈다를 너무나도 모르고 있었으며, 그의 마음에 대해서 거의 아는 것이 없었군. 그러니까, 가장 소중한 벗이여, 이제 자네는 새로운 좁은 길에 접어들어, 부처가 설법을 전하는 그곳으로 갈 작정이로군."

고빈다가 말하였다. "사람을 조롱하는 것이 자네 취미인 모양이군. 싯다르타, 실컷 놀려도 좋네. 하지만 자네의 마음속에도 그 설법을 듣고 싶은 그런 갈망, 그런 욕구가 일지 않았어? 그리고 자네도 언젠가 나한테, 사문의 길을 오랫동안 걷지는 않을 거라고 말하지 않았어?"

그러자 싯다르타는, 슬픔과 조롱의 그림자를 담고 있는 그

11) 고대 인도의 한 나라.

특유의 웃음소리를 내더니, 이렇게 말하였다. "그래, 고빈다, 자네 참 말 잘했어. 제대로 기억도 해냈고 말이야. 자네가 나한테서 들은 다른 말, 그러니까 내가 설법과 배움에 대하여 불신을 품고 있으며 싫증이 나 있다고 그리고 스승들이 우리한테 들려준 말들에 대한 믿음도 적다고 했던 말도 기억해 낼 수 있으면 좋겠네. 아무튼 좋아, 이봐, 난 그 가르침을 들을 용의가 있네. 비록 내가, 우리는 그 가르침 가운데 최고의 열매를 이미 맛보았노라고 믿고 있지만 말이야."

고빈다가 말하였다. "자네가 그럴 용의가 있다니 기뻐. 그러나 어떻게 그런 일이 가능할 수 있는지 말 좀 해 봐. 아직 고타마의 설법을 듣기도 전인데 어떻게 우리가 그 설법의 최고 열매의 비밀을 환히 알 수 있다는 말인가?"

싯다르타가 말하였다. "고빈다, 우선 그 열매를 맛보자고. 그리고 그다음 것은 계속 기다리면서 앞으로 맛보기로 해. 고타마가 우리를 사문들 무리에서 불러내고 있으니 우리는 벌써 그에게 은덕을 입고 있는 셈이지. 그가 우리에게 또 다른 좋은 것을 줄 수 있을지는, 친구, 조용한 마음으로 기다려 보기로 하세."

바로 그날 싯다르타는 사문의 최연장자에게 자신이 떠나기로 하였음을 알렸다. 그는 최연장자에게, 젊은 제자가 갖추어야 할 예의와 겸손한 태도를 다 갖추어서 자신의 결심을 알렸다. 그러나 그 사문은 두 젊은이가 자기 곁을 떠나려 한다는 사실에 대해 분통을 터뜨렸으며, 큰 소리로 고함을 지르면서 입에 담지도 못할 험한 욕설을 해 대었다.

고빈다는 깜짝 놀라 당황스러워하였지만, 싯다르타는 고빈다의 귀에다 입을 갖다 대고 나지막하게 속삭였다. "이제 내가 이 늙은이한테서 무언가 배운 것이 있다는 것을 보여 주겠네." 그는 그 사문 앞에 바짝 다가서서, 온 정신을 집중하여 그 노인의 시선을 자기 시선으로 제압하더니 그를 쏘아보았다. 그리고 그를 아무 말도 못하게 만들어 버렸으며 그의 의지를 빼앗아 자기 의지에 굴복시켜 자신이 요구하는 대로 아무 소리 못하게끔 명령을 내렸다. 그 노인은 말문을 닫았으며, 눈은 굳어져 버렸고, 의지는 마비되었으며, 팔은 축 늘어졌다. 그 노인은 싯다르타가 발하는 마법의 힘에 맥없이 굴복당하고 말았다. 이렇듯 싯다르타의 생각에 지배당하자 두 젊은이가 명령하는 대로 따를 수밖에 없었다. 그 노인은 여러 차례 몸을 숙여 축복의 몸짓들을 하였고 더듬거리면서 경건하게, 떠나는 그들의 앞길이 평안하기를 빌어 주었다. 그리하여 두 젊은이는 감사하다는 인사로 대꾸하고, 역시 행운을 빌면서 목례를 하고 그곳을 떠났다.

길을 가던 도중에 고빈다가 말하였다. "싯다르타, 자네는 내가 생각했던 것보다 더 많은 것을 사문들한테서 배웠군 그래. 늙은 사문을 마법의 힘으로 굴복시키는 것은 어려운 일, 아주 어려운 일인데. 진실로 하는 말인데, 자네가 그곳에 계속 있었더라면, 물 위를 걷는 것도 금방 배웠을 거야."

"나는 물 위를 걷고 싶은 마음은 털끝만큼도 없어." 싯다르타가 말하였다. "늙은 사문들이나 그런 재주들에 만족하고 있으라지!"

고타마

사바티[12]시에서는 어린아이들조차도 모두 거룩한 세존 부처의 이름을 알고 있었으며, 어느 집이나 할 것 없이, 고타마의 제자들이 찾아와 말없이 양식을 구걸하면 기꺼이 그 탁발 그릇에다 음식을 가득 채워 주었다. 그 도시 부근에 고타마가 가장 즐겨 찾는 체류지인 기원정사(祈園精舍)라는 절이 있었는데, 세존에 귀의한 숭배자인 아나타핀디카라는 부유한 거상이 세존과 그의 제자들에게 바친 것이었다.

두 젊은 고행자가 고타마의 체류지를 찾아가는 도중에 들은 이야기와 답변들은 모두 이곳에 대한 것들이었다. 그리고

---

12) 인도의 가비라위국의 서북쪽에 있던 땅으로 석가가 이십오 년간 설법 교화하였던 곳.

그들이 사바티에 도착하였을 때 문 앞에 멈추어 서서 시주를 청한 첫번째 집에서 곧바로 음식을 대접받았다. 싯다르타는 자기들에게 음식을 건네준 부인에게 이렇게 물었다.

"자비심이 많은 분이시여, 저희들은 부처님, 그 지존무상(至尊無上)께서 어디에 거하고 계시는지 정말로, 정말로 알고 싶습니다. 숲에서 온 저희 두 사문은 그분, 득도하신 그 완성자를 만나 뵙고 그분의 입에서 나오는 가르침을 직접 듣기 위해서 왔습니다."

부인이 말하였다. "숲에서 오신 사문들이시여, 당신들께서는 정말 제대로 찾아오셨습니다. 세존께서는 아나타핀디카의 정원인 기원정사에 머무르고 계십니다. 순례자들이시여, 그곳에는 그분의 입에서 나오는 가르침을 듣기 위하여 몰려든 수많은 사람들이 기거할 충분한 자리가 있으니, 당신들은 그곳에서 밤을 지내실 수 있을 것입니다."

그 말을 듣자 고빈다는 기뻤다. 그는 기쁨에 넘쳐서 소리쳤다. "잘되었군, 목적지에 당도하였으니 여행길도 이제 끝이군. 그런데, 순례자들의 어머니시여, 당신은 그분 부처님을 알고 계십니까, 그분을 당신 두 눈으로 직접 뵈었습니까?"

부인이 말하였다. "나는 그분 세존을 여러 차례 뵈었습니다. 그분이 누런 가사(袈裟)를 걸치시고 아무 말 없이 거리를 지나가시는 모습, 아무 말 없이 여러 집 문 앞에서 탁발 그릇을 내미시는 모습, 그릇이 차면 그곳을 떠나시는 모습을 여러 날 뵈었습니다."

고빈다는 도취하여 그 말에 귀 기울였으며, 아직도 많은 것에 대해 묻고 답변을 듣고 싶어 하였다. 그러나 싯다르타가 길을 떠나자고 재촉하였다. 그들은 부인에게 감사하다고 말하고 그곳을 떠났는데, 적잖은 수의 순례자들과 고타마 교단의 승려들이 기원정사로 향하고 있었기 때문에, 길을 물어볼 필요가 거의 없었다. 그들은 밤에 그곳에 당도하였는데, 사람들이 계속해서 왔으며, 잠자리를 청해 얻은 사람들이 이야기를 나누는 소리와 외쳐 대는 소리가 끊이지를 않았다. 숲의 생활에 익숙한 그 두 사문은 재빨리, 그리고 소리 없이 숙소를 찾아내었으며 아침까지 그곳에서 휴식을 취하였다.

해가 뜨자 그들은, 호기심에서 그곳을 찾은 엄청나게 많은 사람들과 엄청나게 많은 신도들이 그곳에서 밤을 지낸 것을 알고 깜짝 놀랐다. 누런 옷을 걸친 승려들이 장려한 숲속에 나 있는 모든 길들을 가득 메우고 있었으며, 여기저기 나무 밑에 앉아 명상에 잠겨 있거나 법어(法語)를 나누고 있었으니, 녹음이 우거진 정원의 모습은 마치 벌떼처럼 윙윙거리는 사람들로 가득 찬 도시 같은 느낌을 주었다. 대부분의 승려들은 하루에 단 한 끼 먹는 점심을 위한 양식을 도시에서 얻으려고 바리때를 들고 밖으로 나갔다. 깨달음을 얻은 자인 부처 자신도 아침에 으레 몸소 탁발을 하러 나갔다.

싯다르타는 그를 보았다. 그리고 마치 어떤 한 신(神)이 가리켜 주기라도 한 것처럼 곧바로 그를 알아보았다. 싯다르타는 그의 모습을, 탁발 그릇을 손에 든 채 누런 법복을 걸치고 조용히 걸어가는 겸허한 인간의 모습을 보았다.

"저길 봐!" 싯다르타가 고빈다에게 나지막하게 말하였다.

“저기 저분이 바로 부처님이셔.”

고빈다는 누런 법복을 걸친 그 승려를 주의 깊게 쳐다보았다. 다른 수백 명의 승려들과 별로 다른 점이 없어 보였다. 그러나 곧 고빈다도, 그가 바로 부처라는 것을 알아챘다. 그리고 그들은 그를 따라가며 그를 주의 깊게 관찰하였다.

부처는 겸허한 태도로 생각에 잠긴 채 발걸음을 옮기고 있었다. 그의 고요한 얼굴은 즐겁지도 슬프지도 않아 보였으며, 내면을 향하여 그윽한 미소를 흘려보내는 것 같았다. 마음속에 감추고 있어 눈에 띄지 않는 그런 미소를 머금고, 사뿐사뿐, 유유히, 튼튼한 어린아이와 다르지 않은 모습으로, 부처는 발걸음을 옮겨 놓고 있었다. 그는 다른 모든 승려들과 마찬가지로 법복을 걸치고, 엄격한 계율에 따라서 발걸음을 떼고 있었다. 하지만 그의 얼굴과 그의 발걸음, 그의 조용히 내리깐 눈길, 그의 얌전하게 아래로 내려뜨린 손, 그리고 얌전하게 아래로 내려뜨린 그 손에 붙어 있는 손가락 하나하나가 모두 평화를 말하고 있었고, 완성을 말하고 있었으며, 무언가를 구하지도 않았고, 무언가를 모방하지도 않았으며, 결코 시들지 않는 안식 속에, 결코 사라지지 않는 빛 속에서, 결코 깨뜨릴 수 없는 평화 속에서 부드럽게 숨쉬고 있었다.

이런 모습으로 고타마는 시주를 얻기 위하여 도시를 향해 가고 있었다. 두 사문은 다만 그의 완벽한 평온함, 그리고 그의 고요한 모습으로 그분을 알아볼 수 있었을 뿐이다. 그의 모습에서는, 무언가를 구하는 흔적도, 무언가를 욕망하는 흔적도, 무언가를 모방하는 흔적도, 무언가를 위해 애쓰는 흔적도 전혀 엿보이지 않았고, 오로지 빛과 평화만이 엿보였다.

"오늘 우리는 저분의 입에서 나오는 가르침을 듣게 될 거야." 고빈다가 말하였다.

싯다르타는 아무런 대꾸도 하지 않았다. 그 역시 고빈다와 마찬가지로, 비록 다른 사람들을 통하여 두 다리 또는 세 다리 건너 들은 이야기이기는 하지만, 벌써 몇 번이고 거듭하여 그 부처가 가르치는 설법의 내용을 익히 들어왔었다. 그렇지만 그는 그 가르침에는 별로 호기심이 없었으며, 그 가르침이 자기에게 새로운 것을 알려 줄 것이라고도 믿지 않았다. 그러나 싯다르타는 주의 깊게 고타마의 머리, 그의 두 어깨, 그의 두 발, 그리고 그의 얌전하게 아래로 내려뜨린 손을 바라다보았다. 그러자 싯다르타에게는 그 손에 붙어 있는 다섯 손가락 모두의 마디마디가 가르침 그 자체인 것 같아 보였으며, 다섯 손가락 모두의 마디마디가 진리를 말해 주고, 진리를 호흡하고, 진리의 향기를 풍기고, 진리를 현란하게 빛내 주는 것 같아 보였다. 이분, 이 부처야말로 새끼손가락 놀리는 동작에 이르기까지 참으로 진실된 분이었다. 이분이야말로 성스러운 분이었다. 싯다르타는 지금까지 어느 누구도 이분만큼 존경한 적이 없었으며, 어느 누구도 이분만큼 사랑해 본 적이 없었다.

두 사문은 그 부처를 따라 도시까지 갔다가 아무 말 없이 되돌아왔는데, 그것은 그들 스스로가 그날은 식사를 거르기로 작정하였기 때문이다. 그들은 고타마가 되돌아오는 것을 보았으며, 그가 제자들에게 에워싸인 채 점심 식사하는 모습을 보았는데, 그가 먹은 음식은 사실 새도 배부르게 할 수 없을 정도로 적었다. 그러고 나서 그들은 그가 망고나무 숲이 우거진 그늘 속으로 물러가는 것을 보았다.

그러나 저녁이 되어 더위가 수그러지자 그곳에 있는 모든 사람들이 활기를 띠고 모여들었다. 그들은 부처가 가르치는 설법을 들었다. 그의 목소리는 완벽하였으며, 완전히 평온하였으며, 평화로 가득 차 있었다. 고타마는 번뇌와 번뇌의 유래, 그리고 그 번뇌로부터 벗어날 수 있는 길에 대한 설법을 하였다. 그의 고요한 설법은 잔잔하고 맑게 흐르는 물처럼 거침이 없었다. 인생은 번뇌이며, 이 세상은 온통 번뇌로 가득 차 있는데, 그 번뇌로부터 해탈할 수 있는 길이 발견되었다는 것이다. 부처의 길을 가는 자는 해탈을 얻게 되리라는 것이었다.

그 거룩한 세존은 부드럽지만 확고부동한 목소리로, 사제(四諦)[13]를 가르쳤으며, 팔정도(八正道)[14]를 가르쳤다. 부처는 설법할 때면 언제나 참을성 있게, 보기를 들어가며, 반복하여 가르쳤는데, 그때 그의 목소리는 마치 한 줄기 빛처럼, 별들이 반짝이는 하늘처럼 설법을 듣는 사람들 머리 위에 여운을 남기면서 낭랑하고 고요하게 둥실둥실 떠다녔다.

부처가 설법을 끝냈을 때는 이미 밤이 되어 있었다. 많은 순례자들이 앞으로 걸어 나와 교단에서 받아 주기를 청하였으며 그 가르침에 귀의하였다. 그러자 고타마는 "그대들은 가

---

13) 영원히 변하지 않는 네 가지 진리로, 고제(苦諦), 집제(集諦), 멸제(滅諦), 도제(道諦)를 말한다.

14) 불교의 여덟 가지 덕목으로, 정견(正見), 정어(正語), 정업(正業), 정명(正命), 정념(正念), 정정(正定), 정사유(正思惟), 정정진(正精進)을 말한다.

르침을 잘 받아들였느니라. 가르침이 제대로 전하여졌도다. 어서 이쪽으로 발걸음을 옮겨 신성함 속으로 걸어 들어와, 일체의 번뇌로부터 벗어날 채비를 할지어다." 하고 말하면서 그들을 받아들였다.

수줍음을 타는 고빈다도 걸어 나와 "저도 세존과 그분의 가르침에 귀의하겠습니다." 하고 말하면서 제자로 받아들여 줄 것을 요청하고 제자로 받아들여졌다.

부처가 밤의 휴식을 위하여 자리에서 떠난 바로 직후에 고빈다는 싯다르타에게 가서 열심히 이야기하였다. "싯다르타, 자네를 책망할 생각은 추호도 없네. 우리 두 사람은 세존께서 말씀하시는 것을 들었고, 그분의 가르침을 들었네. 고빈다는 그 가르침을 듣고서 그 가르침에 귀의하였네. 그런데 존경하는 친구, 자네는 도대체 해탈의 길을 걷지 않을 작정인 거야? 주저하기만 하고, 기다리기만 할 셈이야?"

싯다르타는, 고빈다가 하는 말을 듣자, 마치 잠을 자고 있다가 깨어난 사람처럼 퍼뜩 정신이 들었다. 그는 한참 동안이나 고빈다의 얼굴을 물끄러미 쳐다보았다. 그러더니 나지막하게, 조롱기가 전혀 없는 진지한 목소리로 말하였다. "고빈다, 이제 자네는 발걸음을 내디뎠고 그 길을 선택하였네. 고빈다, 항상 자네는 나의 친구였으며, 항상 자네는 내가 가는 길을 한 걸음씩 뒤따라왔네. 나는 자주 이렇게 생각하곤 하였네. 고빈다도 언젠가는, 나 없이, 진정 독자적으로, 홀로 발걸음을 내딛게 되지는 않을까 하고 말이야. 보라고, 이제 자네는 어른이 되었으며 자네 스스로 자네의 길을 선택한 거야. 친구, 자네가 그 길을 끝까지 걸어가기를 빌겠어. 자네가 해탈을 얻기 바라."

아직도 싯다르타의 말을 완전히 이해하지 못한 고빈다는 안달이 나서 조급한 어조로 질문을 반복하였다. "말 좀 해 줘, 사랑하는 친구. 자네한테 간청할게. 학식이 높은 친구여, 자네도 거룩하신 세존 부처님의 가르침에 귀의하는 길 외에 다른 방도는 전혀 없다고 나에게 말 좀 해 달라고!"

싯다르타는 손을 고빈다의 어깨에 얹으며 말하였다. "고빈다, 자네는 내가 한 축복의 말을 흘려들었군 그래. 그 축복의 말을 다시 한번 반복하겠네. 자네가 그 길을 끝까지 걸어가기를 빌겠어. 자네가 해탈을 얻기 바라."

이 순간 고빈다는 친구가 자기를 떠났다는 것을 알아채고는 소리내어 울기 시작하였다.

"싯다르타!" 그는 슬피 울면서 탄식조로 부르짖었다.

싯다르타는 그에게 다정하게 말하였다. "잊지 말게나, 고빈다, 자네가 이제 그 부처님의 사문에 속한다는 사실을 말이야! 자네는 고향과 부모를 포기하였음을, 출신과 재산을 포기하였음을, 자네 자신의 의지를 포기하였음을, 우정을 포기하였음을 선포한 거야. 그 가르침이 그렇게 하기를 원하며, 그 세존께서도 그렇게 하기를 원하시네. 자네 스스로도 그렇게 하기를 원하였고, 고빈다, 내일 나는 자네를 떠날 거야."

그들은 그 후에도 오랫동안 숲속을 거닐었다. 그런 다음 그들은 오랫동안 누워 있었지만 잠이 오지 않았다. 몇 번이고 거듭하여 고빈다는, 무슨 이유로 싯다르타가 고타마의 가르침에 귀의하지 않으려고 하는지, 그리고 그 가르침에서 도대체 어떤 잘못된 점을 찾은 것인지, 자기에게 제발 말 좀 해 주면 좋겠다고 친구 싯다르타를 볶아 댔다. 그렇지만 싯다르타는 매번 친구의 청을 거절하며 이렇게 말하였다. "만족하게나, 고빈다! 세존의 가르침이 그토록 훌륭한데, 내가 어떻게 그 가르침에서 잘못된 점을 한 가지라도 찾아내겠는가?"

다음날 아주 이른 새벽, 부처를 따르는 가장 나이 많은 승려들 중의 한 승려가 정원을 걸어 나와서는, 부처의 가르침에 귀의한 신참자들 모두를 불러 모아 놓고 누런 법복을 나누어 주면서 최초의 가르침들과 지켜야 할 의무들을 일러 주었다.

그때 고빈다는 자기를 부둥켜안은 싯다르타에게서 몸을 뿌리치고 빠져나왔다가 다시 한번 그 죽마고우를 껴안았다. 그리고 새로운 신참 수도승들의 행렬에 끼어들었다.

싯다르타는 여러 가지 생각에 잠겨 숲속을 거닐었다.

그때 싯다르타는 세존 고타마와 우연히 마주치게 되었다. 싯다르타가 경외하는 마음으로 인사를 드리자 부처의 눈길에는 자비심과 평온함이 가득 넘쳤다. 싯다르타는 용기를 내어 세존에게, 이야기를 하도록 허락해 달라고 청하였다. 그 세존은 말없이 고개를 끄덕이며 허락하여 주었다.

싯다르타가 말하였다. "세존이시여, 어제 저는 당신의 탄복할 만한 가르침을 듣는 영광을 누렸습니다. 그 가르침을 듣기 위하여 저는 친구와 함께 먼 길을 왔습니다. 그리고 이제 저의 친구는 당신 곁에 머무르게 될 것입니다. 그는 당신께 귀의하였습니다. 그렇지만 저는 또다시 순례 여행을 떠날까 합니다."

"그대 좋은 대로 하시구려." 세존은 공손하게 말하였다.

"제가 드리는 말씀이 너무 당돌한 것은 아닌지 모르겠습니다만." 싯다르타는 말을 이었다. "그러나 저는 저의 생각을 솔직하게 말씀드리지 않고서 세존을 떠나고 싶지는 않습니다. 세존께서 잠깐만이라도 저의 말씀을 들어 주시겠습니까?"

부처는 말없이 고개를 끄덕이며 허락하여 주었다.

싯다르타가 말하였다. "지존한 분이시여, 제가 당신의 가르침에서 무엇보다도 경탄해 마지않은 것이 한 가지 있습니다. 당신의 가르침 속에 들어 있는 모든 내용은 완전하게 명백하며, 진실임이 입증되어 있습니다. 당신께서는 이 세상을 하나의 완전한 사슬로서, 그러니까 결코 어디에서도 끊기지 않은 하나의 사슬, 즉 인과응보로 묶여진 하나의 영원한 사슬로 보여 주고 계십니다. 이러한 사실이 이토록 분명하게 보여진 적은, 그리고 이토록 이론의 여지 없이 설명되었던 적은 여태껏 한 번도 없었습니다. 만약 당신의 가르침을 통하여, 이 세상을 완전히 연관성이 있는 것으로 인정하게 된다면, 그러니까 이 세상이 아무런 빈틈이 없고, 마치 수정처럼 맑고, 우연이나 신들에 의해 좌우되지 않는다는 사실을 인정하게 된다면, 사실 그 어떤 바라문이라 할지라도 몸뚱이 속에 있는 심장이 더 높게 고동치지 않을 수 없을 것입니다. 이 세상이 선한 것이냐 악한 것이냐, 이 세상에서 산다는 것이 괴로움이냐 기쁨이냐 하는 문제는 덮어 두는 편이 좋겠습니다. 이 문제는 아마도 본질적인 문제가 아닐 듯합니다. 하지만 이 세상의 단일성, 일체의 사건의 연관성, 일체의 크고 작은 것이 똑같은 흐름에, 똑같은 인과의 법칙에, 생성과 사멸의 법칙에 에워싸여 있다는 것, 완성자이시여, 바로 이것이 당신의 거룩한 가르침에서 밝게 빛나고 있습니다. 하지만 당신께서 가르치신 동일한 설법에 따르자면, 이 만물의 단일성과 모순 없는 시종일관함이, 그럼에도 불구하고, 한 군데에서 중단되어 있으며, 한 조그마한 틈새를 통하여 이 단일성의 세계 속으로, 어떤 낯선 것이, 어떤 새로운 것이, 그러니까 일찍이 존재한 적이 없었으며, 밝혀질 수도 증명될 수도 없는 어떤 것이 흘러들어 오고 있습니다. 그것은 바로 이 세상의 극복, 즉 해탈에 관한 당신의 가르침입니다. 하지만 이 조그마한 틈새가 있음으로써, 이 조그마한 균열이 있음으로써, 영원하고 단일한 세계 법칙의 전체 구조가 다시금 파괴되고 폐기되어 있는 셈입니다. 제가 이처럼 이의를 제기하는 것을 부디 용서하여 주시기 바랍니다."

미동도 하지 않은 채 고타마는 그의 말을 조용히 귀담아 듣고 있었다. 그러더니 자비롭고 공손하고 맑은 목소리로 완성자인 그가 말하였다. "바라문의 아들이여, 그대는 나의 설법을 들었구려. 그리고 그대가 그 설법에 관하여 그토록 깊이 사색하였다는 것은 그대에게 참으로 잘된 일이오. 그대는 그 가르침 안에서 한 틈, 한 결함을 찾아내었소. 앞으로 그것에 대하여 계속 깊이 생각하여 보는 게 좋겠구려. 하지만 지식욕에 불타는 그대여, 덤불처럼 무성한 의견들 속에서 미로에 빠지는 것을, 말 때문에 벌어지는 시비 다툼을 경계하시오. 이런저런 의견들은 전혀 중요하지 않소. 의견이란 아름다울 수도 있고 추할 수도 있으며, 재치 있을 수도 있고 어리석을 수도 있소. 우리 개개인은 의견들을 지지할 수도 있고, 배척할 수도 있소. 그러나 그대가 나한테서 들은 가르침은 하나의 의견이 아니며, 그리고 그 가르침의 목적은 지식욕에 불타는 사람들에게 이 세상을 설명하여 주는 것이 아니오. 그 가르침의 목적은 다른 데에 있소. 그 목적은 번뇌로부터의 해탈이오. 고타마가 가르치고 있는 것은 다른 것이 아니라 바로 이것이오."

"세존이시여, 저에게 노여워하지 마시기를 바랍니다." 젊은이가 말하였다. "다툼거리를 찾아 당신과 말다툼을 하기 위하여 그렇게 말씀드린 것은 아니었습니다. 진실로 당신의 말씀은 지당하며, 의견들이란 그다지 중요한 것이 아닙니다. 그러나 한 가지만 더 말씀드리겠습니다. 한순간도 저는 당신에게 의심을 품은 적이 없었습니다. 당신이 부처님이라는 것, 당신은 그 목표에, 그러니까 수천의 바라문들과 아들들이 도달하려고 애쓰는 그 최고의 목표에 도달하셨다는 것을 저는 한순간도 의심하여 본 적이 없습니다. 당신은 죽음으로부터의 해탈을 얻으셨습니다. 죽음으로부터의 해탈은, 당신이 그것을 얻기 위하여 나아가던 도중에 당신 스스로의 구도 행위로부터, 생각을 통하여, 침잠을 통하여, 인식을 통하여, 깨달음을 통하여 얻어졌습니다. 그것이 가르침을 통하여 이루어지지는 않았다는 말씀입니다! 세존이시여, 저의 생각은 이렇습니다. 어느 누구에게도 해탈은 가르침을 통하여 주어지는 것이 아니다, 바로 이것이 저의 생각입니다. 세존이시여, 당신은, 당신이 깨달은 시간에 무슨 일이 일어났는가를, 아무에게도 말이나 가르침으로 전달하여 주실 수도, 말하여 주실 수도 없습니다. 도를 깨달은 부처님의 가르침은 많은 것을 내포하고 있으며,

많은 사람들에게 올바르게 살고 악을 피하라고 가르칩니다. 하지만 이토록 명백하고 이토록 존귀한 가르침이 빠뜨리고 있는 사실이 한 가지 있습니다. 세존께서 몸소 겪으셨던 것에 관한 비밀, 즉 수십만 명 가운데 혼자만 체험하셨던 그 비밀이 그 가르침 속에는 들어 있지 않다는 말입니다. 바로 이 점이, 제가 가르침을 들었을 때 생각하였고 깨달았던 점입니다. 이 점이 바로 제가 편력의 길을 계속 가려는 이유입니다. 어떤 다른 가르침, 더 나은 가르침을 찾기 위하여 떠나는 것이 아닙니다. 어떤 다른 가르침, 더 나은 가르침이 없다는 것은 잘 알고 있습니다. 모든 가르침과 스승을 떠나서 홀로 목표에 도달하든가 아니면 죽든가 하겠지요. 세존이시여, 하지만 저는 앞으로도 이날을 자주 생각하게 될 것입니다. 제 눈으로 직접 성스러운 분을 뵌 이 순간을 자주 생각하게 될 것입니다."

부처의 두 눈은 고요하게 땅바닥을 내려다보고 있었으며, 깊이를 측량할 길 없는 얼굴은 완전히 무심한 상태로 고요하게 빛을 발하고 있었다. "그대의 생각이," 세존은 느릿느릿 말하였다. "잘못이 아니길 바라오. 그대가 목표에 이르길 바라오. 그렇지만 어디 한번 말해 보시오. 그대는 나의 가르침에 귀의한 수많은 나의 형제들의 무리, 사문들의 무리를 보았지요? 낯선 사문이여, 그대는, 이 무리들이 가르침을 버리고 속세의 생활로, 환락의 생활로 되돌아가는 것이 이들한테 더 나은 일이라고 생각하오?"

"저는 꿈에도 그런 생각을 해 본 적이 없습니다." 싯다르타는 소리쳤다.

"그들 모두가 가르침에서 벗어나지 않고 목표에 이르기를 바랍니다. 다른 사람의 인생에 대해 판단을 내리는 것은 제가 할 일이 아닙니다. 나 자신에 대하여서만, 오로지 나에 대해서만, 저는 판단을 내리지 않으면 안 되고, 저는 선택하지 않으면 안 되고, 저는 거부하지 않으면 안 되는 것입니다. 세존이시여, 우리 사문들은 자아로부터 해탈하는 길을 찾고 있습니다. 세존이시여, 제가 만약 당신의 제자들 가운데 하나라면, 만약 그렇다면 저는 당신의 가르침을, 당신을 본받는 일을, 당신에 대한 저의 사랑을, 그리고 승려들의 교단을 저의 자아로 만들어, 저의 자아가 오로지 겉모습으로만, 오로지 거짓으로만 안식에 이르거나 해탈을 얻을 뿐, 실제로는 저의 자아가 계속 살아남고 커지는 일이 일어나지나 않을까 두렵습니다."

반쯤 미소를 띤 채, 의연하게 밝고 다정한 표정을 지으며, 고타마는 자신과는 딴세상에 살고 있는 싯다르타의 눈을 들여다보더니 거의 눈에 띄지 않는 몸짓으로 그와 작별을 하였다.

"오, 사문이여, 그대는 똑똑하군요." 세존이 말하였다. "친구분, 그대는 재치 있게 말을 할 줄 아는군요. 그러나 너무 지나치게 똑똑하지 않도록 경계하시오!"

부처는 그곳을 떠났다. 그렇지만 그의 눈길과 반쯤 지은 미소는 싯다르타의 기억 속에 아로새겨져 영원히 지워지지 않았다. '나는 아직까지 그분처럼 바라보고, 미소 짓고, 앉아 있고, 걷는 사람을 아무도 보지 못하였어.' 하고 싯다르타는 생각하였다. '나도 그분처럼 그렇게 자유롭게, 그렇게 거룩하게, 그렇게 사람 눈에 띄지 않게, 그렇게 당당하게, 그렇게 순진무구하고 신비스럽게, 바라보고, 미소 짓고, 앉아 있고, 걸을 수 있었으면 정말로 좋겠다. 자기 자신의 가장 내면적인 곳까지 뚫고 들어간 사람만이 그렇게 진실하게 바라보고 그렇게 걷는 거야. 좋다, 나도 나 자신의 가장 내면적인 곳까지 뚫고 들어가 보도록 애써 볼 터이다.'

'한 인간을…….' 싯다르타는 생각하였다. '그 사람 앞에 서면 시선을 떨구지 않을 수 없는 유일한 인간을 보았어. 앞으로는 다른 어느 누구 앞에서도 나의 시선을 떨구지 않아야지, 다른 어느 누구 앞에서도 말이야. 그의 가르침도 나를 유혹하지 못하였으므로, 어떤 가르침도 나를 유혹하지는 못할 거야.'

'그 부처가 나한테서 무언가를 빼앗아 갔어.' 싯다르타는 생각하였다. '그분은 나한테서 무언가를 빼앗아 갔지만, 빼앗아 간 것 이상을 나에게 선사해 주셨어. 그분은 나한테서 나의 친구를 빼앗아 갔다. 그 친구는 예전에는 나를 믿었지만 지금은 그분을 믿으며, 예전에는 나의 그림자였지만 지금은 고타마의 그림자가 되어 버렸다. 하지만 그분은 나에게 싯다르타를, 나 자신을 선사해 주셨다.'

깨달음

싯다르타는 완성자인 부처와 고빈다를 뒤에 남겨둔 채 숲을 떠났다. 그때 그는 여태까지의 자신의 생활도 숲속에 남겨둔 채로 그 생활과 결별한다는 느낌을 받았다. 숲을 서서히 벗어나면서 그는 자신의 마음속을 가득 메우고 있는 이러한 느낌에 대하여 여러 가지로 곰곰이 생각해 보았다. 그는 여러 가지로 깊이 생각하여 보았으며, 마치 깊은 물속을 뚫고 맨 밑바닥까지 들어가듯이 이러한 느낌의 맨 밑바닥까지, 그러한 느낌의 원인이 도사리고 있는 맨 밑바닥까지 파고들어 갔다. 그렇게 한 까닭은, 원인을 인식하는 것이야말로 바로 생각이라고 여겨졌으며 오직 그렇게 함으로써만 느낌이 인식으로 바뀌어 사라지는 일이 없이 본질적인 것이 되고 그 인식 속에 있는 것이 빛을 발하기 시작할 것이라고 여겨졌기 때문이다.

숲을 서서히 벗어나면서 싯다르타는 여러 가지로 곰곰이 생각해 보았다. 그는 자신이 이제는 젊은이가 아니라 어른이 되었다는 것을 확인하였다. 그는 마치 뱀이 옛 허물을 벗듯이 한 가지가 자신을 떠나 버렸다는 것을, 젊은 시절 내내 자신을 따라다녔으며 자신의 일부를 이루었던 한 가지, 즉 스승을 모시고 가르침을 듣겠다던 소망이 이제는 자신의 마음속에 있지 않다는 것을 확인하였다. 그는 도를 닦는 수행 과정 도중 자신에게 나타났던 마지막 스승, 최고의 스승이자 가장 현명한 스승, 즉 가장 성스러운 부처의 곁도 떠났으며, 그 부처와 결별하지 않으면 안 되었으며, 그의 가르침을 받아들일 수가 없었다.

그 사색자는 더욱 천천히 발걸음을 옮기며 스스로에게 물어보았다. '도대체 가르침으로부터, 스승들한테서 네가 배우려고 하였던 것이 무엇이며, 너에게 많은 것을 가르쳐 주었던 그들이 도저히 가르쳐 줄 수 없었던 것이 무엇이지?' 그리고 그는 찾아냈다. '나는 바로 자아의 의미와 본질을 배우고자 하였던 것이다. 나는 바로 자아로부터 빠져나오려 하였던 것이며, 바로 그 자아를 나는 극복하고자 하였던 것이다. 그러나 나는 그것을 극복할 수 없었고, 그것을 단지 기만할 수 있었을 뿐이고, 그것으로부터 단지 도망칠 수 있었을 뿐이며, 그것에 맞서지 못하고 단지 몸을 숨길 수 있을 따름이었다. 진실로, 이 세상의 어떤 것도 나의 자아만큼, 내가 살아 있다는 이 수수께끼, 내가 다른 모든 사람들과 구별이 되는 별다른 존재라는 이 수수께끼, 내가 싯다르타라고 하는 이 수수께끼만큼 나를 그토록 많은 생각에 몰두하게 한 것은 없었다. 그런데도 나는 이 세상의 어떤 것보다도 나 자신에 대하여, 싯다르타에 대하여 가장 적게 알고 있지 않은가!'

천천히 발걸음을 옮기고 있던 그 사색자는 이러한 생각에 사로잡혀 멈추어 섰다. 그러나 바로 그 자리에서 즉각 이 생각으로부터 벗어나 어떤 다른 생각이, 다음과 같은 내용의 새로운 생각이 불현듯 떠올랐다. '내가 나 자신에 대하여 아무것도 모르고 있다는 것, 싯다르타가 나에게 그토록 낯설고 생판 모르는 존재로 남아 있었다는 것, 그것은 한 가지 원인, 딱 한 가지 원인에서 비롯된 것이다. 나는 나를 너무 두려워하였으며, 나는 나로부터 도망을 치고 있었던 것이다! 아트만을 나는 추구하였으며, 바라문을 나는 추구하였으며, 자아의 가장 내면에 있는 미지의 것에서 모든 껍질들의 핵심인 아트만, 그러니까 생명, 신적인 것, 궁극적인 것을 찾아내기 위하여, 나는 나의 자아를 산산조각 부수어 버리고 따로따로 껍질을 벗겨 내는 짓을 하였던 것이다. 그러면서 나 자신이 나한테서 없어져 버렸던 것이다.'

싯다르타는 눈을 뜨고 주위를 둘러보았다. 얼굴에는 야릇한 미소가 가득 찼으며, 오랜 꿈에서 깨어났다는 깊은 깨달음의 감정이 발가락에 이르기까지 온몸에 퍼져 나갔다. 그러고 나서 곧 그는 다시 걷기 시작하였는데, 자기가 무슨 일을 해야 할지를 아는 사람처럼 급히 달려가기 시작하였다.

'오.' 그는 숨을 깊이 들이쉬며 생각하였다. '이제 다시는 나한테서 이 싯다르타가 슬그머니 빠져나가는 일이 없도록 해야지. 이제 다시는 나의 생각이나 생활을 아트만이나 세계고(世界苦) 따위로 시작하지 말아야지. 이제 다시는 나 자신을 죽이거나 산산조각 내어, 그 파편 뒤에 있는 비밀을 찾아내려고 하는 따위의 짓은 하지 말아야지. 이제 다시는 『요가 베다』[15]의 가르침도, 『아타르바 베다』[16]의 가르침도, 고행자의 가르침도, 그 어떤 가르침도 받지 말아야지. 나 자신한테서 배울 것이며, 나 자신의 제자가 될 것이며, 나 자신을, 싯다르타라는 비밀을 알아내야지.'

그는 마치 이 세상을 맨 처음 보기라도 한 것처럼 신기한 듯 주위를 둘러보았다. 이 세상은 아름다웠으며, 이 세상은 오색찬란하였으며, 이 세상은 기기묘묘하고 수수께끼 같았다. 여기에는 파랑이 있었고, 여기에는 노랑이 있었고, 여기에는 초록이 있었으며, 하늘이 흘러가고 있었고, 강이 흐르고 있었으며, 숲이 우뚝 솟아 있었고, 산이 우뚝 솟아 있었다. 삼라만상이 아름다웠으며, 삼라만상이 수수께끼로 가득 차 있었고 요술 같았다. 그 한가운데에서 깨달음을 얻은 각자(覺者) 싯다르타는 자기 자신에게로 나아가는 도중에 있었다. 이 모든 것, 이 모든 노랑과 파랑, 강과 숲이 맨 처음으로 눈을 통하여 싯

15) 『요가 베다』라는 것은 실제로 존재하는 문헌이 아닌데, 정신이 육체를 완전히 지배하게 함으로써 정신을 자유롭게 하고자 하는 정신 집중 훈련인 요가와 연관시키기 위하여 작가 헤세가 의도적으로 이런 허구적인 표현을 쓴 것으로 보인다.

16) 가정에서 예배를 드릴 때 부르는 주술적인 노래와 병의 치료를 위한 주술적인 말 등을 수록한 것으로, 『리그 베다』, 『야주르 베다』, 『사마 베다』의 3베다에 이어 제4의 베다로 일컬어지는 바라문교 성전의 하나.

다르타의 내면 속에 파고들었으니, 이 모든 것은 이제 더 이상 마야의 요술도 아니었고, 이제 더 이상 마야의 베일도 아니었으며, 이제 더 이상 무의미하고 우연한 현상계(現象界)의 다양성도 아니었다. 다양성을 무시하고 통일성을 추구하며 깊이 사색하는 바라문에게는 무의미하고 우연한 현상계라는 것은 경멸스러웠다. 파랑은 파랑이고, 강은 강이었으며, 비록 싯다르타의 내면에 있는 파랑과 강물 속에, 하나이자 신적인 것이 숨어 있다 할지라도, 여기에 노랑, 여기에 파랑, 저기에 하늘, 저기에 숲, 그리고 여기에 싯다르타가 있다는 그 사실이야말로 바로 신적인 것의 본성이요 의의였던 것이다. 의의와 본질은 사물들의 배후 어딘가에 있는 것이 아니라, 그 사물들 속에, 삼라만상 속에 있었던 것이다.

'나는 얼마나 무감각하고 우둔하였던가!' 급히 발걸음을 옮기면서 그는 생각하였다. '어떤 사람이 어떤 글을 읽고 그 뜻을 알고자 할 때, 그 사람은 기호들과 철자들을 무시하지 않으며 그것들을 착각이나 우연, 또는 무가치한 껍데기라고 부르지도 않는다. 그 사람은 철자 하나하나 빠뜨리지 않고 그 글을 읽으며, 그 글을 연구하고 그 글을 사랑한다. 그러나 나는, 이 세상이라는 책과 나 자신의 본질이라는 책을 읽고자 하였던 나는 어떠하였는가. 나는 내가 미리 추측한 뜻에 짜맞추는 일을 하기 위하여, 기호들과 철자들을 무시해 버렸으며, 이 현상계를 착각이라 일컬었으며, 나의 눈과 혀를 우연하고 무가치한 현상이라고 일컬었다. 아니, 이런 일은 지나가 버렸으며, 나는 미몽에서 깨어났다. 난 정말로 미몽에서 깨어났

으며, 오늘에야 비로소 다시 태어난 것이다.'

싯다르타는 이 생각을 하다가, 자기가 가는 길 앞에 마치 뱀이 누워 있기라도 한 것처럼, 다시 한번 갑자기 멈추어 섰다.

왜냐하면 문득 '자신이 실제로 잠에서 깨어난 자이며 새로 태어난 자라면 생활을 새롭게, 완전히 맨 처음부터 다시 시작하지 않으면 안 된다.'는 것을 분명하게 깨달았기 때문이다. 그가 이미 미몽에서 깨어나 자기 자신에게로 나아가는 도중에 있던 바로 그날 아침, 세존이 기거하는 숲인 기원정사를 떠났을 때만 해도, 그는 이제 몇 년씩이나 고행을 했으니 고향으로, 아버지에게로 되돌아가야겠다고 생각했었고 그것을 당연하고도 자명한 것으로 여겼었다. 그러나 지금 이 순간에 와서야 비로소, 즉 자기가 가는 길 앞에 마치 뱀이 누워 있는 것 같아 멈추어 선 이 순간에야 비로소, 그는 미몽에서 깨어나 다음과 같은 통찰에 이르게 되었다. '나는 정말로 이제 더 이상 옛날의 내가 아니며, 나는 이제 더 이상 고행자가 아니며, 나는 이제 더 이상 승려가 아니며, 나는 이제 더 이상 바라문이 아니다. 내가 집에 가서 아버님 곁에서 도대체 무슨 일을 해야 한단 말인가? 연구하는 일? 제사 드리는 일? 침잠 상태에 빠지는 일? 이 모든 일은 정말이지 다 지나간 일이고, 이 모든 일은 이제 더 이상 내가 가야 할 길이 아니다.'

꼼짝도 하지 않고 싯다르타는 서 있었는데, 숨 한 번 쉴 짧은 순간 동안, 심장이 얼어붙는 것 같았다. 자신이 얼마나 외로운 존재인가를 알게 되었을 때 그는, 마치 한 마리 작은 짐승이나 한 마리의 새, 또는 한 마리의 토끼라도 된 듯, 가슴속의 심장이 얼어붙는 것을 느꼈다. 몇 해 동안 그는 고향 없이 떠도는 신세였지만 자신이 떠돌이라고 느끼지 못하였었다. 그런데 이제 그걸 느끼게 된 것이다. 속세에서 가장 멀리 떨어진 침잠 상태에 빠져 있을 때에도 그는 여전히 아버지의 아들이었으며, 높은 신분의 바라문이었으며, 정신적 존재였다. 이제 그는 단지 깨달은 자 싯다르타에 불과하였으며 더 이상 그 밖의 다른 존재가 아니었다. 그는 깊이 숨을 들이마셨으며, 한순간 몸이 얼어붙어서 몸을 부르르 떨었다. 어느 누구도 그만큼 외로운 사람은 없었다. 귀족치고 귀족과 어울리지 않는 사람이 없었으며, 직공치고 다른 직공과 어울려 자기와 같은 부류의 사람들에게서 피난처를 찾지 않는 사람이 없었다. 귀족이든 직공이든 자기와 같은 부류의 사람들과 함께 생활하고 공통의 언어로 말하지 않는 사람이 없었다. 어떤 바라문도 바라문의 무리에 속하여 더불어 생활하지 않는 사람이 없었으며, 어떤 고행자도 사문 계층에서 피난처를 찾지 않는 사람이 없었다. 심지어는 이 세상에서 가장 의지할 데 없는 숲속의 은둔자라 할지라도 혼자가 아니었으며 외롭지 않았다. 그런 은둔자도 같은 부류의 구성원들에게 에워싸여 있었으며, 그런 은둔자도 어떤 계층에 속하였으며, 그가 속한 계층이 그에게는 고향이 되어 주었다. 고빈다는 승려가 되었으며, 수천의 승려들이 그의 형제들이었고, 그가 입는 것과 같은 옷을 걸쳤고, 그의 믿음과 같은 믿음을 가졌으며, 그가 사용하는 언어와 같은 언어로 말하였다. 그렇지만 싯다르타 그는 어디에 속해 있을까? 그는 누구와 더불어 같은 생활을 할 것인가? 그는 누가 쓰는 언어와 같은 언어를 쓰게 될 것인가?

자기를 빙 둘러싼 주위의 세계가 녹아 없어져 자신으로부터 떠나가 버리고, 마치 하늘에 떠 있는 별처럼 홀로 외롭게 서 있던 이 순간으로부터, 냉기와 절망의 이 순간으로부터 벗어나, 예전보다 자아를 더욱 단단하게 응집시킨 채, 싯다르타는 불쑥 일어났다. 그는 '이것이야말로 깨달음의 마지막 전율, 탄생의 마지막 경련이었다.'고 느꼈다. 이윽고 그는 다시 발걸음을 떼더니, 신속하고 성급하게 걷기 시작하였다. 이제 더 이상 집으로 가는 것도, 이제 더 이상 아버지에게 가는 것도, 이제 더 이상 되돌아가는 것도 아니었다.

2부

일본에 있는 나의 사촌
빌헬름 군데르트(Wilhelm Gundert)에게 바침

카말라

싯다르타는 자신의 길을 한 걸음 한 걸음 걸어 나갈 때마다 매번 새로운 것을 배웠으니, 세상이 달라져 보였고 그의 마음이 마법에 걸린 듯 세상에 매혹되어 있었기 때문이다. 그는 숲이 울창한 산 위로 태양이 떠오르는 것을, 그리고 저 멀리 야자나무가 우거진 강변 위로 태양이 지는 것을 보았다. 그는 밤하늘에 별들이 질서정연하게 자리잡고 있는 것을 보았으며, 초승달이 마치 파란 바다를 떠다니는 한 조각의 배처럼 두둥실 떠 있는 것을 보았다. 그는 나무들, 별들, 짐승들, 구름들, 무지개, 바위들, 풀들, 꽃들, 시내와 강, 풀밭에서 반짝이는 아침 이슬, 저 멀리에 파랗고 뽀얀 빛깔을 하고 서 있는 높은 산들을 보았다. 새들이 노래하고 꿀벌들이 윙윙거렸으며, 벼가 익어 가는 들판에는 은쟁반에 옥구슬 구르는 듯한 청아한 소리를 내며 바람이 불었다. 이 오색영롱한 천태만상은 항상 그 자리에 있었으며, 항상 달과 해는 비추고 있었으며, 항상 시냇물은 졸졸 소리내며 흐르고 있었고 꿀벌들은 윙윙거리며 날아다니고 있었다. 그러나 예전에는 싯다르타에게 이 모든 것들이 자신의 눈을 가리는 무상하고 기만적인 너울로밖에는 보이지 않았다. 본질적인 것이란 눈에 보이는 가식적 세계 너머 저편 피안(彼岸)에 있다고 생각한 싯다르타의 눈으로 볼 때에는 이 모든 것들은 본질적인 것이 아니었다. 따라서 예전에는 이 모든 것들이 불신의 눈으로 관찰되었으며, 철저한 사유에 의하여 무화(無化)될 수밖에 없었던 것이다. 그러나 이제 깨달음을 얻어 자유로워진 그의 눈은 차안(此岸)의 세계에 머무르게 되었으니, 그는 가시적인 것을 보고 인식하였으며, 이 세상에서 고향을 찾았으며, 본질적인 것을 추구하지 않았으며, 피안의 세계를 목표로 삼지 않았다. 이처럼 무엇인가를 추구함이 없이, 이처럼 단순소박하게, 이처럼 천진난만하게 세상을 바라보니, 이 세상이 아름답게 보였다. 달과 별들도 아름다웠고, 시냇물과 강기슭, 숲과 바위, 염소와 황금풍뎅이, 꽃과 나비도 아름답게 보였다. 이처럼 천진난만하게, 이처럼 미몽에서 깨어나서, 이처럼 주변의 가까운 사물에 마음의 문을 연 채로, 이처럼 아무 불신감도 없이 이 세상을 떠돌아다닌다는 것은 아름답고 기분 좋은 일이었다. 머리 위에 내리쬐는 햇살도 예전과는 다르게 느껴졌으며, 더위를 식혀 주는 숲의 그늘도 시원한 느낌이 예전과는 달랐으며, 시냇물과 물통의 물맛도 예전과는 달랐으며, 호박이나 바나나의 맛도 예전과는 달랐다. 낮들과 밤들이 짧아진 것 같았고, 매 시간 시간이 마치 바다 위의 돛단배처럼, 돛 아래 온갖 보물과 기쁨을 가득 실은 그런 돛단배처럼, 쏜살같이 지나갔다. 싯다르타는 둥근 천장 모양을 이루고 있는 울창한 숲속에서 원숭이 무리들이 이 나뭇가지 저 나뭇가지를 높이 타고 다니는 것을 보았으며, 그 원숭이들이 욕정에 불타는 거친 소리로 꽥꽥거리며 노래 부르는 것을 보았다. 싯다르타는 숫양이 암놈을 뒤쫓아가서 교미하는 것을 보았다. 그는 갈대가 우거진 호수에서 날카로운 이빨을 가진 민물고기가 저녁 허기를 채우려고 작은 물고기들을 쫓는 것을 보기도 하였는데, 그 민물고기에 쫓기고 있는 작은 물고기들은 잔뜩 겁에 질린 채, 파닥거리면서, 반짝거리는 비늘을 드러내면서, 떼를 지어 물에서 뭍으로 튀어 올랐으며, 먹이들을 거칠고 사납게 몰아붙이는 그 난폭한 민물고기가 만들어 내는 격렬한 소용돌이에서는 힘과 정열의 기운이 세차게 풍겨 나왔다.

이 모든 것은 예전에도 항상 있었다. 그런데도 그는 여태 그것을 보지 못하였으며, 그런 것에 끼어든 일도 없었다. 이제 그는 그런 것에 끼어들었으며, 그 일부를 이루고 있었다. 그의 눈에 비와 그림자가 퍼져 나갔으며, 그의 마음에 별과 달이 퍼져 나갔다.

길을 가는 도중에 싯다르타는 자신이 기원정사의 정원에서 겪었던 모든 일, 그러니까 그곳에서 들었던 가르침, 신처럼 거룩한 부처, 고빈다와의 작별, 세존과의 대화 따위를 회상해 보았다. 그리고 자기 자신이 세존에게 하였던 말들을 하나하나씩 다시 곰곰이 회상해 보았다. 그러자 지금 생각해 보니 자신이 그 당시만 해도 전혀 알지도 못했던 말들을 마구 내뱉었다는 것을 깨닫고는 깜짝 놀랐다. 그는 당시 고타마에게, 부처인 고타마의 소중한 보물과 불가사의한 신비는 그의 가르침이 아니라, 고타마가 일찍이 도를 깨닫는 순간 몸소 체험하였던 것, 그러니까 말로는 표현할 수 없으며 가르칠 수도 없는 그런 것이라고 말하였던 것이다. 그런데 바로 그것을 그 자신이 지금 몸소 체험하기 시작하였던 것이다. 그는 이제 자기 자신을 몸소 체험하고 있음이 분명하였다. 아마 벌써 오래전부터 그는 그 자신의 자기(自己)가 바로 아트만이며, 바라문과 똑같은 영원한 본질에서 생겨난 것이라는 사실, 즉 범아일여(梵我一如)라는 사실을 알고 있었는지도 모른다. 그러나 그는 이 자기를 사색의 그물로 붙잡으려 하였기 때문에 실제로는 이 자기라는 것을 결코 발견할 수 없었던 것이다. 육체도 자기가 아니라는 것, 그리고 감각의 유희도 자기가 아니라는 것은 확실하였다. 이와 마찬가지로 사색 또한 자아가 아니었고, 오성(悟性)도, 배워서 얻은 지혜도, 결론을 끄집어내고 기존의 사상으로부터 새로운 사상을 실을 잣듯이 술술 만들어 내는 그런 습득된 재주도 자기가 아니었다. 그렇다, 이러한 사유의 세계도 역시 여전히 차안의 세계에 있었던 것이며, 설령 감각이라는 우연한 비본질적인 자기를 죽이고 그 대신에 사고와 학식이라는 또 다른 우연한 비본질적인 자기를 제아무리 살찌운다 하더라도, 결국 어떠한 목표에도 다다를 수가 없었던 것이다. 감각과 사유 두 가지 다 상당히 좋은 것이었다. 그 두 가지의 배후에는 궁극적인 참뜻이 숨어 있었다. 두 가지 모두 들어 볼 만한 가치가 있고, 더불어 유희할 만한 가치가 있는 것이었다. 두 가지 가운데 어느 하나도 경시되거나 과대평가되어서는 안 되었으며, 그 두 가지로부터 가장 내밀한 것의 비밀스러운 소리들을 들어야 할 것이었다. 그는, 그 소리가 얻으려고 노력해 보라고 명령하는 것 이외에는 아무것도 얻으려고 노력하지 않으리라고, 그 소리가 멈추어 있으라고 권하는 장소 이외에는 그 어느 곳에서도 멈추어 있지 않으리라고 마음먹었다. 무엇 때문에 부처 고타마는 일찍이 많고도 많은 시간들 중에 하필이면 그 시간에 보리수 아래에서 좌정하여 정각(正覺)을 얻을 수 있었던가? 그는 한 음성을 들었었다. 그 나무 밑에 가서 휴식을 취하라고 명령하는 자기 내면의 소리를 들었었다. 그리고 그는 금욕, 제사, 목욕재계나 기도, 먹는 것과 마시는 것, 잠자는 것과 꿈꾸는 것, 그 어느 것도 택하지 않았었으며, 그는 내면의 소리에 따랐었다. 이처럼 외부의 명령이 아니라 오로지 그 내면의 소리에 귀 기울이는 것, 이처럼 내면의 소리에 귀 기울일 만반의 준비 태세를 갖추는 것, 그것은 좋은 일이었으며, 반드시 필요한 일이었다. 그것 말고는 아무것도 필요하지 않았다.

강가에 있는 한 뱃사공의 초가집에서 잠을 자던 날 밤에 싯다르타는 꿈을 꾸었다. 고빈다가 고행자의 누런 법복을 입고 자기 앞에 서 있었다. 고빈다는 슬퍼 보였으며, 자기에게 슬픈 목소리로 "왜 자네는 나를 떠났지?" 하고 물었다. 그러자 그는 고빈다를 두 팔로 끌어안았다. 그는 고빈다를 자기 품에 끌어안고 입맞춤을 하였다. 그런데 자기가 품에 끌어안고 입맞춤을 하고 있는 사람은 이제 보니 고빈다가 아니라 어떤 여인이었다. 그 여인의 적삼 밖으로 풍만한 젖가슴이 봉긋 솟아 나왔다. 싯다르타는 그 젖가슴에 입을 갖다 대고 젖을 빨아 먹었다. 그 젖가슴에서 나오는 젖은 달콤하고 강렬한 맛이 났다. 그 젖은 남자와 여자의 맛, 해와 숲의 맛, 짐승과 꽃의 맛, 온갖 과일 맛, 온갖 쾌락의 맛이 났다. 그 젖은 그를 취하게 만들었고 의식을 몽롱하게 만들었다. 싯다르타가 꿈에서 깨어났을 때, 초가집 문 틈을 통하여 창백한 강물이 희끄무레하게 빛나는 모습이 눈에 들어왔으며, 숲속에서는 부엉이의 어두운 울음소리가 은은하고 아름다운 가락으로 울려왔다.

날이 밝아 오기 시작하자 싯다르타는 뱃사공인 집주인에게 강 건너로 실어다 달라고 부탁하였다. 뱃사공이 그를 대나무로 만든 뗏목에 싣고 강을 건너고 있을 때, 강의 넓은 수면은 아침 햇살을 받아 불그스레하게 반짝거렸다.

"아름다운 강이로군요." 그는 뱃사공에게 말하였다.

"그렇습니다." 뱃사공이 말하였다. "매우 아름다운 강이지요, 나는 이 강을 무엇보다도 사랑한답니다. 나는 자주 이 강의 소리에 귀를 기울이곤 하였으며, 자주 이 강의 눈을 들여다보곤 하였습니다. 그리고 항상 이 강으로부터 배워 왔습니다. 우리는 강으로부터 많은 것을 배울 수 있답니다."

강 건너편에 도착하자 싯다르타는 "은혜를 베풀어 주신 은인이시여, 당신께 감사를 드립니다." 하고 말하였다. "고마우신 분이여, 당신께 감사의 선물로 드릴 것도 없고 드릴 뱃삯도 없습니다. 바라문의 아들이자 사문인 저는 정처 없이 떠도는 신세입니다."

"잘 알고 있었습니다." 뱃사공이 말하였다. "난 당신한테 뱃삯을 받으리라는 기대를 하지 않았습니다. 그리고 손님한테 선물을 기대하지도 않았습니다. 다음번에 나에게 답례의 선물을 주게 될 기회가 있을 것입니다."

"그렇게 믿으시는 겁니까?" 싯다르타가 기쁜 마음으로 말하였다.

"물론입니다. '모든 것은 다시 돌아온다!' 이것도 강으로부터 배운 것이지요. 사문인 당신도 다시 돌아올 것입니다. 자 그럼, 안녕히 가십시오. 당신의 우정을 뱃삯으로 받은 걸로 해 둡시다. 신들에게 제사를 올릴 때 나를 잊지 말고 내 몫도 함께 빌어 주길 바라겠습니다."

미소를 지으면서 그들은 작별하였다. 싯다르타는 뱃사공의 우정과 친절을 생각하며 기쁜 마음으로 미소를 지었다. '그는 고빈다 같은 사람이야.' 싯다르타는 미소를 지으며 생각하였다. '내가 도중에서 만나는 사람들은 모두들 고빈다와 똑같단 말이야. 모두들 감사를 받아도 시원치 않을 판인데도 오히려 고마움을 느끼다니 말이야. 모두 다 겸손해하고, 모두 다 기꺼이 벗이 되고자 하고, 기꺼이 순종하려 들고, 생각은 별로 하지를 않아. 그 사람들은 천진난만한 어린애들이야.'

정오 무렵 싯다르타는 어느 마을을 지나게 되었다. 진흙을 발라 만든 자그마한 토담집들이 옹기종기 모여 있는 골목에서 아이들이 뒹굴며 놀고 있었는데, 호박씨나 조개껍질을 가지고 놀거나, 소리를 지르거나, 서로 맞잡고 싸우기도 하였다. 그러다가 낯선 사문을 보자 무서워서 모두들 도망쳐 버렸다. 마을 끝에는 길이 개울로 나 있었다. 개울가에서 젊은 아낙네가 무릎을 구부리고 앉아 빨래를 하고 있었다. 싯다르타가 인사를 하자, 그 아낙네는 고개를 들고 미소를 지으며 그를 바라보았다. 그때 싯다르타는 그녀의 눈의 흰자위가 반짝거리는 것을 보았다. 싯다르타는 나그네가 으레 하는 그런 축복의 인사말을 한 다음, 큰 도시까지 가려면 아직 얼마나 더 가야 하는지 물었다. 그러자 그녀는 일어나서 다가왔다. 젊은 아낙네의 촉촉한 입술이 아름답게 반짝였다. 그녀는 싯다르타에게 농을 걸었으며, 벌써 식사는 하였는지, 사문들은 밤에 혼자 숲속에서 잠을 자고 여자를 가까이하면 안 된다고 하던데 그 말이 사실이냐고 물어왔다. 이때 그 여자는 왼발을 오른발 위에 올려놓으면서, 여자가 남자한테 일종의 사랑의 향락을 요구할 때 취하는 그런 몸짓을 해 보였다. 소위 사랑의 교과서에서 '나무 타기'[17]라고 부르는 그런 몸짓이었다. 싯다르타는 몸속의 피가 달아오르는 것을 느꼈다. 그리고 바로 그 순간 전날 밤에 꾼 꿈이 떠올라, 그 여자 쪽으로 약간 허리를 구부리고는 갈색을 띤 그녀 젖꼭지에 입을 맞추었다. 눈을 들어 쳐다보니, 그녀의 얼굴은 색욕으로 가득한 미소를 흘려 보내고 있었으며, 눈을 가느다랗게 뜨고 욕정에 못 이겨 애원하는 것 같

17) 고대 인도의 성애 문헌인 카마수트라에 묘사된 12가지의 고전적인 성교 체위 가운데 여섯 번째 체위.

았다.

싯다르타 역시 갈망을 느꼈으며, 성욕의 샘이 꿈틀거리는 것을 느꼈다. 그렇지만 그는 아직 한 번도 여자와 접촉해 본 적이 없었기 때문에, 두 손은 벌써 그녀를 붙잡을 만반의 태세를 갖추고 있으면서도, 한순간 머뭇거렸다. 그리고 바로 그 순간 그는 자기 내면의 소리를 듣고 흠칫 놀라 소름이 돋았다. 그 소리는 그에게 '안 된다.'고 말하였다. 이 소리가 들리자 젊은 여인의 미소 띤 얼굴에서 매력이 싹 사라져 버렸다. 그 여인이 오로지 음욕으로 눈이 촉촉이 젖은 발정한 암컷으로밖에 보이지 않았다. 그는 다정하게 여인의 뺨을 어루만져 준 다음 그녀로부터 몸을 돌려, 실망에 빠진 그녀를 뒤로한 채, 가벼운 발걸음으로 대나무 밭 속으로 사라져 버렸다.

이날 그는 저녁이 되기 전에 큰 도시에 당도해서 기뻤는데, 그것은 사람들이 너무나도 그리웠기 때문이다. 그는 너무나 오랫동안 숲속에서 생활을 해 왔다. 전날 밤 그가 묵었던 뱃사공의 초가집이 지붕 밑에서 오랜만에 잠을 잔 첫 번째 집이었던 것이다.

도시 입구, 아름답게 울타리를 둘러친 어느 숲 부근에서, 방랑객 싯다르타는 바구니를 들고 가는 한 무리의 하인 하녀들과 우연히 마주쳤다. 네 사람이 메고 가는 잘 치장한 가마 한가운데에는 그들의 여주인이 알록달록한 해가리개 아래, 붉은 방석 위에 앉아 있었다. 싯다르타는 그 유원(遊園) 입구에 서서 그 행렬을 구경하였으며, 하인들, 하녀들, 바구니들, 가마, 그리고 그 가마 속에 탄 부인을 바라보았다. 높이 틀어올린 까만 머리카락 밑으로 매우 해맑은, 매우 온유한, 매우 영리한 얼굴이 보였다. 선홍빛 입술은 막 터진 무화과 열매 같았고, 눈썹은 휘어진 활처럼 곱게 손질된 채 그려져 있었고, 까만 눈동자는 영리하고 사려 깊어 보였다. 하얗고 기다란 목덜미가 초록빛과 황금빛의 겉저고리 위로 오뚝하니 올라 있었으며, 널찍한 황금 팔찌를 낀 투명한 빛깔의 길고 가느다란 두 손은 무릎 위에 단정히 놓여 있었다.

무척이나 아름다운 그 여인의 모습을 보고 싯다르타의 가슴이 기쁨에 뛰놀았다. 그 가마가 가까이 다가왔을 때 그는 몸을 낮게 숙였다. 그러고는 다시 반듯하게 서서 그 여인의 화사하고 고운 얼굴을 바라보았으며, 둥그스름한 천장 모양의 영리한 두 눈의 눈빛을 잠시 동안 읽어 냈으며, 자신이 알지 못하는 야릇한 향내를 풍기는 입김을 느꼈다. 그 아름다운 여인은 미소를 지으면서 고개를 끄덕이고 있었다. 그것도 한순간, 그 여인은 곧 숲속으로 자취를 감추어 버렸으며 뒤이어 하인들도 사라져 버렸다.

'이 도시에 발을 들여놓자마자 이런 광경을 보게 되다니 좋은 징조로군.' 싯다르타는 생각하였다. 그는 당장이라도 그 유원지 안으로 들어가고 싶은 마음이 굴뚝같았지만 자신의 처지를 생각해 보았다. 그러자 그때서야 비로소, 입구에 서 있는 자신의 모습을 하인들과 하녀들이 어떤 눈초리로 쳐다보았던가 하는 생각이 났다. 얼마나 경멸하는 눈초리로 자기를 쳐다보았던가, 얼마나 불신하는 눈초리로 자기를 쳐다보았던가, 얼마나 쫓아내려는 듯한 눈초리로 자기를 쏘아보았던가 하는 생각이 퍼뜩 들었던 것이다.

'나는 아직 사문이지.' 그는 생각하였다. '아직도 변함없이 여전히 고행자요 구걸하는 거지 신세 아닌가. 이런 꼴로 그대로 있어서는 안 될 거야, 이런 꼴로 유원지 안에 들어가서는 안 될 거야.' 이 생각을 하자 웃음이 터져나왔다.

그는 가장 가까이에서 걸어오는 사람에게 그 유원지에 대한 것을, 그리고 그 여인의 이름을 물어보았다. 그리하여 그는 이것이 카말라의 정원, 즉 유명한 기생인 카말라[18)]의 정원이라는 것을 알게 되었고, 그녀가 이 정원 말고도 시내에 집 한 채를 더 소유하고 있다는 것도 알게 되었다.

그런 후 그는 시내로 들어갔다. 이제 그에게는 하나의 목표물이 생겼던 것이다.

자기의 목표물을 뒤쫓으면서, 그는 그 도시에 자신의 몸을 내맡겨 거기에 빨려 들어갔으니, 길 위에서 인파에 떠밀려 다니기도 하였고, 이 거리 저 거리에 멈춰 서 있기도 하였고, 강가의 돌계단 위에서 휴식을 취하기도 하였다. 저녁 무렵 그는 한 이발소 조수와 사귀게 되었다. 싯다르타가 맨 처음 그를 보았을 때, 그는 지붕이 둥근 건물의 그늘 밑에서 일하고 있었다. 그 다음에 다시 비슈누[19)] 사원에서 기도 드리고 있는 그의

---

18) 카말라라는 이름은, 인도 신화에 나오는 사랑의 신 카마를 빗대어 넌지시 인용한 것으로 추측된다. 카마는 화살과 꽃다발을 들고 앵무새를 타고 다닌다는 미남 신이다.

19) 힌두교의 세 주신(主神) 가운데 하나로, 팔이 네 개이며, 용(龍) 위에서 명상하는 자세로 세계 질서를 유지한다고 한다.

모습을 보았었다. 그는 이발소 조수에게 비슈누와 락슈미[20]의 이야기를 들려주었다. 싯다르타는 그날 밤 강가에 매어 놓은 나룻배에서 자고, 다음날 아침 일찍, 이발소에 첫 손님이 오기 전에, 그 이발소 조수한테 수염을 깎았으며, 머리카락도 자르게 하고 빗질도 하게 하고 좋은 머릿기름도 바르게 하였다. 그런 다음 그는 강물에 들어가 목욕도 하였다.

오후 늦게 가마를 탄 아름다운 카말라가 정원에 거의 다 왔을 때, 싯다르타는 입구에 서 있다가 몸을 굽혀 절을 하였다. 그리고 그녀의 답례 인사를 받았다. 그러나 그는 행렬 맨 뒤에 오고 있던 하인을 손짓으로 오라고 한 다음, 한 젊은 바라문이 대화를 나누기를 간절히 원한다는 것을 여주인에게 알려 달라고 청하였다. 한참 후에 그 하인이 되돌아와서는, 기다리고 있던 싯다르타에게, 자기를 따라오라고 하였다. 싯다르타는 그 하인 뒤를 따라갔다. 그 하인은 아무 말도 하지 않은 채 그를 정자로 데리고 간 다음 그 자리를 떴다. 거기에는 카말라가 휴식용 침상에 누워 있었다. 이제 카말라 옆에는 싯다르타 혼자밖에 없었다.

"당신은 이미 어제 저 밖에 서 있다가 나한테 인사를 하지 않았던가요?" 카말라가 물었다.

"사실 나는 이미 어제 그대를 보았으며 그대에게 인사를 하였소."

"하지만 어제는 수염을 기르고 있었고, 긴 머리카락에다, 그

20) 고대 인도 신화에 나오는 미와 행운의 여신으로, 비슈누의 아내이다.

리고 머리카락에는 먼지가 잔뜩 묻어 있지 않았던가요?"

"그대의 관찰력은 대단하시군요, 하나도 빠뜨리지 않고 모두 다 보셨군요. 그대는 어제 싯다르타를 보았소. 브라만의 아들인 그는 사문이 되기 위하여 고향을 떠나 삼 년 동안 사문 생활을 했었소. 그렇지만 나는 이제 사문의 그 좁은 길을 떠나 이 도시로 왔는데, 이 도시에 발을 들여놓기 직전에 맨 처음 만난 사람이 바로 그대였소. 카말라여, 내가 그대에게 온 것은 이 말을 하기 위해서요. 그대는 싯다르타가 눈을 내리깔지 않고 말을 거는 최초의 여인이오. 앞으로는 행여 아름다운 여인을 만나는 일이 있더라도, 나는 결코 눈을 내리깔지 않을 것이오."

카말라는 생글생글 미소를 지으며 공작 깃 부채를 만지작거리고 있었다. 그러더니 이렇게 물었다. "그러니까 싯다르타가 나를 찾아온 목적이 오로지 이 말을 하기 위해서란 말인가요?"

"그대에게 이 말을 하기 위하여, 그리고 그대가 너무나 아름답다는 사실에 대하여 그대에게 감사드리기 위하여 온 것이오. 그리고 만약 언짢게 여기지 않는다면, 카말라여, 그대에게 나의 친구가, 나의 스승이 되어 달라고 부탁하는 바이오. 나는 그대가 도통한 그런 방면의 기술에는 아직 아무것도 아는 바가 없기 때문이오."

그러자 카말라가 큰 소리로 웃었다.

"친구분, 숲에서 나온 사문이 와서 나한테 배우고 싶어한 것은 여태까지 한 번도 없었던 일이에요. 긴 머리카락에다 치부(恥部) 가리개마저 갈기갈기 찢어진 차림을 하고 사문이 나를 찾아온 것은 한 번도 없었던 일이고요. 많은 젊은이들이 나를 찾아오는데, 그중에는 바라문의 아들도 있지요. 그러나 그들은 아름다운 옷을 입고, 세련된 신발을 신고, 머리카락에서는 좋은 향내가 나고, 지갑에는 돈을 두둑이 넣어 가지고 오지요. 이보세요 사문, 나를 찾아오는 젊은이들은 모두 그 정도라고요."

싯다르타가 말하였다. "벌써 나는 그대한테서 배우기 시작하고 있소. 어제도 벌써 나는 배운 바가 있었소. 벌써 나는 수염을 깎았고, 머리카락을 빗질하였고, 머리카락에 기름도 발랐소. 훌륭한 그대여, 아직 나에게 없는 것은 얼마 안 되오. 세련된 옷, 세련된 신발, 지갑 속의 돈, 나에게 없는 것은 이것뿐이오. 그런데 싯다르타는 그런 사소한 것들보다 더 어려운 일을 해내기로 결심하였으며 그 일을 해냈소. 그런데 어떻게 내가 어제 결심하였던 것, 그러니까 그대의 친구가 되고 그대한테서 사랑의 기쁨을 배우기로 결심하였던 것을 이루어 내지 못하겠소? 카말라여, 그대는 내가 가르쳐볼 만한 사람이라는 것을 알게 될 것이오. 그대가 나에게 가르치게 될 일보다 더 어려운 일을 나는 배워 왔소. 그러니까 아무튼지, 머리카락에 기름은 발랐으나 옷도 신발도 돈도 없는 지금 처지의 싯다르타는 그대 마음에 차지 않는다는 말이지요?"

웃음을 지으면서 카말라가 소리쳤다. "그래요, 귀하신 분, 아직은 마음에 차지 않아요. 나한테 귀한 손님 대접을 받으려면 옷을, 그것도 멋진 옷을 입지 않으면 안 되고, 신발을, 그것도 예쁜 신발을 신지 않으면 안 되고, 그리고 지갑에는 돈을 두둑이 넣고 있지 않으면 안 되고, 카말라에게 줄 선물을 가져오지 않으면 안 됩니다. 숲에서 온 사문이여, 이제 아시겠어요? 내 말을 가슴 깊이 새겨 두셨나요?"

"그걸 가슴 깊이 새겨 두었소이다." 싯다르타가 소리쳤다. "그렇게 예쁜 입에서 흘러나오는 말을 어찌 명심하지 않을 수가 있겠소? 카말라여, 그대의 입은 마치 방금 터진 무화과 열매 같소이다. 나의 입도 붉고 싱싱하오. 나의 입은 그대의 입과 잘 어울릴 것이오. 그대도 그렇다는 것을 곧 알게 될 것이오. 그렇지만 말해 보오, 아름다운 카말라여, 사랑을 배우기 위하여 숲에서 나온 사문이 전혀 두렵지 않소?"

"도대체 내가 무엇 때문에 그런 미욱한 사문을, 자칼들 무리에서 빠져나왔으며 아직 여자가 무엇인지 전혀 알지도 못하는 그런 숲에서 나온 사문을 두려워하겠어요?"

"오, 그 사문은 강하지요, 그리고 그는 아무것도 두려워하지 않소. 아름다운 아가씨, 그가 그대를 강제로 범할 수도 있을지 모르오. 그가 그대를 겁탈할 수도 있을지 모르오. 그가 그대에게 고통을 줄지도 모르오."

"아니에요, 사문 양반, 나는 그런 것을 두려워하지 않아요. 여태까지 어떤 사문이나 어떤 브라만이, 누군가가 와서 자기를 묶어 놓고 자기한테서 학식이나 경건한 믿음, 그리고 심원한 통찰력을 강탈해 갈까 봐 두려워하였던 적이 있었던가요? 아니지요. 그런 사람에게는 그것들이 모두 자기의 고유한 재산이기 때문이지요. 그리고 그런 사람은 그것들 중에서 오직 자기가 주고 싶은 것만을 주고, 자기가 주고 싶은 사람들에게 주기 때문이지요. 그런 거예요. 카말라의 경우도 그것과 한 치도 틀림없이 똑같아요. 그리고 사랑의 기쁨이라는 것도 그것과 하나도 다를 바가 없지요. 카말라의 입은 예쁘고 빨갛지요. 그러나 카말라의 뜻에 어긋나게 그 입에 한번 입 맞추려고 해 보세요. 그러면 그렇게 많은 단맛을 줄 수 있는 그 입에서 당신은 단 한 방울의 단맛도 얻지 못할 거예요. 싯다르타, 당신이 말귀를 잘 알아듣는 분이라면 이것도 배워 두세요. 사랑이란 구걸하여 얻을 수도 있고, 돈을 주고 살 수도 있고, 선물로 받을 수도 있고, 거리에서 주워 얻을 수도 있지만, 그러나 강탈할 수는 없는 거예요. 그러니까 당신은 잘못된 길을 생각해 냈던 거예요. 그래요, 만약에 당신처럼 예의 바른 젊은이가 그런 잘못된 방식으로 일을 저지르려고 한다면 그건 유감스러운 일이 될 거예요."

싯다르타는 미소를 지으면서 몸을 숙였다. "유감스럽겠지요, 카말라, 정말 지당한 말이오. 참으로 유감천만이겠지요. 안 되지요, 그대 입에서 나온 단맛이 나에게 고스란히 전달되지 못한 채 단 한 방울이라도 그냥 사라져 버리거나, 또한 나의 입에서 나온 단맛이 그대에게 고스란히 전달되지 못한 채 단 한 방울이라도 그냥 사라져 버려서는 안 되지요. 그러면 이렇게 합시다. 싯다르타는 아직 자신에게 없는 것, 그러니까 옷, 신발, 돈을 갖게 되면 다시 오기로 한다, 그렇게 정합시다. 그런데, 사랑스러운 카말라여, 나에게 작은 충고를 하나 더 해 줄 수는 없겠소?"

“한 가지 충고라? 해 드리고말고요. 자칼 같은 사문들이 사는 숲에서 나온, 가난하고 아무것도 모르는 한 사문한테 한마디 충고를 마다할 사람이 어디 있겠어요?”

“사랑하는 카말라여, 그러면, 어디로 가야 그 세 가지를 가장 신속하게 얻을 수 있는지 좀 일러 주시오.”

“이보세요, 많은 사람들이 그것을 알고 싶어 하지요. 당신이 배운 일을 하셔야지요. 그리고 그 대가로 돈과 신발과 옷을 얻도록 해야지요. 가난한 사람이 돈을 손에 쥐는 데는 달리 뾰족한 방법이 없어요. 도대체 당신은 무슨 일을 할 수 있지요?”

“나는 사색할 줄을 아오. 나는 기다릴 줄을 아오. 나는 단식할 줄을 아오.”

“그 밖에 할 줄 아는 일은 아무것도 없나요?”

“아무것도 없소. 아니오, 나는 시를 지을 줄도 아오. 내가 시를 한 수 지을 터이니 그 대가로 나에게 입맞춤을 한 번 해 주겠소?”

“당신의 시가 마음에 들면 그렇게 하겠어요. 도대체 어떤 시인지 궁금하군요.”

싯다르타는 한순간 생각을 집중하고 난 다음 이렇게 시를 읊었다.

녹음이 우거진 정원에 아름다운 카말라가 들어섰고,
그 정원 입구에 갈색으로 그을린 사문이 서 있었네.
연꽃 같은 그녀를 보았을 때, 그가 꾸벅

몸을 숙여 절하자, 미소 지으며 카말라 답례하였네.
신들에게 자신을 바치느니, 그 젊은이 생각하였지, 차라리,
아름다운 카말라에게 자신을 바치는 편이 차라리 더 나으리.

카말라는 손목에 찬 금팔찌가 소리내며 울릴 정도로 크게 손뼉을 치며 좋아하였다.

"갈색으로 그을린 사문이여, 당신의 시는 아름답군요. 그리고 정말이지, 내가 그 시의 대가로 당신에게 입맞춤을 해 주어도 하나도 아까울 것이 없겠어요."

그녀는 눈짓으로 그를 자기 쪽으로 끌어당겼다. 그는 몸을 숙여 그녀의 얼굴 위에 자신의 얼굴을 대고, 마치 방금 터진 무화과 열매 같은 그녀의 입에 자신의 입을 얹었다. 카말라는 그와 오랫동안 입맞춤을 하였는데, 싯다르타는, 그녀가 자기한테 어떻게 가르치고 있는가, 그녀가 얼마나 지혜로운가, 그녀가 어떻게 자기를 마음대로 지배하고, 자기를 기피하듯 퇴짜를 놓고, 자기를 유혹하여 끌어들이는가, 그리고 이 첫 번째 입맞춤이 있고 난 다음 뒤이어 제각기 맛이 다른 일련의 질서 정연하고 능수능란한 입맞춤이 어떻게 자기를 기다리고 있는가를 느끼고는 마음속 깊이 놀라움을 금할 수 없었다. 그는 깊은 숨을 내몰아 쉬며 선 채로 있었다. 그리고 바로 이 순간 그는 풍성한 지식과 배울 만한 가치가 있는 무수한 것들이 자기 눈앞에 펼쳐지는 것을 보고 마치 어린아이처럼 놀라 어찌할 바를 몰라 하고 있었다.

"매우 아름다워요, 당신의 시는." 카말라가 외쳤다. "만약 내

가 부자라면 당신한테 그 대가로 금화를 드릴 텐데요. 그러나 시로 당신이 필요한 만큼의 많은 돈을 벌기란 어려울 거예요. 당신이 만약 카말라의 친구가 되고 싶다면, 많은 돈이 필요하니까요."

"어떻게 입맞춤을 그렇게 할 수가 있소, 카말라?" 싯다르타는 더듬거렸다.

"그래요, 난 이미 그런 능력을 갖고 있어요, 그래서 나에게는 옷이며 신발이며 팔찌며 아름다운 물건이라면 무엇이든 부족한 것이 없지요. 하지만 당신은 앞으로 어떻게 될까요? 당신은 사색하는 것, 단식하는 것, 시를 짓는 것 말고는 할 수 있는 것이 아무것도 없잖아요?"

"나는 제의가(祭儀歌)도 부를 수 있지만……." 싯다르타가 말하였다. "그러나 앞으로는 그런 노래들을 더 이상 부르지 않을 작정이오. 나는 주문도 욀 줄 알지만, 그러나 앞으로는 주문을 더 이상 외지 않을 작정이오. 나는 경전들을 읽었지만."

"멈추세요." 카말라가 말을 중단시켰다. "당신은 글을 읽을 줄 아나요? 그리고 쓸 줄도 아나요?"

"물론 그런 것을 할 줄 알지요. 많은 사람이 그런 것을 할 줄 알지요."

"대부분의 사람들은 그런 능력이 없어요. 나도 그런 것을 할 줄 모른답니다. 당신이 글을 읽고 쓸 줄 안다는 것은 아주 좋은 일이에요, 아주 좋은 일이란 말이에요. 또 주문도 써먹을 수가 있을 거예요."

바로 그 순간 한 하녀가 뛰어 들어와서는 여주인의 귀에 대고 어떤 전갈을 속삭였다.

"손님이 왔어요." 카말라가 소리쳤다. "서둘러 사라지세요, 싯다르타. 아무도 당신이 이곳에 있는 것을 보아서는 안 된다는 것을 꼭 명심하세요! 내일 다시 보기로 해요."

카말라는, 그 경건한 바라문에게 하얀 겉옷을 갖다주라고 하녀에게 지시하였다. 무슨 영문인지도 전혀 모른 채 싯다르타는 하녀한테 이리저리 이끌려 다니다가 길을 빙빙 돌아서 어느 정자 있는 곳으로 가서 겉옷을 선사받고는 덤불이 우거진 수풀 속으로 인도되었다. 그리고 아무 눈에도 띄지 않게 그 숲에서 즉각 사라져 달라는 간절한 부탁을 받았다.

그는 하녀가 시키는 대로 군소리 없이 따랐다. 그 숲의 사정을 잘 알고 있던 터라 아무 소리도 내지 않고 조용히 정원에서 빠져나가 울타리를 훌쩍 뛰어넘었다. 그는 옆구리에 옷을 돌돌 말아 낀 채 흡족한 마음으로 시내로 되돌아갔다. 그는 나그네들이 묵고 가는 어떤 객사 대문에 서서 아무 말 없이 먹을 것을 청하였으며, 아무 말 없이 쌀로 만든 떡 한 조각을 받아들었다. 아마도 내일부터는 아무한테도 먹을 것을 청하지 않을 것이다, 하고 그는 생각하였다.

그의 내면에서 갑자기 자부심의 불꽃이 활활 타올랐다. 그는 이제 더 이상 사문이 아니었으며, 구걸하는 것은 이제 더 이상 그에게 어울리는 일이 아니었다. 그는 구걸한 떡을 개한테 던져 주고 먹을 것이 없는 상태로 지냈다.

'세상 사람들이 영위하는 삶이란 단순하군.' 싯다르타는 생각하였다. '아무런 어려움이 없군. 내가 아직 사문이었을 때에는 만사가 어렵고 힘겨워 희망이 없었는데. 그런데 이제는 만사가 쉽구나, 카말라가 나에게 가르쳐 준 입맞춤만큼이나 만사가 쉽구나. 나는 돈과 옷을 필요로 할 뿐 다른 것은 아무것도 필요하지 않아. 그런 것은 작고 가까운 목표야. 그런 것 때문에 잠을 방해받지는 않지.'

이미 오래전에 그는 시내에 있는 카말라의 집을 알아 두었었다. 다음날 그는 그곳으로 찾아갔다.

"일이 순조롭게 되는군요." 그녀가 그를 맞으면서 소리쳤다. "카마스와미[21) 댁에서 당신을 기다리고 있을 거예요. 그는 이 도시에서 가장 부유한 사람이랍니다. 당신이 그 사람 마음에 들면 당신을 고용할 거예요. 갈색으로 그을린 사문이여, 지혜롭게 처신하세요. 내가 다른 사람들을 통하여 그 사람에게 당신 이야기를 하게끔 해 두었어요. 그에게 공손하고 상냥하게 구세요, 그는 아주 대단한 권세를 갖고 있으니까요. 그러나 초라할 정도로 너무 겸손하게 굴지는 말아요. 나는 당신이 그의 하인이 되는 것은 원치 않아요. 그와 동등한 사람이 되세요. 만약 그렇지 않으면 나는 당신한테 만족하지 못할 거예요. 카마스와미는 늙기 시작하고 편하게 살고 싶어하니까, 당신이 마음에만 들면 그 사람은 당신에게 많은 일을 맡길 거예요."

싯다르타는 그녀에게 고마움을 표하고는 웃어 보였다. 그녀는 싯다르타가 어제와 오늘 아무것도 먹지 않았다는 이야기

21) 카마스와미라는 이름도 카말라의 경우와 마찬가지로 사랑의 신 카마를 넌지시 빗대어 인용한 것으로 추측된다. 카마와 합성된 스와미라는 단어는 지주(地主), 재산가를 의미한다.

를 듣자, 사람을 시켜 빵과 과일을 가져오게 하여 접대하였다.

헤어질 때 그녀가 "당신은 운이 좋았어요." 하고 말하였다. "당신이 가는 길 앞에 문이 하나씩 하나씩 열리는군요. 어떻게 일이 이렇게 순조롭게 풀리지요? 어떤 신통력을 갖고 있는 건가요?"

싯다르타가 말하였다. "어제 내가 그대에게, 나는 사색할 줄도, 기다릴 줄도, 단식할 줄도 안다고 이야기하였는데, 하지만 그대는 그런 능력이 아무짝에도 쓸모없다고 생각하였소. 그러나 그런 능력이 많은 일에 쓸모가 있다는 사실을, 카말라, 그 사실을 그대는 알게 될 것이오. 그대는, 숲에 살고 있는 사문들이 그대들은 할 수 없는 그런 많은 근사한 일을 배우고 해낼 수 있다는 것을 알게 될 것이오. 그저께까지만 하더라도 여전히 나는 수염이 무성한 거렁뱅이에 불과하였지만, 어제 나는 벌써 카말라와 입맞춤을 하였고, 곧 상인이 되어 돈을 갖게 될 것이고 그대가 가치 있다고 여기는 물건들을 모조리 갖게 될 것이오."

"그럴 수도 있겠죠," 그녀는 시인하였다. "하지만 만약 내가 없다면 당신의 처지가 어떨까요? 만약 카말라가 당신을 도와주지 않는다면 당신은 어떤 존재일까요?"

"사랑하는 카말라," 싯다르타는 몸을 곧추 일으켜 세웠다. "내가 그대를 찾아 숲에 있는 그대의 정원으로 갔을 때 나는 첫걸음을 내디딘 셈이었소. 가장 아름다운 여인에게 사랑을 배워 보자는 것이 나의 계획이었소. 그 계획을 마음속에 품은 바로 그 순간부터, 내가 그 계획을 이루어 내리라는 것과 그대가 나를 도와주리라는 것을 알고 있었소. 그대의 정원 입구에서 그대의 눈길을 처음 본 순간 이미 나는 그것을 알고 있었소."

"하지만 내가 그렇게 하려 들지 않았을 수도 있었잖아요?"

"그대는 그렇게 하고자 하였소. 이보세요, 카말라, 만약 그대가 돌멩이 하나를 물속에 던지면, 그 돌멩이는 곧장 그 물 아래 밑바닥에 가라앉게 되겠지요. 싯다르타가 하나의 목표, 하나의 계획을 세우면 바로 그렇게 되지요. 싯다르타는 아무 짓도 하지 않아요. 그는 기다리고, 그는 사색하고, 그는 단식을 할 뿐이지요. 그러나 그는 아무 짓도 하지 않은 채, 몸 하나 까딱하지 않은 채, 마치 물속을 뚫고 내려가는 그 돌멩이처럼, 세상만사를 뚫고 헤쳐 나가지요. 그는 이끌려 가면 이끌려 가는 대로, 떨어지면 떨어지는 대로 놔두지요. 그의 목적이 그를 끌어 잡아당기지요. 왜냐하면, 그의 목적에 위배되는 것은 그 어느 것도 자기 영혼 속에 들여보내지 않기 때문이오. 이것이 바로 싯다르타가 사문들한테 배운 것이오. 이것이 바로 어리석은 사람들이 마술이라고 부르는 것이오. 어리석은 사람들은 이것을 마귀들이 부린 조화라고 말들 하지요. 아무것도 마귀들이 조화를 부려 생겨나는 것은 없지요, 마귀라는 것은 존재하지 않아요. 사람이라면 누구나, 사색할 줄 알고, 기다릴 줄 알고, 단식할 줄 안다면, 마술을 부릴 수 있으며, 자기의 목적을 이룰 수 있소."

카말라는 그의 말을 귀담아 들었다. 그녀는 그의 목소리를 사랑하였으며, 그의 두 눈에서 나오는 눈빛을 사랑하였다.

"아마 그럴지도 모르죠." 그녀는 나지막하게 말하였다. "당신이 말한 대로인지도 모르죠. 하지만 아마 싯다르타가 근사한 남정네라서, 그의 눈길이 여인네들을 반하게 만들어, 그 때문에 그에게 행운이 찾아오는 것인지도 모르죠."

싯다르타는 그녀와 작별의 입맞춤을 하며 말하였다. "나의 여스승이시여, 그러면 좋겠소. 나의 눈길이 항상 그대 마음에 들면 좋겠소. 항상 그대로부터 나에게 행운이 찾아오기를 바라겠소."

어린애 같은 사람들 곁에서

싯다르타는 상인 카마스와미 집으로 갔다. 그는 부유한 집으로 안내를 받았다. 하인들이 비싼 양탄자가 깔린 거실 사이에 있는 작은 방으로 그를 안내하였다. 그는 거기서 집주인을 기다렸다.

카마스와미가 들어왔는데, 거의 백발이 다 되어가는 머리카락에 아주 영리하고 신중한 눈, 그리고 탐욕스러운 입을 지닌 민첩하고 유들유들한 사람이었다. 주인과 손님은 서로 다정하게 인사를 나누었다.

"내가 듣기로는……." 그 상인이 입을 떼었다. "당신은 학자인 바라문이고, 상인한테서 일자리를 찾는다면서요. 바라문이여, 당신은 일자리를 구해야 할 만큼 곤궁한 상태에 빠져 있나요?"

"아닙니다." 싯다르타가 말하였다. "저는 곤궁한 상태에 빠져 있지도 않고, 이제껏 한 번도 곤궁해 본 적도 없습니다. 저는 오랫동안 사문들과 살다가 사문 생활을 청산하고 나왔습니다."

"사문들과 살다 온 사람이라고 곤궁하지 말라는 법이 있습니까? 사문들이란 아무것도 가진 게 없는 완전한 빈털터리 아닙니까?"

"저는 빈털터리이지요." 싯다르타가 말하였다. "당신이 말씀하시는 의미대로라면 말입니다. 확실히 저는 빈털터리입니다. 그렇지만 그건 제가 좋아서 한 일이고, 저는 곤궁한 것은 아닙니다."

"한데 당신이 빈털터리라면 무엇으로 살아가실 작정이오?"

"저는 아직까지 한 번도 그 문제를 생각해 본 적이 없습니다, 나으리. 저는 삼 년 이상을 아무것도 가진 것 없이 살아왔습니다. 그리고 제가 무얼 먹고 살아가야 할지 그런 것에 대해서는 단 한 번도 생각해 본 적이 없습니다."

"그렇다면 당신은 다른 사람의 소유물로 살아오셨군요?"

"어쩌면 그렇다고 할 수도 있겠군요. 그렇지만 사실 상인도 다른 사람들의 물건으로 살아갑니다."

"그럴듯한 말씀입니다. 그렇지만 상인은 남의 물건을 거저 얻는 것은 아니지요. 그는 그 대가로 다른 사람에게 자기 물건을 주지요."

"사실상 사람 사는 실정이라는 것이 그런 것 같군요. 누구나 서로 주고받는 것, 인생이란 그런 것이지요."

"하지만, 실례가 될지 모르나 한 가지 물어도 될까요? 당신은 빈털터리인데 도대체 무얼 주겠다는 것이오?"

"누구나 자기가 갖고 있는 것을 주지요. 전사는 힘을 주고, 상인은 상품을 주고, 선생은 가르침을, 농부는 쌀을, 그리고 어부는 물고기를 주지요."

"아주 지당한 말이오. 그런데 당신이 줄 수 있는 것은 무엇이지요? 당신이 배운 것, 당신이 할 수 있는 것이 도대체 무엇이지요?"

"저는 사색할 줄 압니다. 저는 기다릴 줄 압니다. 저는 단식할 줄 압니다."

"그게 전부인가요?"

"저는 그게 전부라고 생각합니다."

"그런데 그게 무슨 쓸모가 있지요? 예컨대 단식 같은 것 말인데요, 그게 무엇에 좋지요?"

"나으리, 그것은 아주 좋습니다. 단식은 먹을 것이 떨어졌을 때 인간이 할 수 있는 가장 현명한 방법이지요. 예컨대 싯다르타가 단식하는 법을 배우지 않았다면 당신한테서, 아니면 다른 데서라도 오늘 당장 아무 일자리건 얻지 않으면 안 되었을 것입니다. 배가 고파 그렇게 하지 않을 수 없게 될 테니까요. 그렇지만 싯다르타는 이렇게 태연하게 기다릴 수 있으며, 초조해하지도 않고, 곤궁해하지도 않으며, 설령 굶주림에 오래 시달릴지라도 웃어넘길 수 있습니다. 나으리, 단식이란 그런 데에 좋은 것입니다."

"당신 말이 옳아요, 사문 양반. 잠시 기다려 봐요."

카마스와미는 밖으로 나갔다가 두루마리를 하나 가지고 다시 들어와서 그것을 손님에게 건네주며 "이것을 읽을 수 있소?" 하고 물었다.

싯다르타는 매매계약서가 적혀 있는 그 두루마리를 살펴보더니 그 내용을 낭독하기 시작하였다.

"훌륭합니다." 카마스와미가 말하였다. "그러면 이 종이 위에 나를 위해 몇 자 좀 써 주겠소?"

그가 종이와 붓을 주자 싯다르타는 글을 써서 그 종이를 되돌려 주었다.

카마스와미는 그 내용을 읽어 보았다. "글을 쓰는 것은 좋은 일이고, 사색하는 것은 더 좋은 일이다. 지혜로운 것은 좋은 일이고, 참는 것은 더 좋은 일이다."

"당신은 정말로 훌륭하게 글을 쓸 수 있는 능력을 지녔군요." 상인은 칭찬하였다. "우리가 서로 나눌 이야기가 많이 있을 것이오. 오늘은 이쯤 해 두고, 우리 집의 손님으로 이 집에 기거하면 좋겠군요."

싯다르타는 고맙게 그 부탁을 받아들여 그 상인의 집에 기거하게 되었다. 옷과 신발이 그에게 제공되었으며, 하인 한 명이 매일 그를 위해 목욕 준비를 하였다. 하루에 두 번씩 풍성한 식사가 나왔다. 하지만 싯다르타는 하루에 한 끼만 식사를 하였으며, 고기도 먹지 않았고 술도 마시지 않았다. 카마스와미는 그에게 자기 사업 이야기를 해 주었고, 그에게 상품과 창고를 보여 주었으며, 상품의 특색을 나타내는 갖가지 상표를 보여 주었다. 싯다르타는 새로운 것을 많이 알게 되었으며, 많이 듣고 적게 말하였다. 그리고 카말라가 한 말을 잊지 않고서, 결코 그 상인에게 종속당하지 않았으며, 그 상인이 부득이 자기를 동등하게 대우할 수밖에 없게끔, 아니 사실은 그 이상으로 대우할 수밖에 없게끔 만들었다. 카마스와미는 자기 사업을 꼼꼼하게, 때로는 정열적으로 이끌어 나갔다. 그러나 싯다르타는 이 모든 것을 마치 유희 같은 것으로 여겼다. 따라서, 비록 그가 그 유희의 규칙을 정확하게 배우려고 애쓰기는 하였지만, 그 유희의 내용이 그의 마음에 감동을 불러일으키지는 못하였다.

싯다르타는 카마스와미의 집에 들어간 지 얼마 지나지 않아 벌써 집주인의 사업에 끼어들게 되었다. 그러나 날마다 그는 아름다운 카말라가 일러 준 시간에 아름다운 옷을 입고 멋진 신발을 신고서 그녀를 찾아갔으며, 얼마 지나지 않아 그녀에게 선물까지 갖다 주게 되었다. 그녀의 붉고 영리한 입은 그에게 많은 것을 가르쳐 주었다. 그녀의 섬세하고 유연한 손은 그에게 많은 것을 가르쳐 주었다. 사랑에는 아직도 여전히 어린아이에 불과한 그에게, 맹목적이고도 물릴 줄을 모른 채 마치 바닥이 없는 심연 속으로 뛰어들 듯 쾌락의 늪 속으로 뛰어드는 그에게, 그녀는 근본부터 다음과 같은 내용을 가르쳐 주었다. 사람은 누구나 쾌락을 주지 않고서는 받을 수 없으며, 몸짓 하나하나, 어루만짐 하나하나, 접촉 하나하나, 눈길 하나하나가 모두 제각기 비밀을 지니고 있으며, 인체의 아무리 사소한 부분이라 하더라도 각기 나름대로 비밀을 지니고 있다는 것, 그리고 그 비밀은 자극받아 깨어나면 그 비밀을 아는 사람에게 아무 때라도 행복감을 안겨 줄 준비가 되어 있다는 것이었다. 그리고 사랑하는 사람들끼리는, 사랑의 잔치가 끝난 후 서로가 상대방에게 경탄을 불러일으키지 못한 채로, 그리고 똑같이 정복당하고 정복하였다는 감정을 갖지 못한 채로 불만스러운 상태로 헤어짐으로써, 둘 중 어느 한 쪽이라도 질렸다든가 허전하다든가 하는 마음이 생기거나, 상대방을 강제로 범했다든가 상대방에게 강제로 당하였다는 나쁜 감정이 생기는 일이 없도록 해야 한다는 것도 가르쳤다. 그는 이 아름답고 영리한 여자 예술가 곁에서 황홀한 시간들을 보냈으며, 그녀의 제자가 되었고, 그녀의 애인 겸 친구가 되었다. 그가 살아가는 현재 생활의 가치와 의의는 카말라한테 있는 것이었지, 카마스와미의 장사에 있는 것이 아니었다.

그 상인은 중요한 서류와 계약서 작성을 그에게 맡겼으며, 모든 주요 용건들을 그와 상의하는 것이 습관이 되었다. 얼마 지나지 않아 그 상인은, 싯다르타가 쌀이나 면(綿), 선박 운송이나 무역에 관해서는 별로 아는 것이 없지만 그의 손이 행운을 가져다주는 손이라는 것을, 그리고 그가 침착함이나 마음의 안정면에서는, 낯선 사람의 말에 귀를 기울인다든가 마음을 꿰뚫어 본다든가 하는 기술면에서는, 자기를 훨씬 능가하고 있다는 것을 알게 되었다. "그 바라문은……." 그는 한 친구에게 말하였다. "진짜 상인도 아니고 결코 진짜 상인이 되지도 않을 거야. 그의 영혼이 정열적으로 사업에 몰두한 적이 한 번도 없거든. 그러나, 그가 좋은 별자리를 타고 태어나서인지, 마술을 부려서인지, 사문들한테 그 무엇인가를 배워서인지는 몰라도, 아무튼 그는 가만히 있어도 저절로 성공하는 그런 부류의 사람들이 지니는 비밀을 지니고 있어. 언제나 그는 사업을 단지 장난하듯이 하는 것처럼 보이네. 그는 한 번도 사업에 몰두한 적이 없으며, 한 번도 그는 실패를 두려워해 본 적이 없으며, 한 번도 손해 보는 것을 걱정한 적이 없네."

그 말을 듣고 친구가 상인에게 이렇게 충고하였다. "그가 자네를 위해 하고 있는 그 사업에서 나오는 이익의 삼분의 일을 그에게 주게. 그렇지만 손해가 나게 되면 그 손해의 삼분의 일을 그에게 변상하도록 해 보게. 그러면 그가 더욱더 열성을 보이게 될 거네."

카마스와미는 그 충고를 따랐다. 그러나 싯다르타는 그런 것에 별로 신경쓰지 않았다. 이익이 생기면 덤덤하게 받아들였고, 손해가 생기면 웃으면서 "그래, 이번에는 일이 잘못 풀렸군." 하고 말하는 것이 고작이었다.

사실 그는 사업은 아무래도 상관없다는 투였다. 그가 언젠가 한번은 수확기에 쌀을 다량으로 구매하기 위하여 시골 마을로 출장을 떠난 적이 있었다. 그러나 그가 그곳에 도착하였을 때는 이미 쌀이 다른 상인에게 팔려 버리고 난 후였다. 그럼에도 불구하고 그는 며칠 동안 그 마을에 머무르면서 농부들에게 향응을 베풀기도 하고, 아이들에게는 동전을 나누어 주기도 하고, 결혼식이 있으면 그 자리에 참석하여 함께 축하해 주기도 하며 보내다가, 아주 만족하여 출장에서 돌아왔다. 카마스와미는 그가 진작 돌아오지 않았다고, 돈과 시간을 쓸데없이 낭비하였다고 비난을 해 댔다. 그러자 싯다르타는 이렇게 대꾸하였다. “이보세요, 제발 그만 좀 나무라세요! 나무란다고 어떤 일이 제대로 된 적은 없잖습니까. 만약 손해가 생겼다면 그 손해는 제가 부담하도록 해 주세요. 저는 이번 출장에 매우 만족하고 있습니다. 저는 여러 종류의 사람들과 알게 되었습니다. 한 바라문은 저의 친구가 되었으며, 아이들이 저의 무릎에 올라타기도 하였으며, 농부들은 저에게 자기들의 전답을 보여 주었으며, 아무도 저를 장사꾼으로 보지 않았습니다.”

“모두 다 아주 대단히 유쾌한 일이로군!” 카마스와미는 언짢아서 소리를 질렀다. “그러나 당신은 뭐니뭐니해도 사실은 장사꾼이라는 것을 꼭 말해 두고 싶소. 아니면, 당신은 도대체가 단지 즐기기 위하여 출장을 떠났다는 말이오?”

“물론입니다.” 싯다르타는 웃으면서 말하였다. “확실히 저는 즐기려고 출장을 떠났던 것입니다. 그 밖에 다른 목적이 무엇이 있겠습니까? 저는 여러 사람들과 지역들을 알게 되었으며, 친절과 신임을 얻는 기쁨을 누렸으며, 친구들을 사귀어 우정을 얻었습니다. 이보세요, 친애하는 나으리, 제가 만약 카마스와미였다면, 쌀 구매 계획이 수포로 돌아간 것을 안 즉시 잔뜩 화가 치밀어서 황급히 되돌아와 버렸을 것입니다. 그리하여 정말로 시간과 돈을 잃어버리는 결과를 자초하였을 것입니다. 하지만 저는 좋은 나날을 보냈으며, 배움을 얻었으며, 기쁨을 누렸으며, 분노나 성급함 때문에 제 자신이나 다른 사람들에게 손해를 입히는 일을 하지 않았습니다. 그리고 제가 언젠가 추후에 나올 수확물을 사기 위해서, 또는 그 밖의 다른 목적으로 그곳에 다시 갈 일이 있으면, 그곳의 친절한 사람들이 저를 다정하고 즐거운 마음으로 맞아 줄 것입니다. 그러면 그것으로 그 당시에 성급하고 불쾌한 모습을 드러내지 않은 데 대한 보답을 받게 되는 셈입니다. 그러니까, 이보세요, 그 문제는 이쯤 해 두는 것이 좋을 것 같습니다. 그리고 저를 책망함으로써 스스로 손해를 자초하는 일을 하지 마십시오. 당신이 만약 '저 싯다르타라는 작자가 나한테 손해를 입히고 있다.'고 생각하는 날이 오면 저에게 그렇다고 한마디만 말씀해 주십시오. 그러면 싯다르타는 자신의 길을 갈 것입니다. 그러나 그때까지는 우리 서로간에 불만을 갖지 않도록 합시다."

싯다르타가 카마스와미 자기의 빵을 얻어먹고 있다는 사실을 싯다르타에게 납득시키려고 하였던 그 상인의 시도도 이렇게 하여 허사가 되고 말았다. 싯다르타는 자기 자신의 빵을 먹고 있었으며, 아니 그보다는 오히려 그들 두 사람은 다른 사람들의 빵을, 모든 사람들의 빵을 먹고 있었다. 싯다르타는 한번도 카마스와미가 걱정하는 문제에 귀 기울이지 않았다. 그런데 카마스와미는 걱정거리가 많았다. 진행중인 사업이 당장에라도 실패할 것처럼 보이거나, 발송한 물품이 분실되어 버린 것처럼 보이거나, 채무자가 빚을 갚지 못할 것처럼 보일 때에, 그는 걱정하는 말을 늘어놓거나, 분통을 터뜨리거나, 주름살이 잡히게 이마를 찡그리거나, 잠을 제대로 이루지 못하였다. 그러면 동업자인 싯다르타는 그렇게 해 보아야 무슨 소용이 있느냐며 카마스와미의 언행을 도저히 납득할 수 없다는 태도를 보였다. 언젠가 한번은 카마스와미가 싯다르타에게 모든 것을 자기한테서 배워 아는 것이 아니냐고 따져 물었을 때, 그는 이렇게 대꾸하였다. "제발 그따위 우스갯소리로 저를 조롱하려 들지 마세요. 생선 한 바구니 값이 얼마라든가, 빌려준 돈에 대하여 얼마만큼의 이자를 요구할 수 있는가, 이런 것은 물론 당신한테 배웠어요. 그것이 당신의 학문이지요, 소중한 카마스와미여, 하지만 사색하는 것은 당신한테 배우지 않았어요. 차라리 그런 것을 나한테 배우도록 해 보시지요."

사실 그의 영혼은 장사하는 데 가 있지 않았다. 물론 자기가 카말라에게 갖다줄 돈을 버는 데에는 사업이란 유용한 것이었다. 그리고 그는 사업을 통하여 자신이 필요로 하는 돈보다 더 많은 돈을 벌어들였다. 예전에 싯다르타는 사람들이 하는 사업들, 수공업들, 근심 걱정들, 오락들이나 어리석은 행위들을 마치 달나라처럼 낯설고 거리가 먼 것으로 여겼었다. 그런데 지금 그가 관심과 호기심을 갖고 있는 대상은 오로지 사람들뿐이었다. 그래서 모든 사람들과 이야기를 나누고, 모든 사람들과 함께 생활하고, 모든 사람들로부터 배우는 일을 그는 쉽게 해낼 수 있었다. 그럼에도 불구하고 그들과 무엇인가 차이점이 있음을 느끼지 않을 수 없었다. 그것이 바로 그의 사문 정신이었다. 그는 사람들이 어린아이나 짐승 같은 방식으로 살아간다는 것을 알게 되었다. 그는 이러한 삶의 방식을 사랑하는 동시에 경멸하였다. 그는 사람들이, 자기 생각에는 그런 대가를 치를 만한 가치가 없는 것들, 그러니까 돈이나 사소한 즐거움, 하찮은 체면을 얻기 위하여 애를 쓰고 괴로워하고 늙어가는 것을 보았다. 그는 그들이 서로를 욕하고 모욕을 주는 것을 보았다. 그리고 사문이라면 웃어넘길 수도 있는 그런 고통 때문에 그들이 괴로워하는 것을 보았으며, 사문이라면 없어도 괜찮다고 느낄 그런 것이 없어서 고통을 당하는 것을 보았다.

싯다르타는 사람들이 자기에게 가져오는 모든 것을 마음을 활짝 열고 받아 주었다. 그는 자기에게 아마포를 사라고 내놓는 장사꾼을 환영하였고, 자기에게 돈을 꾸어 달라고 찾아오는 채무자도 환영하였으며, 어느 사문하고 비교해도 결코 그 절반도 가난하지 않은데도 한 시간 동안이나 가난하다고 신세타령을 늘어놓는 거지도 환영하였다. 외국에서 온 부유한 무역상이라 할지라도 그는 자기 수염을 깎아 주는 하인에게 대하는 것과 다를 바 없이 대하였으며, 바나나를 팔면서 몇 푼 더 벌려고 속임수를 쓰려 드는 노점 상인에게도 똑같은 대우를 하였다. 그는 카마스와미가 찾아와 걱정거리를 하소연하거나 어떤 사업 때문에 자기를 책망할 때에도 잔뜩 호기심에 차서 명랑하게 그 말을 귀담아 들어주기도 하고, 그를 이상하다는 듯이 쳐다보기도 하고, 그를 이해해 보려고 하기도 하고, 도저히 어쩔 수 없는 불가피한 상황이라고 생각되면, 그의 말이 다소 옳다고 해 주기도 하였다. 그러다가도 다음 사람이 찾아오면 그에게서 몸을 돌리고 새로운 사람을 맞았다. 사실 많은 사람들이 그를 찾아왔다. 어떤 사람들은 그와 거래를 트기 위하여 찾아왔고, 어떤 사람들은 그를 속이기 위하여, 어떤 사람들은 그의 속마음을 떠보기 위하여, 어떤 사람들은 그의 동정을 사기 위하여, 어떤 사람들은 그의 충고를 듣기 위하여 찾아왔다. 그는 충고를 해 주었고, 동정을 해 주었고, 선물을 선사하였고, 조금은 속아 넘어가 주기도 하였다. 그리고 예전에 신들이나 바라문에 온통 마음을 빼앗겼던 만큼이나 이제 그는 이런 모든 유희들에, 그리고 모든 사람들이 그러한 유희를 하는 데 들인 정성에 온통 마음을 빼앗겼다.

이따금씩 그는 가슴속 깊은 곳에서, 죽어 가는 낮은 음성이 나지막하게 경고하는 것을, 거의 알아들을 수 없을 정도로 나지막하게 하소연하는 것을 느끼곤 하였다. 그러고 나면 그는 한 시간 가량, 자기가 이상한 삶을 영위하고 있다는 것을, 자기가 순전히 유희에 불과한 그런 일들을 하며 지내고 있다는 것을, 자기가 어쩌면 명랑한 기분인 것도 같고 이따금씩은 기쁨을 느끼기도 하지만 본래적인 진짜 삶은 자기 곁을 스쳐 지나가 버리고 자기와 아무 접촉도 없다는 것을 의식하게 되는 것이었다. 마치 공을 가지고 노는 사람이 공을 가지고 장난치듯, 그는 자기 사업을 가지고 장난쳤으며, 주변 사람들을 데리고 놀았으며, 그들을 바라보면서 그들을 위안 삼아 재미있어 하기도 하였으나, 진실한 마음으로 자기 존재의 원천을 지닌 채 거기에 임한 것은 아니었다. 존재의 원천은 자기 자신과는 멀리 동떨어진 어딘가에서 흐르고 있었으며, 눈에 띄지 않게 흘러가고 있었으며, 자기 자신의 생활과는 이제 더 이상 아무 상관이 없었다. 어떤 때는 그러한 생각들을 하면서 흠칫 놀라는가 하면, 어린애 같은 사람들이 날마다 하는 일이라는 것이 비록 유치하긴 하지만 그런 모든 일상적인 활동에 열성을 가지고 진심으로 참여할 수 있는 처지라면 참 좋을 텐데

하고 생각하기도 하였다. 그러니까 다시 말하자면, 옆에 서서 구경만 하는 그런 방관자의 입장에서 벗어나, 정말로 실생활을 해나갈 수 있는, 실제적으로 활동할 수 있는, 정말로 기쁨을 누리면서 살아갈 수 있는 그런 여건이 자기에게 주어진다면 얼마나 좋을까 생각하였던 것이다.

그러나 그는 언제나 다시 아름다운 카말라를 찾아가서는, 사랑의 기교를 배웠으며, 주고받는 행위가 어느 곳보다도 가장 잘 하나가 되는 그런 쾌락의 의식을 행하였으며, 그녀와 도란도란 정담을 나누었으며, 그녀한테서 가르침을 받았으며, 그녀에게 충고를 해 주기도 하고 그녀한테서 충고를 받기도 하였다. 그녀는 옛날에 고빈다가 싯다르타를 이해하였던 것보다 싯다르타를 더 잘 이해하였으며, 그녀는 고빈다가 싯다르타와 닮았던 것보다 더 많이 싯다르타와 닮아 있었다.

언젠가 한번은 그가 그녀에게 이렇게 말하였다. "당신은 나와 비슷해. 당신은 대부분의 사람들과는 달라. 당신은 다른 사람들과는 생판 다른 오직 카말라일 뿐이야. 당신의 내면에는 당신이 매 순간마다 그 속에 파고들어가 편안하게 안주할 수 있는 그런 고요한 은신처가 하나 있어. 나도 당신과 마찬가지야. 그런 은신처를 갖고 있는 사람은 얼마 안 되지. 하지만 모든 사람이 다 그런 은신처를 갖고 있는지도 몰라."

"모든 사람이 다 영리하지는 않아요." 카말라가 말하였다.

"아니야." 싯다르타가 말하였다. "중요한 것은 그게 아니야. 카마스와미는 나만큼이나 영리해. 그렇지만 그는 자기 내면에 은신처를 갖고 있지 않아. 반면에 어떤 사람들은 지적인 능력은 어린애 수준밖에 안 되면서도 그런 걸 갖고 있어. 대부분의 사람들은 말이야, 카말라, 바람에 나부껴 공중에서 이리저리 빙빙 돌며 흩날리다가 나풀거리며 땅에 떨어지는 나뭇잎 같은 존재야. 그러나 얼마 안 되는 숫자이긴 하지만 어떤 사람들은 하늘에 있는 별 같은 존재로서, 고정불변의 궤도를 따라서 걸으며, 어떤 바람도 그들에게 다다르지는 못하지. 그들은 자기 자신의 내면에 그들 나름의 법칙과 궤도를 지니고 있지. 모든 학자들과 사문들 가운데, 그들 중 많은 사람을 나는 알았지, 한 사람이 그런 종류의 존재, 완성자였는데, 나는 그분을 결코 잊을 수가 없어. 그분이 바로 세존 고타마, 그 가르침을 만천하에 고지하신 분이지. 수천 명의 제자들이 날마다 그분의 가르침을 듣고 있고, 매시간마다 그분의 규율을 따르고 있지만, 그러나 그들은 모두가 떨어지는 나뭇잎과 다를 바 없는 존재야. 그들은 자기 자신의 내면에 가르침과 법칙을 갖고 있지 않아."

카말라는 미소를 지으면서 그의 얼굴을 바라보았다. "또다시 그분 이야기로군요." 그녀는 말하였다. "또다시 사문 생각을 하고 있군요."

싯다르타는 아무 말도 하지 않았다. 그리고 그들은 사랑의 유희를 즐겼는데, 그것은 카말라가 알고 있던 삼사십 가지의 서로 다른 사랑의 유희들 가운데 하나였다. 그녀의 몸은 마치 재규어의 몸처럼, 그리고 마치 사냥꾼의 활처럼 유연하였다. 이러니 그녀한테서 사랑의 기교를 배웠었던 자라면 누구나 수많은 쾌락들과 수많은 비밀들에 통달하였던 것이다. 오랫동안 그녀는 싯다르타를 데리고 놀았다. 그녀는 그를 유혹하기도 하고, 퇴짜 놓듯 다시 밀쳐내기도 하고, 자기가 원하는 대로 할 수밖에 없도록 그에게 강요하기도 하고, 그를 부둥켜 안기도 하면서, 마침내 그가 완전히 정복당하여 기운이 다 빠진 채 그녀 곁에 누워 휴식을 취할 때까지, 그의 능숙한 솜씨를 실컷 즐겼다.

그 창부는 싯다르타의 몸 위에 몸을 구부리고, 그의 얼굴을, 그리고 피로에 지친 그의 두 눈을 찬찬히 들여다보았다.

"당신은 내가 만난 사람 중에서……." 그녀는 생각에 깊이 잠겨 이렇게 말하였다. "최고의 연애 대장이에요. 당신은 다른 사람들보다 더 힘이 세고, 더 유연하고, 더 자발적이에요. 싯다르타, 당신은 나의 방중술(房中術)을 잘 배웠어요. 언젠가 내가 나이가 더 들게 되면 당신 아이를 갖고 싶어요. 내 마음은 이런데, 서방님, 당신은 결국 사문으로 머물러 있었어요. 내 마음은 이런데, 당신은 나를 사랑하지 않아요. 당신은 아무도 사랑하지 않아요. 그렇지 않은가요?"

"어쩌면 그럴지도 모르겠군." 싯다르타는 피곤에 지쳐 말하였다. "나는 당신과 마찬가지니까. 당신도 사랑이라는 것을 하지 않잖아. 그렇지 않다면 어떻게 사랑을 하나의 기술로써 행할 수가 있겠어? 우리 같은 부류의 인간들은 아마도 사랑이라는 것을 할 수 없을 거야. 어린애 같은 사람들은 사랑을 할 수 있지. 그것이 바로 그들의 불가사의한 비밀이야."

윤회

오랫동안 싯다르타는 속세의 삶, 쾌락의 삶을 살았으나, 그런 삶에 완전히 빠져들어 동화된 것은 아니었다. 격렬한 사문 시절에 억눌렸던 관능이 다시금 눈을 뜨고 깨어났으며, 그는 부유함을 맛보았으며, 환락을 맛보았으며, 권력을 맛보았다. 그렇지만 그는 오랫동안 마음속으로는 여전히 사문으로 머물러 있었으니, 이러한 사실을 그 영리한 여자 카말라가 제대로 알아차렸던 것이다. 그의 삶의 방향은 여전히 사색과 기다림, 그리고 단식의 기술에 의하여 정하여지고 있었으며, 어린애 같은 속세의 사람들은, 그가 그들에게 낯선 존재였듯이, 그에게는 여전히 낯선 존재로 남아 있었다.

여러 해가 흘러갔건만, 무사안일한 생활에 휩싸여 싯다르타는 세월이 지나가는 것을 거의 느끼지 못하고 있었다. 그는 부자가 되었다. 그는 오래전에 자신의 집과 하인들을 소유하였으며, 교외의 강가에 정원도 하나 갖게 되었다. 사람들은 그를 좋아하였으며, 돈이나 충고가 필요할 때면 그를 찾아오곤 하였지만, 카말라를 빼놓고는 아무도 그와 가까이 지내는 사람이 없었다.

그가 옛날 한창 젊은 시절, 그러니까 고타마의 설법을 듣고 난 뒤, 고빈다와 작별하고 난 다음의 날들에, 몸소 체험하였던 저 높고 밝은 깨달음, 저 긴장으로 가득 찬 기대, 가르침도 스승도 없이 홀로 있던 저 자부심에 찬 고독, 그리고 자기 자신의 마음속에서 신의 음성을 듣겠다던 저 유연한 준비 자세, 그 모든 것이 점차 추억이 되어 버렸으며 덧없는 것이 되어 버렸다. 한때는 가까이에 있었으며 한때는 좔좔 큰 소리를 내며 흘렀던 그 신성한 샘물이 이제는 멀리서 나지막한 소리를 낼 뿐이었다. 하기야 그가 사문들한테서 배웠던 많은 것, 그가 고타마한테서 배웠던 많은 것, 그리고 그가 바라문인 아버지한테서 배웠던 많은 것, 예컨대 절도 있는 생활, 사색의 기쁨, 침잠의 시간들, 그리고 육신(肉身)도 의식도 아닌 영원한 자아인 자기(自己)에 대한 비밀스러운 앎 등이 여전히 오랫동안 그의 마음속에 남아 있었음은 물론이다. 그것들 가운데 상당 부분이 그의 마음속에 분명히 남아 있기는 하였으나, 이제는 하나둘씩 아래로 가라앉아버린 상태였으며, 먼지로 뒤덮여버리고 만 상태였다. 마치 도공(陶工)의 선반이 일단 돌기 시작하면 한참 오랫동안 돌다가 서서히 힘이 떨어져 끝내는 딱 멈추고 마는 것처럼, 싯다르타의 영혼 속에서도 금욕의 바퀴, 사색의 바퀴, 분별(分別)의 바퀴가 오랫동안 돌았었고 아직도 여전히 돌고는 있었지만 이제는 천천히 멈출 듯 말 듯 머뭇머뭇 돌며 정지 상태에 가까이 와 있었다. 마치 축축한 물기가 죽어가는 나무줄기 속을 뚫고 들어와 서서히 그 속을 채우고 그것을 썩게 만들듯이, 싯다르타의 영혼 속에도 세속과 나태함이 뚫고 들어왔으며, 그것들이 서서히 그의 영혼을 메웠으며, 그것을 묵직하게 만들어 버렸으며, 그것을 지치고 권태롭게 만들어 버렸으며, 그것을 잠자게 만들어 버렸다. 그의 영혼 대신 그의 감각들이 살아나게 되었는데, 그 감각들은 많은 것을 배우고 많은 것을 경험하였다.

싯다르타는 장사하는 법, 사람들에게 권력을 휘두르는 법, 그리고 여자들과 즐기는 법을 배웠으며, 아름다운 옷을 입는 법, 하인들을 부리는 법, 그리고 향기로운 냄새가 나는 물속에서 목욕하는 법을 배웠다. 그는 섬세하고 꼼꼼하게 마련한 요리, 생선과 들짐승과 날짐승의 고기, 양념과 단 음식을 먹는 법을 배웠으며, 사람을 게으르게 만들고 만사를 잊게 해 주는 술을 마시는 법도 배웠다. 그는 주사위 놀이와 장기 놀이를 하는 법, 무희들을 감상하는 법, 가마를 타는 법, 그리고 부드러운 침대 위에서 잠자는 법을 배웠다. 그렇지만 그는 여전히 자기가 다른 사람들과는 다른 유별난 존재라고, 다른 사람들보다 더 뛰어난 존재라고 느꼈으며, 언제나 그들을 약간 조롱하는 마음으로, 약간 비웃는 듯한 경멸감을 가지고, 그러니까 사문이 속세 사람들에 대하여 변함없이 느끼는 바로 그런 경멸감을 가지고 바라보았다. 카마스와미가 속상해할 때마다,

화를 낼 때마다, 모욕감을 느낄 때마다, 장사 걱정으로 애타게 괴로워할 때마다, 싯다르타는 카마스와미의 그런 모습을 항상 비웃음을 담은 눈길로 바라보았다. 그러나 서서히 그리고 눈에 띄지는 않을 정도이기는 하지만, 수확기와 우기(雨期)가 몇 차례 지나가는 동안, 그의 비웃음은 점차 지친 기색을 드러냈으며, 그의 우월감은 점차 잠잠해져 갔다. 점차 부유해지는 동안 싯다르타 스스로가 서서히 어린애 같은 인간 부류가 지니는 면모, 즉 구김살 없는 천진난만함과 왠지 불안해하는 소심함을 어느 정도 지니게 되었다. 그리고 그는 그런 부류의 사람들을 부러워하였는데, 자신이 그런 부류의 사람들과 닮아갈수록, 그만큼 더 그들을 부러워하였다. 그것은 자기 자신에게는 없는데 그들은 가지고 있는 한 가지, 즉 그들은 자신들의 삶에 중요성을 부여할 줄 안다는 사실 때문이었다. 그들은 기쁨도 불안함도 열렬하게 드러낼 줄 알았으며 영원한 열애(熱愛)의 불안하지만 달콤한 행복을 맛볼 줄 알았다. 이런 부류의 사람들은 줄곧 자기 자신에게, 아내에게, 자식들에게, 명예나 돈에, 여러 계획이나 갖가지 희망에 홀딱 반해 있었다. 하지만 그는 이런 점, 바로 이런 점은, 그러니까 어린애 같은 즐거움이나 어린애 같은 어리석음은 그들한테서 배우지 않았다. 그가 그들한테서 배운 것은 자기 자신이 경멸해 마지않았던 바로 그것, 즉 불쾌한 태도였다. 그는 전날 저녁에 사교 모임이 있었을 경우 다음날 아침 멍한 기분으로 피로감을 느끼면서 오랫동안 드러누워 있는 일이 점점 더 잦아졌다. 카마스와미가 온갖 근심을 늘어놓아 지겹게 할 때면 그는 참지 못하고 성급하게 화를 내기도 하였다. 주사위 놀이에서 질 때면 지나치게 큰 소리로 웃는 일까지 생겼다. 그의 얼굴은 아직까지는 여전히 다른 사람들보다 더 영리하고 지적으로 보였다. 그러나 그의 얼굴은 웃음을 띠는 일이 거의 없었으며, 부유한 사람들의 얼굴에서 자주 볼 수 있는 그런 표정들, 그러니까 불만스런 표정, 기분 나빠하는 표정, 우울한 표정, 나태한 표정, 몰인정한 표정을 하나둘씩 짓기 시작하였다. 서서히 그는 부자들이 잘 걸리는 영혼의 병에 걸렸다.

지치고 지겨운 기색이 마치 너울처럼, 마치 엷은 안개처럼 싯다르타를 드리우고 있었으며, 그 기색은, 서서히, 날이 갈수록 약간씩 더 짙어지고, 달이 갈수록 약간씩 더 칙칙해지고, 해가 갈수록 약간씩 더 묵직해졌다. 마치 새 옷이 시간이 흐르면서 낡아 빠지게 되고, 시간이 흐르면서 본래의 아름답던 색깔을 잃어버리고, 얼룩이 생기고, 주름이 잡히고, 솔기가 닳아 해어지고, 여기저기에 해어진 자국과 꿰맨 자국이 드러나기 시작하는 것처럼, 고빈다와 작별한 후 시작하였던 싯다르타의 새로운 삶도 낡아 빠지게 되고, 흘러가는 세월과 더불어 색깔과 광택을 잃어버리고, 얼룩과 주름이 쌓이고, 환멸과 역겨움이 그 밑바닥에 숨은 채 여기저기에 이미 흉한 모습을 드러내고 있었다. 싯다르타는 그 사실을 깨닫지 못하고 있었다. 그는 단지, 예전에는 자신의 내면에 깨어 있었던, 그리고 자신의 찬란했던 한창 시절에는 매번 자신을 이끌어 주었던 그 밝고 확실한 음성이 침묵을 지키는 상태가 되어 버렸다는 사실만을 깨닫고 있었다.

그는 세상이라는 덫에 사로잡혀 버렸다. 그는 쾌락, 욕구, 태만에 사로잡혀 버렸으며, 그리고 마침내는, 그 자신이 끊임없이 가장 어리석은 것으로 경멸하고 조소해 마지않았던 악덕인 탐욕에도 사로잡혀 버렸다. 그는 결국 소유물, 재산과 부(富)에도 사로잡힌 꼴이었으니, 그런 것들이 그에게는 유희나 하찮은 장난이 아니라 사슬과 짐이 되었다. 싯다르타는 온갖 술수가 판을 치는 이상야릇한 인생행로를 걷던 도중에 주사위 노름에 끼어듦으로써 가장 창피스러운 이 마지막 예속 상태에 빠져들게 되었다. 말하자면 싯다르타는 마음속으로 사문이기를 포기하였던 순간부터 줄곧, 예전 같으면 미소를 지으면서 어린애 같은 인간들의 습속이라고 마지못해 끼어들었던, 돈과 귀중품을 따먹기 위한 노름에 점차 광분하면서 열정적으로 덤비기 시작하였던 것이다. 그는 사람들이 겨루기를 꺼리는 두려운 노름꾼이었다. 감히 그와 승부를 겨루려는 자가 얼마 되지 않을 정도로, 그가 노름에 건 판돈은 파렴치하다 할 만큼 어마어마한 거액이었다. 그는 도저히 어찌할 수 없는 마음의 욕구 때문에 부득이 그런 도박을 하였다. 사람을 비참할 정도로 괴롭히는 돈을 그렇게 도박으로 물 쓰듯 탕진해 버리는 것이 그에게 노여움의 기쁨을 안겨 주었다. 다른 어떤 방식으로도 그는 장사꾼들의 우상인 부에 대한 경멸감을 이보다 더 분명하고 냉소적으로 나타내 보일 수가 없었던 것이다. 그는 자기 자신을 증오하면서, 그리고 자기 자신을 비웃으면서, 엄청난 판돈을 가차없이 걸고 도박을 하여 수천금을 몽땅 쓸어 버리기도 하였고, 수천금을 모조리 날려 버리기도 하였다. 그는 도박으로 돈을 잃기도 하고, 귀중품을 잃기도 하고, 시골의 별장을 잃기도 하였으며, 그것들을 다시 땄다가 또다시 잃기도 하였다. 그는 불안감, 그러니까 주사위 노름을 하는 동안, 그리고 막대한 판돈 때문에 걱정하는 동안 가슴을 죄는 듯한 두려운 불안감, 바로 그 불안감을 사랑하였으며, 그는 언제나 그 불안감을 새롭게 살려 내려고 하였으며, 언제나 그 불안감을 고조시키려고 하였으며, 그 불안감이 주는 자극을 점점 더 높이려고 하였다. 왜냐하면 지겨울 정도로 물려 버린 미지근하고 맥빠진 자신의 삶에서 그러한 감정 속에라도 빠져야만 그나마 자신이 행복 같은 어떤 것, 도취 같은 어떤 것, 고양된 삶 같은 어떤 것을 느낄 수 있었기 때문이다. 그는 큰 손실을 당하고 나면 그때마다 매번 어떻게 하면 새로운 부를 획득할 수 있을까를 궁리하였으며, 더 열성적으로 장사에 매달렸으며, 빌려간 돈을 갚으라고 채무자들을 더 지독하게 달달 볶아 댔는데, 그것은 그가 앞으로도 계속 도박을 하고, 앞으로도 계속 돈을 탕진하고, 앞으로도 계속 부에 대한 자신의 경멸감을 드러내 보여 주고자 하였기 때문이었다. 싯다르타는 손해를 보게 되면 침착함을 잃어버렸으며, 기한을 어기는 채무자에 대한 참을성도 잃어버렸으며, 거지들에 대한 선량한 친절함도 잃어버렸으며, 간절하게 부탁하는 사람들에게 돈을 희사하는 재미도, 돈을 빌려주는 재미도 잃어버렸다. 노름할 때에는 주사위 한 번 잘못 던져 만금을 잃고도 그냥 웃어넘겨 버리는 그가, 장사에서는 더 지독해지고 더 인색해졌으며, 밤에는 이따금씩 돈 꿈을 꾸는 일마저 있었다. 그리고 그는 그런 흉측한 마법의 상태로부터 깨어날 때마다, 침실의 벽에 걸린 거울에서 더 나이 들고 더 흉측하게 변해 있는 자신의 얼굴을 볼 때마다, 수치심과 구역질이 자신을 덮칠 때마다, 새로운 노름으로, 관능적인 쾌락과 주지육림(酒池肉林)의 마취 상태 속으로 계속 도망을 쳤다. 그러고는 그 도피 상태로부터 다시 빠져나와 재산 축적과 돈벌이의 충동으로 되돌아왔다. 이러한 무의미한 악순환을 계속하는 가운데 그는 지치고, 늙고, 병들었다.

그러던 어느 날 그는 경고의 꿈을 꾸었다. 저녁 시간 내내 그는 카말라의 집에, 그녀의 유원지에 있었다. 그들은 나무 밑에 앉아 이야기를 나누고 있었는데, 카말라가 마음에 담아 두었던 말들을 꺼냈는데, 그 말들의 배후에는 슬픔과 권태가 감추어져 있었다. 그녀는 그에게 고타마에 관하여 이야기해 달라고 부탁하였다. 그녀는 싯다르타가, 그의 눈이 얼마나 순수하였던가, 그의 입이 얼마나 고요하고 아름다웠던가, 그의 미소가 얼마나 자비로웠던가, 그의 걸음걸이가 얼마나 평화로웠던가, 그러한 이야기를 아무리 많이 해 주어도 흡족해하지 않고 고타마에 관한 이야기를 계속 듣고 싶어 하였다. 그는 오랫동안 그녀에게 거룩한 부처 이야기를 들려주지 않으면 안 되었다. 그러자 카말라는 한숨을 지으면서 이렇게 말하였다. "언젠가는, 아마도 곧, 나도 그 부처님을 따르게 될 거예요. 나는 그분에게 이 유원지를 바치고 그분의 가르침에 귀의할 거예요."

그러나 그렇게 말한 후에도 그녀는 그를 유혹하였으며, 그와 사랑의 유희를 즐기는 가운데, 마치 이러한 허망하고 덧없는 쾌락으로부터 다시 한번 마지막으로 남아 있는 단 한 방울의 달콤한 맛이라도 짜내려고 작정이라도 한 듯이, 깨물어뜯기도 하고 눈물을 흘리기도 하면서, 비통할 정도로 간절한 열정으로 그를 자기에게 붙들어 맸다. 그런데 참 묘하게도, 싯다르타가 이러한 환락이 죽음과 얼마나 가까운 관계에 있는가를 이 순간만큼 분명하게 느낀 적이 없었다. 사랑의 유희가 끝나고 싯다르타는 그녀 옆에 누워 있었다. 카말라의 얼굴이 바로 가까이에 있었다. 그는 그녀의 눈 아래 부위와 입 언저리에서, 그 어느 때보다도 더 분명하게, 불안감을 나타내는 어떤 문자를 읽어 냈다. 섬세한 선들과 잔 주름살이 만들어 내는 그 문자는 가을과 늙음을 상기시켜 주었다. 이제 겨우 사십대에 들어선 싯다르타 자신도 검은 머리카락 사이로 여기저기 희끗희끗 모습을 드러내는 흰 머리카락을 볼 수 있었다. 아름다운 카말라의 얼굴에는 고달프고 권태로운 기색이, 아무런 즐거운 목표도 없이 걸어온 오랜 인생행로에 대한 고달프고 권태로운 기색이 역력하게 나타나 있었다. 그녀의 얼굴에는 그러한 기색뿐만 아니라 그녀가 시들어 가고 있다는 표시, 그리고 아직 한 번도 입 밖에 낸 적이 없으며 아마 한 번도 뚜렷하게 의식된 적도 없을 숨겨진 두려움, 말하자면 늙음에 대한 두려움, 인생의 가을에 대한 두려움, 필연적으로 죽을 수밖에 없다는 사실에 대한 숨겨진 두려움도 나타나 있었다. 한숨을 내쉬며 그는 그녀와 헤어졌다. 영혼은 불쾌감과 은폐된 불안감으로 가득 차 있었다.

그녀와 헤어지고 난 후 싯다르타는 무희들과 함께 자기 집에서 술을 마시며 그날 밤을 보냈다. 그는 사실은 이제 더 이상 그럴 처지도 아니면서, 그 자리에 함께 어울린 같은 신분의 사람들보다 더 우월한 척 거만하게 굴었으며, 술을 많이 마시고 밤늦게 자정이 지나서야, 피곤하기는 하였지만 흥분한 상태로, 거의 절망에 빠져 당장 울음이라도 나올 것 같은 격앙된 상태로 잠자리에 들었다. 한참 동안 아무리 잠을 청해 보아도 도무지 잠을 이룰 수가 없었다. 그의 마음은 더 이상 참을 수 없을 것 같은 비참한 심정으로 가득 찼으며, 미적지근하고 역겨운 술 맛, 너무나 달콤하지만 허전한 음악, 무희들의 너무나 간드러지는 미소, 그녀들의 머리카락과 가슴에서 풍겨나오는 너무나 달콤한 향내, 이런 것들과 더불어 구토감이 온몸에 파고들어 와 있는 것 같은 기분을 느꼈다. 그러나 구역질나게 하는 것은 이 모든 것보다는 오히려 자기 자신, 그러니까 향내가 코를 찌르는 자기의 머리카락, 자기 입에서 풍겨나오는 술 냄새, 살갗의 맥풀린 피로감과 불쾌감, 바로 이러한 것들이었다. 마치 너무 많이 먹어 대고 너무 많이 마셔 댄 사람이 먹고 마신 것을 고통스러워하면서 다시 토하여 버리고 나면 속이 가벼워지고 시원해져 상쾌감을 느끼듯이, 그 잠 못 이루는 자는, 엄청나게 거센 구토감의 파도에 휩쓸린 상태에서, 이러한 향락, 이러한 고질적인 습관, 이러한 무의미한 생활 전체와 자기 자신의 무거운 짐으로부터 벗어나 편안해지기를 간절히 원하였다. 드디어 아침 햇살이 비치고 시내에 있는 그의 집 앞 거리에서 꼭두새벽에 나다니는 사람들의 발소리가 들릴 때쯤

에야 비로소 그는 꾸벅꾸벅 졸았는데, 꿈인 듯 생시인 듯 분명하지 않지만 자기가 잠을 자고 있다는 막연한 예감이 잠시 들었다. 바로 이 순간에 그는 꿈을 꾸었다.

카말라는 금빛 찬란한 새장에 자그맣고 희귀한 새를 한 마리 기르고 있었다. 그는 이 새 꿈을 꾼 것이었다. 그 꿈의 내용은 이러하였다. 아침만 되면 한 번도 빼놓지 않고 지저귀던 이 새의 소리가 웬일인지 들리지 않았다는 생각이 불현듯 뇌리를 스쳐서 새장 쪽으로 다가가 새장 안을 들여다보니, 그 새는 죽어 있었고, 이미 시체가 되어 바닥에 딱딱하게 굳은 채 쓰러져 있었다. 그는 새를 새장에서 끄집어내어 한순간 손에 올려놓고 이리저리 살펴보다가 골목 밖으로 휙하니 던져 버렸다. 바로 그 순간 그는 갑자기 소스라치게 놀라 몸을 부르르 떨었다. 그리고 그의 마음은 쓰리도록 아파왔다. 마치 그가 이 새와 함께 자기의 내면에 있는 가치 있는 모든 것과 선(善)을 송두리째 내던져 버린 듯한 느낌을 받았기 때문에 그의 마음은 온통 고통으로 뒤범벅이 되었다.

이 꿈에서 후닥닥 깨어나면서 그는 깊은 비애감에 온통 사로잡혀 있음을 느꼈다. 무가치하게, 무가치하고도 무의미하게 자기의 인생을 여태껏 질질 끌고 왔었구나, 이런 생각이 들었다. 그의 손에는 이제 생명 있는 것, 이런저런 소중한 것, 또는 보존할 만한 가치가 있는 것이라곤 아무것도 없었다. 그는 마치 난파자(難破者)가 강가에 서 있는 모습처럼, 홀로 외롭고 허전하게 서 있었다.

암담한 마음으로 싯다르타는 자기 소유의 어느 유원지 별장으로 가서 문을 걸어 잠그고는 망고나무 아래에 정좌하였다. 그는 마음속에서 죽음을 느꼈으며, 가슴속의 전율을 느꼈다. 그는 그렇게 앉은 채로, 이 같은 느낌이 자신의 내면에서 어떻게 죽어가는가, 자신의 내면에서 어떻게 시들어가는가, 자신의 내면에서 어떻게 끝장이 나는가를 어렴풋이 느꼈다. 점차 그는 생각을 한 군데로 모아, 생각해 낼 수 있는 맨 처음 날부터 시작하여, 자신이 걸어온 전체 인생행로를 모조리 다시 한 번 마음속으로 더듬어 보았다. 도대체 자기가 언제 어느 때 행복이라는 것을 체험해 보았으며, 그리고 도대체 언제 진정한 환희를 맛보았던가? 아, 그렇다, 그런 적이 있었다, 벌써 자기는 여러 차례 그러한 행복이나 환희를 맛보았다. 소년 시절 자기는, 브라만들한테 칭찬을 들을 때면, 같은 또래의 소년들을 훨씬 앞지르는 뛰어난 솜씨로 성스러운 경전의 구절들을 암송하거나, 학자들과 토론을 벌이거나, 제사 지낼 때 도와주는 조수 노릇을 할 때면, 그러한 행복이나 환희를 맛보았다. 그때 자기는 다음과 같은 마음의 소리가 들려오는 것을 느꼈다. "하나의 길이 네 앞에 놓여 있다. 너는 그 길을 걸어가게끔 소명을 받은 몸으로, 온갖 신들이 너를 기다리고 계신다." 그 후 자기는 어느덧 청년이 되었는데, 사색의 목표가 점점 더 상승하여 같은 길을 추구하는 무리 가운데에서 군계일학처럼 출중한 인물이 되었으며, 바라문의 참뜻을 얻기 위하여 괴로운 싸움을 벌였다. 그리고 매번 도달한 새로운 지식은 자기의 마음속에 오로지 새로운 갈증만을 부채질하였다. 자기는 이런 청년 시절에도, 갈증에 목말라하고 고통의 한가운데 있으면서, 소년 시절에 들었던 것과 똑같은 내면의 소리가 또다시 들려오는 것을 느꼈다. "떠나거라! 떠나! 너는 소명을 받은 몸이니라!" 정든 고향을 떠나 사문 생활을 선택하였을 때에, 그리고 그 후 다시 사문들로부터 멀리 벗어나서 완성을 이룬 자인 고타마에게 갔을 때, 그리고 또 그 완성자로부터도 멀리 벗어나 불확실함 속으로 빠져 들어갔을 때에도, 자기는 바로 그 내면의 소리를 들었다. 그러나 자기가 그 내면의 소리를 들어 보지 못한 지가 얼마나 오래되었던가! 자기가 보다 더 높은 목표에 도달하지 못하여 본 지가 얼마나 오래되었던가! 자기가 걸어온 길은 얼마나 단조롭고 황량하였던가! 자기가 높은 목표도 없이, 갈증도 없이, 향상도 없이, 자그마한 쾌락들에 만족하면서도 결코 흡족해하지 못한 채 헛되이 보낸 세월이 그 얼마나 길었던가! 그 여러 해 동안, 스스로 의식하지는 못하였지만, 자기는 그 어린애 같은 무수한 사람들처럼 되어 보려고 무척 애를 썼고 또 그런 생활을 동경하여 왔다. 그러나 비록 그랬다 하더라도 자기의 생활은 그들의 생활보다 훨씬 비참하였고 훨씬 빈약하였다. 왜냐하면 그들의 목표가 자기의 목표가 될 수는 없고, 마찬가지로 그들의 걱정 근심도 자기의 걱정 근심이 될 수는 없으며, 또 카마스와미류의 인간들의 전체 세계라는 것이 사실 자기에게는 고작해야 단지 한 판의 놀이, 구경 삼아 보는 한 바탕의 춤, 한 마당의 희극에 불과하였기 때문이다. 단지 카말라만이 자기에게 사랑스러운 존재였고, 자기에게 소중한 가치가 있는 존재였다. 그러나 그녀가 아직도 그런 존재일까? 자기가 아직도 여전히 그녀를 필요로 하고 있는 것일까, 또는 그녀 역시 여전히 자기를 필요로 하고 있을까? 그녀와 자기가 끝없는 유희를 계속하고 있는 것이 아닐까? 그 끝없는 유희를 위하여 사는 것이 과연 반드시 필요한 것일까? 아니다, 그것이 반드시 필요한 것은 아니다! 이런 유희야말로 윤회라고 부르는 것이다. 어린애들의 유희인 것이다. 아마도 한 번, 두 번, 열 번 정도는 애정을 지니고 놀아 볼 만한 유희일지도 모르겠으나, 그러나 계속하여 언제까지나 영원히 그 유희를 반복한다면 과연 어떨까?

그때 싯다르타는 이 유희가 끝났다는 것을, 자기가 이 유희를 더 이상 계속할 수 없으리라는 것을 알게 되었다. 온몸에 소름이 쫙 돋았다. 그는 자신의 내면에 있던 어떤 것이 죽어 버리고 없다는 것을 느꼈다.

그날 하루 종일 그는 아버지를 생각하면서, 고빈다를 생각하면서, 고타마를 생각하면서 망고나무 아래 앉아 있었다. 겨우 카마스와미 같은 인간이 되기 위하여 자기가 그 사람들을 떠나지 않으면 안 되었단 말인가? 밤의 어둠이 찾아들기 시작할 때에도 여전히 그는 그대로 앉아 있었다. 그는 고개를 쳐들어 밤하늘의 별들을 바라보면서 생각하였다. '나는 여기 망고나무 아래, 나의 정원에 앉아 있다.' 그는 싱긋 미소를 지었다. 자기가 망고나무 한 그루를, 자기가 정원을 하나 소유하고 있다는 것이 과연 반드시 필요한 일이며 과연 올바른 일일까? 그것은 어리석고 유치한 장난이 아닐까?

그는 이것들과도 관계를 청산하였으며, 이것들도 그의 내면에서 죽어 버렸다. 그는 일어서서 망고나무에 작별을 고하고 그 정원에도 작별을 고하였다. 그는 그날 온종일 음식을 전혀 입에 대지 않았기 때문에 심한 허기를 느꼈다. 그러자 시내에 있는 자신의 집, 아늑한 거실과 침대, 그리고 음식이 차려진 식탁이 생각났다. 그는 지겹고 지친 듯한 미소를 짓더니, 머리를 설레설레 흔들고는 이 모든 것들에 작별을 고하였다.

바로 그날 밤 싯다르타는 자신의 정원을 떠났으며, 그 도시를 떠났으며, 그 후 다시는 되돌아오지 않았다. 싯다르타가 도적들의 손에 잡혀간 것으로 생각한 카마스와미는 오랫동안 사람들을 시켜 그를 찾아보도록 하였다. 카말라는 사람들을 시켜 그의 행방을 수소문하지 않았다. 그녀는 싯다르타가 사라져 버렸다는 소리를 들었을 때 놀라지 않았다. 그녀는 그런 일을 항상 기다려 오지 않았던가? 그는 사문이며, 집 없는 떠돌이이며, 순례자가 아니던가? 그녀는 그와 마지막으로 만났을 때 이런 사실을 가장 뼈저리게 실감하였었다. 그녀는 이 상실의 고통 한가운데에서도, 자기가 그를 마지막으로 만났을 때 그를 정말 그토록 진정에서 우러나오는 애정으로 자기 가슴에다 끌어안았다는 사실을 떠올리며, 그리고 자신을 다시 한번 그토록 남김없이 그에게 바쳐서 자신을 온통 독차지하도록 하였으며 자신의 머릿속이 온통 그에 대한 생각으로 가득 차 있다는 느낌을 받았던 사실을 떠올리며 그나마 다행스럽게 여겼다.

그녀는 싯다르타가 사라져 버렸다는 소식을 맨 처음 들었을 때 창가로 걸어갔다. 희귀한 새 한 마리를 잡아 가두어 놓은 금빛 찬란한 새장이 거기에 있었다. 그녀는 새장의 문을 열더니 그 새를 끄집어내서는 날려 보내 주었다. 그녀는 그 새, 날아가는 그 새가 멀리 사라질 때까지 오랫동안 눈길을 떼지 않고 바라보았다. 그녀는 그날부터 어떤 손님도 더 이상 받지 않고 집 대문도 빗장을 걸어 잠가 버렸다. 그로부터 얼마 지나지 않아 그녀는, 싯다르타와 마지막으로 만났을 때 임신하였다는 사실을 알게 되었다.

강가에서

싯다르타는 이미 그 도시에서 멀리 떨어진 숲속으로 걷고 있었다. 그는 오직 한 가지 사실, 즉 자신이 이제는 되돌아갈 수 없으며, 자신이 여러 해 동안 영위해 온 생활이 이제는 다 지나가 버린 과거지사가 되었으며, 구역질이 날 정도로 그 생활을 실컷 맛보고 남김없이 빨아 마셨다는 그 한 가지 사실만을 알 수 있었을 뿐, 다른 것은 아무것도 알 수 없었다. 그가 꿈속에서 보았던 새는 죽어 있었다. 그 새는 그의 마음속에서 죽어 있었다. 그는 윤회의 업보에 휘말려 들어갔다. 마치 해면(海綿)이 물을 가득 머금을 때까지 물을 흠뻑 빨아들이듯, 그는 사방에서 구토와 죽음을 자신 속으로 빨아들였다. 그의 마음은 권태와 번민, 그리고 죽음으로 온통 가득 찼으며, 그를 유혹할 수 있는 것, 그를 기쁘게 해 줄 수 있는 것,

그를 위로해 줄 수 있는 것이 이 세상에는 이제 더 이상 존재하지 않았다.

그는 이제 더 이상 자신에 대하여 아무것도 알게 되지 않기를, 안식을 얻기를, 죽기를 간절히 원하였다. 벼락이나 쳐서 자기를 박살내 버린다면 얼마나 좋을까! 호랑이나 와서 자기를 먹어 치운다면 얼마나 좋을까! 망각과 잠 속에 빠져 더 이상 깨어나지 않도록 자기를 마취시키는 술이나 독약이라도 있다면 얼마나 좋을까! 자기가 접해 보지 않은 그런 불결한 것, 자기가 아직 저지르지 않은 그런 죄악이나 어리석은 짓, 자기가 스스로에게 짐 지우지 않은 그런 정신적 황폐함이 도대체 아직도 있을까? 산다는 것이 그래도 아직 가능한 일일까? 몇 번이고 거듭하여 숨을 들이쉬고 숨을 내쉬는 것, 배고픔을 느끼는 것, 또다시 식사를 하는 것, 또다시 잠을 자는 것, 또다시 여자와 잠자리를 함께하는 것, 이런 것이 과연 가능할까? 자기에게는 이러한 순환이 다하여 바닥나 버리고 끝장나 버린 것은 아닐까?

싯다르타는 숲속에 있는 큰 강가에 이르렀는데, 예전에 그가 아직 젊었던 시절 고타마가 사는 도시로부터 빠져나올 때 어떤 뱃사공이 바로 이 강을 건네다 준 적이 있었다. 이 강가에서 그는 걸음을 멈추었다. 그는 마음을 정하지 못한 채 머뭇머뭇하면서 강기슭에 서 있었다. 자기는 피곤과 허기에 지쳐 쇠약한데, 도대체 무엇 때문에 계속 길을 가야 하며, 도대체 어디로, 어떤 목적으로 가야 한단 말인가? 아니다, 이제 더 이상 아무런 목적이 없으며, 이 모든 황량한 꿈을 자신에게서

툭툭 털어내 버리겠다는, 이 김빠진 술을 토해 버리겠다는, 이 비참하고 수치스럽기 짝이 없는 삶을 끝장내 버리고야 말겠다는, 마음속 깊이 자리잡은 고통스러운 동경 외에는 다른 아무것도 없었다.

강기슭에는 나무 한 그루, 야자나무 한 그루가 드리워져 있었는데, 싯다르타는 그 줄기에 어깨를 기대고 서서 줄기를 팔로 껴안은 채 자기 아래쪽에서 하염없이 흘러가는 초록빛 강물을 내려다보다가 문득, 나무줄기를 안고 있던 팔을 풀고 강물 속으로 뛰어들고 싶은 욕망에 가득 차 있는 자신을 발견하였다. 어떤 소름끼치는 공허감이 강물의 수면에 비치고 있었다. 그의 영혼 속에서 어떤 섬뜩한 공허감이 거기에 맞장구를 쳐 댔다. 그렇다, 자기는 끝장이다. 이제 자기에게는, 자신을 소멸시켜 버리는 일, 실패로 돌아간 삶의 모습을 박살내어, 비웃고 있는 신들의 발치에다 그것을 던져 버리는 일밖에는 아무것도 할 일이 없다. 이것이야말로 자기가 바라 마지않았던 위대한 구토 행위이며, 그것은 바로 죽음이며 자기가 증오하던 형식의 파괴이다. 자기를, 이 개 같은 싯다르타를, 이 미친 놈을, 이 썩어 문드러진 육신을, 이 축 늘어지고 타락한 영혼을 물고기들이 뜯어 먹으면 얼마나 좋을까! 물고기들과 악어들이 자기를 뜯어 먹는다면, 악마들이 자기를 갈기갈기 찢어 버리면 얼마나 좋을까!

얼굴을 일그러뜨린 채 그는 물속을 응시하였다. 그리고 거기에 비친 자기 얼굴에 침을 뱉어 버렸다. 극도로 지친 상태에서 그는 아래로 똑바로 떨어져 물속에 가라앉기 위하여 나무

줄기에 감고 있던 팔을 풀고 이리저리 약간 움직였다. 두 눈을 감은 채 그는 죽음을 향하여 떨어질 참이었다.

바로 그때, 그의 영혼의 후미진 곳에서, 지칠 대로 지친 삶의 과거로부터 어떤 소리가 경련하듯 부르르 떨며 울려왔다. 그것은 한 음절로 된 한 마디의 말이었는데, 그는 아무 생각 없이 그냥 혼잣말로 웅얼거리듯 그 말을 내뱉었다. 그것은 모든 바라문들이 기도를 시작하는 말이자 마치는 말로서, '완전한 것'이나 '완성'을 뜻하는 성스러운 '옴'이었다. 그리고 그 '옴'이라는 소리가 싯다르타의 귓전을 울리는 바로 그 순간, 깊이 잠들어 있던 그의 정신이 갑자기 눈을 뜨고 자신의 행위가 어리석은 짓이라는 것을 깨달았다.

싯다르타는 소스라치듯 깜짝 놀랐다. 그러니까 자기가 이 지경에까지 이르렀단 말인가! 이처럼 길을 잃고서, 이처럼 갈피를 못 잡고 헤매며 자기한테서 모든 지식을 다 떠나보내 버린 결과 죽음을 찾아 헤맬 수도 있는 그런 지경까지, 육신을 소멸시킴으로써 안식을 얻고 싶어 하는 욕망이, 이 어린아이 같은 욕망이 자기의 내면에서 크게 자라나게 될 수도 있는 지경까지 와 있단 말인가! 지난 몇 해 동안 온갖 번뇌와 온갖 각성과 온갖 절망도 해내지 못하였던 일을, 옴이 그의 의식 속으로 뚫고 들어온 바로 이 순간이 해냈으니, 그는 비참함과 미망에 빠져 있는 상태에서 자신을 깨달았던 것이다.

"옴!" 그는 혼잣말로 소리를 내었다. "옴!" 하고 말이다. 그러자 그는 바라문을 알게 되었으며, 생의 불멸성을 알게 되었으며, 자신이 까맣게 잊고 있었던 모든 신성(神性)을 다시 알게 되었다.

그렇지만 이러한 깨달음은 단지 섬광처럼 스쳐가는 한순간에 불과하였다. 싯다르타는 옴을 웅얼거리다가, 피곤에 지쳐 온몸을 쭉 편 채, 야자나무 밑동에 풀썩 쓰러져 머리를 나무뿌리에 베고 깊은 잠 속으로 빠져들었다.

너무 깊이 잠든 나머지 그는 꿈도 꾸지 않았다. 오래전부터 그는 이렇게 깊이 잠들어 본 적이 없었다. 한참 시간이 흐른 후 잠에서 깨어났을 때 그는 마치 십 년쯤 지나가 버린 듯한 느낌이 들었다. 그는 나지막한 강물 소리를 들었으며, 자기가 어디에 와 있는지, 누가 자기를 그곳으로 데려왔는지 도무지 알 수가 없었다. 그는 눈을 뜨고 경이로운 마음으로 나무들과 하늘을 쳐다보았다. 그리고 자기가 와 있는 곳이 어디인가, 자기가 어떻게 그곳에 와 있게 되었는가 기억을 더듬어 보았다. 그렇지만 그 기억을 떠올리는 데에는 한참 시간이 걸렸으며, 자신이 지나온 과거가 마치 베일에 싸인 것처럼, 무한히 먼 것처럼, 무한히 멀리 떨어진 곳에 있는 것처럼, 자기와는 아무 상관이 없는 한없이 무심한 것처럼 여겨졌다. 그가 알 수 있었던 것은 단지, 자신이 자신의 예전의 삶(잠에서 깨어나 의식을 찾은 맨 처음 순간 이 예전의 삶이라는 것이 마치 멀리 떨어져 있는 옛날에 살았던 삶인 것처럼, 마치 현재의 자아의 전생(前生)인 것처럼 생각되었다.)을, 자신이 자신의 그 예전의 삶을 버리고 떠났다는 사실, 자신이 온통 구토감과 비참한 심정으로 심지어는 자신의 목숨마저 미련없이 내던져 버리려고 하였다는 사실, 그리고 자신이 어느 강가의 야자나무 밑에서 다시 제정신이 들었으며, 성스러운 말인 옴을 입에 올리자, 깊은 잠에 곯아떨어졌다가 이제 새로운 인간으로 깨어나 세상을 새로운 눈으로 들여다보고 있다는 사실뿐이었다. 자기는 옴을 웅얼거리다가 잠이 들었다. 나지막이 그는 혼잣말로 옴이라는 말을 입 밖에 내어 보았다. 그러자 자신의 긴 잠 전체가 바로 명상에 잠긴 채 하나의 긴 옴을 발하는 것에 다름아닌 것으로 여겨졌다. 자신의 긴 잠 전체가 바로 하나의 옴의 사유, 무어라고 이름 붙일 수는 없지만 완성된 그 무엇인 옴 속으로 들어가 완전히 몰입하는 것에 다름아닌 것으로 여겨졌다.

아무튼 그 잠은 얼마나 놀라울 정도의 단잠이었던가! 여태껏 잠이 자기를 그렇게 상쾌하게 해 주고, 그렇게 새롭게 해 주고, 그렇게 도로 젊어지게 해 준 적은 한 번도 없었다! 혹시 자기가 정말로 목숨을 잃고 사멸해 있다가 새로운 모습으로 다시 태어난 것은 아닐까? 하지만 그런 것은 아니었다. 그는 자기 자신을 알고 있었으며, 그는 자신의 손과 발을 알고 있었으며, 자신이 누워 있던 그 자리를 알고 있었으며, 자기 가슴 속에 있는 이 자아, 이 싯다르타, 이 고집쟁이, 이 별난 인간을 알고 있었던 것이다. 그런데 이 싯다르타는 달라져 있었다. 새로워지고, 눈에 띌 정도로 잠을 푹 잤으며, 눈에 띌 정도로 활기에 넘쳐 깨어 있었으며, 기쁨에 넘쳐 있었고 호기심에 가득 차 있었다.

싯다르타는 몸을 곧추 일으켜 세웠다. 그때 맞은편에 앉아 있는 어떤 사람의 모습이 눈에 들어왔다. 그 낯선 사람은 머리를 박박 깎은 채 누런 법복을 입은 승려였는데 명상하는 자세로 앉아 있었다. 싯다르타는 머리카락도 수염도 없는 그 사람을 유심히 살펴보았다. 그런데 오래 살펴볼 필요조차 없이 그 승려가 어린 시절 친구인 고빈다임을 곧 알아챌 수 있었다. 세존 부처에게 귀의한 바로 그 고빈다였던 것이다. 고빈다도 늙어 있었다. 그러나 아직도 여전히 그의 얼굴은 옛날 모습을 지니고 있었으며, 열성과 성실의 분위기, 구도하는 자세와 고지식한 분위기를 풍기고 있었다. 고빈다가, 싯다르타의 시선을 느낀 탓인지, 눈을 뜨고 싯다르타를 찬찬히 뜯어보았다. 하지만 고빈다가 자기를 알아보지 못하고 있다는 것을 싯다르타는 알았다. 고빈다는 그가 깨어난 것을 보자 기뻐하였다. 그가 싯다르타를 알아보지 못하였음에도 불구하고, 거기에 오랫동안 앉아 싯다르타가 깨어나기를 기다리고 있었던 것만은 분명하였다.

"나는 잠들었었습니다." 싯다르타가 말하였다. "당신은 도대체 어떻게 이곳으로 오게 되었나요?"

"당신은 잠들어 있었습니다." 고빈다가 대답하였다. "뱀이 자주 나오고 숲의 짐승들이 지나다니는 길목인 이런 곳에서 잠을 자는 것은 좋지 않습니다. 나으리, 나는 세존 고타마, 부처이신 석가모니의 제자로, 우리 승려 몇 사람과 함께 이곳을 순례하는 중이었는데, 위험한 이곳에서 나으리가 누워 주무시는 것을 보게 되었습니다. 나으리, 그래서 나으리를 깨우려고 하였습니다. 그런데 나으리가 너무 깊이 잠들어 있다는 것을 알았기 때문에, 동행하던 무리들을 앞서 보내고 혼자 남아서 나으리 곁에 앉아 있었지요. 그러다가, 나으리가 잠자는 것을 망보아 주겠다고 생각하였던 나 자신이 그만 깜박 잠들어 버린 모양입니다. 내가 해야 할 일을 제대로 하지 못하고 말았는데, 너무 피곤해서 그렇게 된 모양입니다. 그러나 이제 나으리도 잠을 깨고 하였으니, 나의 형제들을 따라나서 보아야겠습니다."

"사문이여, 내가 잠자는 것을 지켜보아 주신 데 대해 당신에게 감사드립니다." 싯다르타가 말하였다. "당신네 세존의 제자분들은 친절하시군요. 그럼 이제 가 보시지요."

"그럼 가 보겠습니다, 나으리. 나으리가 내내 편안하게 지내시기를 빌겠습니다."

"사문이여, 당신에게 감사드립니다."

고빈다는 손짓으로 작별 인사를 하며 "잘 지내십시오." 하고 말하였다.

"잘 지내게나, 고빈다." 싯다르타가 말하였다.

그 승려가 멈추어 섰다.

"실례지만, 어떻게 나의 이름을 아십니까?"

그러자 싯다르타는 미소를 지었다.

"고빈다, 자네 춘부장 어른의 오두막 시절부터, 바라문 학교 시절부터, 신들에게 제사를 지냈던 시절부터, 우리가 사문이 되려고 출가하였던 시절부터, 그리고 자네가 기원정사에서 세존에게 귀의하던 시절부터 나는 자네를 알고 있네."

"자네 싯다르타로군!" 고빈다가 큰 소리로 외쳤다. "이제야 자네를 알아보겠군. 그런데 내가 어떻게 자네를 즉각 알아보지 못하였는지 도무지 이해가 되지 않는군, 싯다르타, 자네를 다시 보게 되어 얼마나 기쁜지 모르겠네."

"자네를 다시 보게 되어 나 또한 기쁘기 한량없네. 자네는 내가 잠들어 있는 동안에 나를 지켜주었네. 다시 한번 감사하네. 비록 지켜 주는 사람이 필요했던 것은 아니었지만 말이야. 친구, 자네는 어디로 가는 길인가?"

"정처없이 떠돌아다니지. 우리 같은 승려들은 장마철이 아닌 한 항상 이리저리 떠돌아다니지. 이 마을 저 마을을 돌아다니면서, 계율에 따라 생활하고 설법을 포교하고 다니네. 시주를 받으면서 계속 떠돌아다니지. 늘 그런 생활이야. 그런데 싯다르타, 자네는 어디로 가는 길인가?"

싯다르타가 말하였다. "친구, 나도 자네와 마찬가지 처지라네. 나는 발길 닿는 대로 정처없이 떠돌아다니고 있네. 나는 단지 도(道)를 향해 나아가는 도중에 있을 뿐이네. 나는 순례를 하고 있네."

고빈다가 말하였다. "자네가 순례를 하고 있다니까 그 말을 믿도록 하지. 하지만, 싯다르타, 실례를 무릅쓰고 말하겠네만, 어쩐지 자네 행색은 순례자처럼 보이지 않는군. 자네는 부자들이 입는 옷을 입고, 지체 높은 사람이 신는 신발을 신고 있어. 그리고 좋은 향수 냄새가 풍겨 나오는 자네의 머리카락 역시 순례자나 사문의 머리카락은 아닌데 그래."

"옳은 지적이야, 이보게, 자네는 관찰력이 참 좋군. 자네의 예리한 눈이 모든 것을 간파해 버렸군. 그렇지만 자네한테 내가 사문이라고 말하지는 않았잖아. 어디까지나 순례하고 있다고 말했을 뿐. 사실 그대로야. 나는 순례하고 있어."

"자네가 순례하고 있다고?" 고빈다가 말하였다. "하지만 그런 복장을 하고, 그런 신발을 신고, 그런 머리카락을 하고 순례하는 순례자는 거의 없어. 벌써 오랫동안 순례 생활을 하고 있지만 아직 그런 행색으로 순례하는 사람은 본 적이 없다고."

"고빈다, 자네 말이 옳다고 생각해. 그러나 지금, 오늘에야 비로소 자네는 그런 순례자를 한 사람 만난 것이네. 그런 신발을 신은, 그런 복장을 한, 그런 순례자를 한 사람 만났다는 말이야. 이보게, 설마 다음과 같은 사실을 잊어버린 것은 아니겠지. 형상의 세계란 무상한 것, 덧없는 것이야. 우리의 옷차림이나 머리카락 모습이라는 것도 지극히 무상한 것이지. 우리의 머리카락과 몸뚱이 그 자체도 덧없기는 마찬가지이고. 자네가 제대로 보았네만, 나는 부자들이 입는 옷을 입고 있네. 내가 그런 옷을 입고 있는 것은 나도 한때는 부자였기 때문이네. 그리고 내가 색을 밝히는 속세 인간들의 머리카락 모습을 하고 있는 것도 내가 한때 그런 부류의 사람들 가운데 하나였기 때문이고."

"그러면 지금은 어떤가, 싯다르타, 지금 자네는 어떤 사람인가?"

"나도 모르겠네. 나도 자네만큼이나 그것에 대해 아는 바가 별로 없네. 나는 도를 향하여 가는 도중에 있어. 나는 한때는 부자였지만 이제는 더 이상 그렇지 않아. 그리고 내가 내일 어떤 사람이 될 것인지는 나도 모르겠어."

"자네는 자네 재산을 몽땅 잃어버린 거야?"

"내가 나의 재산을 잃어버렸든지, 아니면 나의 재산이 나를 잃어버렸든지 둘 중 하나겠지. 아무튼 나한테는 그 재산이 하나도 없어. 고빈다, 형상의 수레바퀴는 빨리 도는 법이야. 바라문 싯다르타가 어디에 있는가? 사문 싯다르타가 어디에 있는가? 부자 싯다르타가 어디에 있는가? 고빈다, 덧없는 것은 빨리도 바뀌는 법, 그건 자네도 알고 있겠지."

고빈다는 젊은 시절의 친구를, 의아하다는 눈빛으로 한참 바라보았다. 그러다가 마치 신분이 높은 귀족에게 하듯이 그에게 인사를 하고는 자기 갈 길을 떠나갔다.

얼굴에 미소를 띤 채 싯다르타는 그의 모습이 멀리 사라질 때까지 한참을 바라다보았다. 그는 아직도 그를, 그 충직한 친구, 그 고지식한 친구를 사랑하고 있었다. 그리고 바로 이 순간 자기가 모든 사람과 모든 사물을 가리지 않고 사랑하지 않고서는 배길 수 없을 것 같은 생각이 들었다. 경이로운 잠에서 깨어난 뒤의 이 찬란한 시간, 온몸이 온통 옴으로 충만된 이 순간에, 어떻게 사랑하지 않을 수 있단 말인가! 자기의 눈에 보인 모든 것을 다 사랑하는 것, 자기의 눈에 보인 모든 것을 다 기쁨이 넘치는 사랑의 감정으로 대하는 것, 바로 이것이야말로 잠을 자는 동안 옴의 작용을 통하여 자신의 내면에서 일어났던 매혹적인 현상의 본질인 것이다. 이제 돌이켜 보니, 예전에는 마음이 너무나 병들어 있었다는 바로 그 이유 때문에 사람이건 사물이건 아무것도 사랑할 수 없었던 것이 아닌가 하는 생각이 들었다.

미소 띤 얼굴을 하고 싯다르타는, 저 멀리 사라져 가는 승려의 뒷모습을 물끄러미 바라보았다. 잠은 그를 매우 강하게 만들어 주었다. 하지만 이틀 동안이나 아무것도 입에 대지 않았던 터라 허기 때문에 아주 심한 고통을 느꼈다. 그가 허기를 굳세게 물리쳤던 일은 벌써 오래전 일이었다. 그는 비통한 심정으로, 하지만 너털웃음을 웃으면서 그 옛 시절을 생각해 보았다. 그는 기억을 더듬어 보았다. 그 당시에 자기는, 자기가 카말라 앞에서 자랑스럽게 뻐겼던 세 가지 것, 그러니까 단식, 사색, 기다림이라는 세 가지 고상한 재주를 결코 누구한테도 뒤지지 않게 잘 부릴 수 있었다. 이것이야말로 자기의 재산이었으며 자기의 권세이자 힘이었으며, 자기를 받쳐 주는 확고부동한 지주였다. 청년 시절 자기가 부지런히 힘들게 배워 익힌 것이 바로 이 세 가지 재주라 할 수 있었으며, 그것 말고는 아무것도 할 줄 아는 것이 없었다. 그러나 이제는 그러한 재주들도 자기를 떠나가 버렸으며, 그것 중에 아무것도, 단식하는 재주도, 기다리는 재주도, 사색하는 재주도, 그 세 가지 재주 가운데 아무것도 자기에게 남아 있는 것이 없었다. 가장 비천한 것을 얻기 위하여, 가장 덧없는 것을 얻기 위하여, 관능적 쾌락을 얻기 위하여, 사치스러운 생활을 위하여, 부를 위하여 자기는 그 재주들을 헌신짝처럼 내팽개쳐 버렸던 것이다. 이상야릇하게도 자기에게 실제로 그런 일이 일어났었다. 그리고 이제는, 이제는 자기가 정말로 어린애 같은 인간이 되어 버린 것 같았다.

싯다르타는 자기 처지를 곰곰이 생각해 보았다. 생각한다는 것이 그에게는 어려운 일이었으며, 그는 사실 생각하고 싶은 마음조차 들지 않았지만 억지로 생각을 하려 하였다.

'이제.' 그는 생각하였다. '이 모든 덧없는 것들이 다시 나한테서 떨어져 나가 버렸으니, 이제 나는 다시금 옛날 내가 어린아이였던 시절과 마찬가지로 백지 상태로 태양 아래 서 있는 것이다. 아무것도 나의 것이라고는 없으며, 나는 아무것도 할 수 없으며, 아무런 힘도 없으며, 아무것도 배우지 못한 상태이다. 이 얼마나 기가 막힐 노릇인가! 내가 이제 더 이상 어리지 않은 지금, 머리카락이 벌써 반백이 다 된 지금, 그 온갖 힘들이 다 약해져 버린 지금, 다시 원점으로 되돌아가 어린아이 상태에서 다시 새로 시작을 해야 하다니!' 또다시 그는 미소 짓지 않을 수 없었다. 그렇다, 자기의 운명은 얼마나 기구한가! 자기의 운명은 내리막길을 걷고 있으며, 이제 자기는 다시 빈손에 벌거숭이에다 어리석은 상태로 이 세상에 서 있는 것이다. 그러나 그는 사실이 그렇다고 하여 비통한 느낌이 든 것은 아니었으며, 아니, 오히려 심지어는 비웃고 싶은 커다란 충동을, 자신에 대하여 비웃고 싶은, 이 이상야릇하고 우매한 세상에 대하여 비웃고 싶은 커다란 충동을 느꼈다.

'너는 내리막길을 걷고 있어!' 그는 혼잣말을 하더니 웃음을 터뜨렸다. 그리고 그렇게 혼잣말을 할 때 그의 시선은 강물쪽으로 향하였는데, 강물 역시 밑으로 내려가고 있는 것을, 언제나 밑으로 흘러 내려가면서 노래 부르고 흥겨워하는 것을 보게 되었다. 그 사실이 아주 마음에 들어서 그는 강물에 다정하게 미소를 보냈다. 이곳은 바로, 자기가 옛날 옛적에, 백 년 전에, 빠져 죽으려고 하였던 그 강이 아니던가, 아니면 자기가 그러한 꿈을 꾸었던가?

'나의 인생은 실로 기이하군.' 그는 생각하였다. '나의 인생은 기이한 우여곡절을 거쳐 왔군. 소년 시절 나는 오로지 신들과 제사 지내는 일에만 관심을 쏟았었지. 젊은 시절에는 오로지 고행, 사색, 침잠에만 관심을 쏟았으며, 우주의 최고 원리인 범(梵)을 추구하였으며, 아트만 속에 있는 영원한 것을 숭배하였지. 그러다가 좀 더 나이가 들어서는 속죄하는 참회자들을 따라가 숲속에서 생활하였고, 더위와 추위에 시달렸으며, 굶주리는 법을 배웠으며, 나의 육신을 소멸시키는 법을 배웠지. 그러다가 놀랍게도 그 위대한 부처의 가르침 속에서 깨달음을 얻어 이 세상의 단일성에 대한 앎이 나 자신의 혈액과 마찬가지로 나의 내면에서 순환하고 있음을 느끼게 되었지. 그러나 부처로부터도, 이 모든 위대한 앎으로부터도 나는 또다시 떠나지 않으면 안 되었지. 정처없이 떠돌아다니다가 카말라를 만나 그녀한테서 사랑의 쾌락을 배웠으며, 카마스와미한테서는 장사하는 기술을 배웠으며, 돈을 모았으며, 돈을 물쓰듯 쓰고 다녔으며, 나의 위(胃)를 사랑하는 법을 배웠으며, 나의 관능적 감각들에 아첨하는 법을 배웠지. 여러 해 동안 나는, 정신을 잃은 생활을 하면서, 예전에 배웠던 사색하는 법을 다 잊어버리는 생활을 하면서, 그 단일성을 까맣게 잊어버리는 생활을 하면서 허송세월하였지. 내가, 어른이 어린애가 되어 버리는, 사색가가 어린애 같은 인간이 되어 버리는 거꾸로 된 우회로를 천천히 걸어간 것은 아닐까? 그렇지만 그러한 길은 무척이나 좋았었고, 나의 가슴속에 있는 새도 역시 죽은 것이 아니었다. 그러나 무슨 놈의 길이 그렇게도 험난하였을까! 결국 내가 단지 또다시 어린애가 되고 또다시 새롭게 시작할 수 있기 위하여, 나는 얼마나 많은 어리석은 짓, 얼마나 많은 악덕, 얼마나 많은 오류, 얼마나 많은 구토증과 환멸과 비참함을 거치지 않으면 안 되었는가. 하지만 그것은 제대로 난 길이었어, 나의 마음은 그 점에 대하여 그렇다고 말하고 있으며, 나의 두 눈은 그 점에 대하여 웃음을 짓고 있어. 내가 절망을 체험하지 않으면 안 되었고, 모든 생각들 중에서 가장 어리석은 생각, 그러니까 자살할 생각까지 품을 정도로 나락의 구렁텅이에 떨어지지 않으면 안 되었던 것은, 자비를 체험할 수 있기 위해서였으며, 다시 옴을 듣기 위해서였으며, 다시 올바로 잠을 자고 올바로 깨어날 수 있기 위해서였어. 내가 바보가 되지 않으면 안 되었던 것은 나의 내면에서 다시 아트만을 발견해 내기 위해서였어. 내가 죄를 저지르지 않으면 안 되었던 것은 다시 새로운 삶을 살 수 있기 위해서였어. 앞으로 나의 길이 나를 어디로 끌고 갈까? 그 길은 괴상하게 나 있을 테지, 어쩌면 그 길은 꼬불꼬불한 길일지도 모르고, 어쩌면 그 길은 원형의 순환 도로일지도 모르지. 나고 싶은 대로 나 있으라지. 그 길이 어떻게 나 있든 상관없이 나는 그 길을 가야지.'

놀랍게도 그는 가슴속에서 기쁨이 용솟음치고 있는 것을 느꼈다.

도대체 어디에서, 도대체 어디에서 너는 이런 기쁨을 느끼는가 하고 그는 자기 가슴에다 물어보았다. '그 기쁨은, 나를 그렇게도 기분 좋게 해 주었던 그 긴 단잠에서 생겨나는 것일까? 아니면, 내가 무심코 발했던 옴이라는 말에서 생겨나는 것일까? 아니면, 내가 빠져나왔다는 사실로부터, 나의 도주가 이루어졌다는 사실로부터, 내가 마침내 다시금 자유로운 상태가 되어 마치 어린아이처럼 하늘 아래 서 있다는 사실로부터 생겨나는 것일까? 오, 이 도망쳐 나온 상태, 이 자유로운 상태는 얼마나 좋은가! 이곳 공기는 얼마나 순수하고 아름다우며, 숨쉬기에 얼마나 좋은가! 내가 도망쳐 나온 그곳, 그곳에서는 모든 것에서 향유 냄새가, 향료 냄새가, 술 냄새가, 포만의 냄새가, 그리고 게으름의 냄새가 났었다. 나는 부자들의, 미식가들의, 그리고 도박꾼들의 세계를 얼마나 증오하였던가! 그런 끔찍한 세계에 그토록 오래 머물러 있었다는 사실 때문에 나는 나 자신을 얼마나 증오하였던가! 내가 얼마나 나 자신을 증오하였으며, 나 자신을 포기해 버리고, 중독시키고, 학대하였으며, 나 자신을 얼마나 늙고 사악하게 만들었던가! 그래, 이제 앞으로는 절대로, 예전에는 그렇게 착각하는 것을 좋아하였지만, 싯다르타가 현명하다고 자만하는 그런 착각은 절대로 하지 않으리라! 나 자신에 대하여 증오심을 품는 일을 그만둔 것이나 그 우매하고 황량하기 짝이 없는 생활에 종지부를 찍은 것, 그것은 잘한 일이었어. 그것은 나의 마음에 들어, 그렇게 한 것은 칭찬하지 않을 수가 없어. 싯다르타여, 그 어리석음의 세월을 그토록 오랫동안 보낸 다음 네가 다시 한번 한 가지 기발한 착상을 해냈으며, 대단한 일을 해냈으며, 너의 가슴속에 있는 새가 지저귀는 소리를 듣게 되고 그 새를 따랐다는 점에서 나는 너를 칭찬하노라!'

이렇게 그는 자신을 칭찬하였으며, 자신에 대하여 뿌듯한 기쁨을 느꼈으며, 너무나 허기진 나머지 꼬르륵 소리를 내는 자신의 위가 신기롭다는 듯이 그 소리에 귀를 기울이기도 하였다. 그는, 이제 자기가 최근 며칠 동안, 그리고 바로 얼마 전 몇 시간 사이에 한 조각의 고통과 한 조각의 비참함을 남김없이 깡그리 맛보았으며 깡그리 내뱉어 버렸다고, 절망에 이르고 죽음에 이를 정도까지 고통과 비참함이라는 음식 조각을 깨끗이 먹어 치웠다고 느끼고 있었다. 그것은 좋은 일이었다. 만약 자기가 카마스와미 집에 앞으로도 오래 머무를 수 있었다면, 그러면서 돈이나 벌고, 돈을 물 쓰듯 낭비하고, 배나 살찌우고 영혼을 황폐화시켰다면, 만약 자기가 앞으로도 오랫동안 부드럽고 쿠션이 푹신푹신한 그런 지옥에서 지낼 수 있었더라면, 아무런 위안거리도 없는 그 완전히 암담하고 절망적인 순간, 그러니까 자기가 도도하게 흐르는 강물 위에 떨어져 자신을 파멸시켜 버릴 만반의 준비를 갖춘 그 극단적인 순간은 오지 않았을 터였다. 자기가 그러한 절망을, 그러한 극심한 구토증을 느꼈었다는 사실, 그리고 그런 것에 굴복하지 않았다는 사실, 자기의 내면에 즐거움의 원천이자 즐거움의 소리인 그 새가 그런데도 여전히 살아 있었다는 사실, 이런 사실 때문에 그는 기쁨을 느꼈으며, 이런 사실 때문에 그는 웃음을 지었으며, 이런 사실 때문에 그의 얼굴은 반백의 머리카락 아래에서 빛나고 있었다.

'알 필요가 있는 것이라면 모조리.' 하고 그는 생각하였다. '하나도 빼놓지 않고 몸소 맛본다는 것, 그건 좋은 일이야. 속세의 쾌락과 부는 좋은 것이 아니라는 사실을 나는 이미 어린 시절에 배웠었지. 그 사실을 안 지는 오래되었지만, 이제야 비로소 내가 그것을 직접 체험하게 되었군. 이제 나는 그 사실을 제대로 안 거야. 그 사실을 단지 기억력으로만 아는 것이 아니라, 나의 두 눈으로도, 나의 가슴으로도, 나의 위(胃)로도 알게 되었어. 그것을 알게 되어 정말 다행이로군!'

오랫동안 그는 자신의 변신에 대하여 곰곰이 생각해 보았으며, 그 새가 기쁨에 겨워 지저귀는 소리를 귀 기울여 들었다. 자기 자신의 내면에 있는 새가 죽은 것이 아니었단 말인가, 자기가 그 새의 죽음을 느끼지 않았단 말인가? 그렇다, 그 새가 아니라 자신의 내면에 있는 어떤 다른 것이 죽은 것이다. 오래전부터 죽음을 갈망해 마지않았던 그 어떤 다른 것이 죽은 것이다. 죽은 것은 자기가 옛날 언젠가 작열하던 태양 아래에서 참회의 생활을 하던 시절 사멸시켜 버리고자 하였던 바로 그것이 아닐까? 죽은 것은 바로 자신의 자아가 아닐까? 자기가 그 숱한 세월 동안 투쟁을 벌여 왔던 대상, 언제나 거듭하여 자기를 이겼던 것, 매번 사멸하고 나서도 매번 또다시 살아나, 기쁨을 금지하고, 두려움을 느끼는 그것, 바로 자신의 그 작고 불안한, 자만에 찬 자아가 죽은 것이 아닐까? 이곳 숲속에 자리잡고 있는 사랑스런 강가에서 오늘 마침내 죽음을 맞이하였던 것이 바로 그것이 아닐까? 자기가 지금 마치 어린아이처럼, 이토록 확신에 넘쳐서, 이토록 두려움 없이, 이토록 기쁨에 가득 차 있는 것은 바로 그 자아의 죽음 때문이 아닐까?

이제 싯다르타는, 자기가 바라문으로서, 참회자로서 이 자아와 투쟁을 하였지만 무엇 때문에 그 싸움이 헛수고가 되고 말았던가 하는 이유도 어렴풋이나마 예감할 수 있었다. 너무 많은 지식이, 너무 많은 성스러운 구절이, 너무 많은 제사의 규칙들이, 너무 많은 단식이, 너무 많은 행위와 노력이 자기를 방해하였던 것이다. 자기는 자만심으로 가득 차 있었으니, 언제나 가장 현명한 자였고, 언제나 최고의 열성파였으며, 언제나 다른 모든 사람들보다 한 걸음 앞서 있었으며, 언제나 학자이자 사상가였으며, 언제나 사제 아니면 현인이었다. 이런 사제 기질 속으로, 이런 교만한 마음속으로, 이런 정신적 성향 속으로 자기의 자아가 살며시 파고들어 와서는 거기에서 단단히 자리를 잡고 앉아 무럭무럭 자라나고 있는 동안, 자기는 단식과 참회로써 그 자아를 죽이려고 하였던 것이다. 그러다가 자기는 이런 사실을 알게 되었으며, 또한 어떤 스승도 어차피 자기를 구제해 줄 수는 없을 것이라고 하였던 그 내밀한 음성이 옳았다는 것을 알게 되었다. 그 때문에 자기는 세상 속으로 들어갈 수밖에 없었으며, 쾌락과 권력에, 여자와 돈에 빠져들 수밖에 없었으며, 장사꾼, 주사위 노름꾼, 술꾼, 탐욕스런 자가 될 수밖에 없었으며, 그러다가 결국 자기의 내면에 있던 사제 의식과 사문 의식이 죽어 없어지는 지경에까지 이르고 말았다. 그 때문에 자기는 계속하여 그 가증스런 세월을 견뎌 나갈 수밖에 없었으며, 그 구토증을, 그 공허감을, 황량하고 길을 잃고 타락한 인생의 그 무의미함을 견뎌 낼 수밖에 없었으며, 그러다가 마침내는 그러한 삶의 종말에 이르게 되었으며, 쓰디쓴 절망감에 빠지게 되었으며, 탕아 싯다르타, 탐욕자 싯다르타도 죽을 수가 있었던 것이다. 그런 싯다르타는 죽고 없었으며, 새로운 싯다르타가 잠에서 깨어나 있었다. 이 새로운 싯다르타 역시 아마도 늙게 될 터이고, 이 새로운 싯다르타 역시 아마도 언젠가는 필연적으로 죽을 수밖에 없을 터이니, 싯다르타란 덧없는 존재이며, 형상을 지닌 것은 모조리 덧없는 것이다. 그러나 오늘 자기는, 이 새로운 싯다르타는 젊고 기쁨에 가득 찬 어린아이이다.

그는 이러한 생각들을 하고 있었으며, 미소를 지으면서 자기 위(胃)에서 나는 소리에 귀를 기울였으며, 벌이 윙윙거리는 소리를 감사하는 마음으로 귀 기울여 들었다. 명랑한 기분으로 그는 흘러가는 강물 속을 들여다보았는데, 강물이 그토록 자기 마음에 든 적이 일찍이 한 번도 없었으며, 흘러가는 강물 소리와 강물이 들려주는 비유가 자기의 귀에 그토록 강렬하고 아름답게 들렸던 적은 일찍이 한 번도 없었다. 마치 강물이 자기에게 들려줄 어떤 특별한 이야기가 있기라도 한 것 같은 생각이 들었다. 자기가 아직 알지 못하는 그 특별한 이야기가 자기를 기다리고 있기라도 한 것 같은 생각이 들었다. 이 강물 속에 싯다르타는 빠져 죽으려고 하였었다. 피곤에 지치고 절망에 빠진 그 옛 싯다르타는 이 강물 속에 오늘 빠져 죽었다. 그러나 새로운 싯다르타는 이 흘러가는 강물에 깊은 사랑을 느꼈으며, 그 강을 다시 곧바로 떠나지는 않겠다고 결심하였다.

뱃사공

'이 강가에 머물러 있어야지.' 싯다르타는 생각하였다. '이 강은 내가 옛날에 어린애 같은 인간들한테 가는 도중에 건넜던 바로 그 강이다. 그때 친절한 뱃사공이 나를 건네다 주었는데, 그 사람한테 가 보아야겠다. 옛날에 그 뱃사공의 오두막을 기점으로 하여 나의 새로운 인생 길이 시작되었지. 그런데 그 새로운 인생이라는 것도 이제는 옛것이 되어 버리고 죽어 없어져 버린 상태이다. 내가 지금부터 걸어가야 할 길, 내가 지금부터 살아가야 할 새로운 인생도 그곳 뱃사공의 오두막을 출발점으로 삼을 수 있다면 정말 좋을 텐데!'

애정을 담은 눈길로 그는, 도도하게 흘러가는 강물 속을, 속이 환히 들여다보이는 그 투명한 초록빛 강물 속을, 온갖 불가사의한 무늬의 윤곽선을 만들어 내는 수정 같은 잔물결 속을 들여다보았다. 그는 찬연히 빛나는 진주들이 물속 깊은 곳에서 솟아오르는 모습을, 고요한 물거품들이 거울 같은 수면 위에 떠올라 헤엄치는 모습을, 그 물거품 속에 하늘의 푸른빛이 고스란히 드러나 있는 모습을 보았다. 강물이 수천 개의 눈으로, 그러니까 초록색의 눈으로, 하얀색의 눈으로, 수정 같은 투명한 눈으로, 푸른 하늘색 눈으로 자기를 바라보고 있었다. 자기는 이 강물을 얼마나 사랑하며, 이 강물이 자기를 얼마나 황홀하게 하여 주며, 자기는 이 강물에 얼마나 감사하고 있는가! 그는 마음속에서 새로이 깨어난 음성이 자기에게 말하는 것을 들었다. 그 음성은 이렇게 말하고 있었다. 이 강물을 사랑하라! 그 강물 곁에 머물러라! 강물로부터 배우라! 아, 그렇고말고, 그는 강물로부터 배우기로 작정하였으며, 강물이 들려주는 말에 귀를 기울이기로 작정하였다. 강물과 강물의 비밀들을 이해하는 자라면, 다른 많은 것도, 많은 비밀들도, 나아가 모든 비밀들도 이해하게 되리라는 생각이 들었다.

그러나 강에 숨어 있는 무수한 비밀들 가운데에서 그는 오늘 단 한 가지만을 보았을 뿐인데, 그것이 그의 영혼을 사로잡았다. 그가 본 비밀은 바로 다음과 같은 것이었다. 이 강물은 흐르고 또 흐르며, 끊임없이 흐르지만, 언제나 거기에 존재하며, 언제 어느 때고 항상 동일한 것이면서도 매 순간마다 새롭다! 오, 과연 그 누가 이 사실을 파악할 수 있으며, 이 사실을 이해할 수 있으리! 그는 그것을 이해하거나 파악하지는 못하였으며, 단지 예감이, 먼 기억이, 신의 음성들이 활동하는 것을 느낄 수 있을 뿐이었다.

싯다르타는 몸을 일으켜 세웠다. 배가 고파 도저히 참을 수 없을 지경이었다. 배고픔을 간신히 참고 견디면서 그는 강기슭에 난 좁은 길을 따라 강을 거슬러 상류 쪽을 향하여 계속 걸었다. 그러면서 그는 강물의 흐름에 귀를 기울였으며, 배 속에서 꼬르륵거리는 소리에 귀를 기울였다.

그가 나루터에 다다랐을 때 마침 나룻배가 떠날 준비를 하고 있었다. 그리고 옛날 그가 젊은 시절 사문이었을 때 강을 건네주었던 바로 그 뱃사공이 나룻배 안에 서 있었다. 싯다르타는, 비록 그 뱃사공이 아주 심하게 늙어 있어서 알아보기가 쉽지는 않았지만, 이번에도 그 뱃사공을 알아보았다.

"나를 건네주시겠소?" 싯다르타가 물었다.

뱃사공은, 그렇게 신분이 높은 사람이 혼자서 걸어온 것을 보고는 깜짝 놀라면서, 그를 나룻배에 태우고 노를 저어 나갔다.

"당신은 멋진 인생을 택하셨습니다." 승객인 싯다르타가 말하였다.

"매일매일 이 강가에서 생활한다는 것, 그리고 배를 타고 그 강 위를 다닌다는 것은 멋진 일임에 틀림없습니다."

그 뱃사공은 미소를 지으면서 노를 저었다. "그건 멋진 일이지요, 나으리. 나으리가 말씀하신 그대롭니다. 하지만 모든 생활, 모든 일이라는 게 다 제 나름대로 멋진 것이 아니겠습니까?"

"아마 그럴지도 모르겠습니다. 하지만 나는 당신이, 그리고 당신이 하는 일이 부럽습니다."

"그렇지만, 나으리가 이 일을 하신다면 아마도 금방 이 일에 흥미를 잃고 말 것입니다. 이 일은 좋은 옷을 입고 다니는 분들이 할 일이 아니지요."

싯다르타가 웃으며 말하였다. "오늘 이미 한 차례 나는 이 옷 때문에 주목받은 일이, 불신의 눈초리로 주목받은 일이 있습니다. 사공 양반, 나한테 부담만 주는 이 옷을 당신이 받아 주지 않으시겠습니까? 왜냐하면 말입니다, 이것은 꼭 알아 두셔야 하는데, 나는 당신에게 치를 뱃삯이 한 푼도 없기 때문입니다."

"나으리께서 농담을 하시는군요." 뱃사공이 웃으면서 말하였다.

"이보세요, 나는 농담하는 게 아닙니다. 전에도 한 번 당신은 보수도 받지 않고 나를 건네준 적이 있습니다. 오늘도 그렇게 해 주세요, 그리고 그 대가로 내 옷을 받아 주십시오."

"그러면 나으리께서는 옷도 입지 않은 채 여행을 계속하실 작정이십니까?"

"아, 내가 가장 원하는 것은 여행을 계속하지 않는 것입니다. 사공 양반, 당신이 나에게 몸을 가릴 낡은 옷 조각이라도 주시고 나를 당신의 조수로, 아니 그보다는 제자로 받아들여 주신다면 제일 좋겠습니다. 왜냐하면 나는 일단은 배를 젓는 법부터 배워야 하니까 말입니다."

그 뱃사공은 그 낯선 사람을 탐색하는 듯한 눈길로 바라다보았다.

"이제야 당신을 알아보겠군요." 마침내 그 뱃사공이 말문을 열었다. "언젠가 당신은 나의 오두막에서 잠을 잔 적이 있었어요. 무척 오래전의 일이었지요. 어쩌면 이십 년도 더 지난 일인지도 모르겠군요. 그때 당신은 나의 나룻배를 타고 강을 건넜었지요. 그리고 우리는 마치 좋은 친구 같은 사이가 되어 서로 헤어졌지요. 당신은 사문이 아니었던가요? 당신 이름은 아무리 생각해 보아도 생각나지를 않는군요."

"내 이름은 싯다르타이며, 당신이 오래전 나를 보았을 때 나는 사문이었습니다."

"반갑습니다, 싯다르타, 참 잘 오셨습니다. 내 이름은 바주데바라고 합니다. 당신이 오늘도 나의 손님이 되어 나의 오두막에서 주무시고 가기를 바랍니다. 아울러 당신이 어디에서 오는 길이며, 당신의 그 좋은 옷들이 무엇 때문에 당신에게 그렇게 귀찮은 존재가 되었는지 이야기하여 주기 바랍니다."

그들은 강 한복판에 도달하였다. 그리고 바주데바는 강의 흐름에 거슬러가기 위하여 노를 움켜쥔 손에 더욱더 힘을 주었다. 그는, 시선을 뱃머리에 둔 채로, 억센 두 팔로 아무 말 없이 노를 젓고 있었다. 싯다르타는 그냥 앉은 채 그를 보면서 이미 지나가 버린 옛날 일에 대한 기억을 더듬어 보았다. 자기의 사문 시절의 그 마지막날, 자기 마음속에서 이 사람에 대한 사랑이 얼마나 용솟음쳤던가! 그는 바주데바의 초대를 감사하는 마음으로 받아들였다. 그들이 맞은편 강가에 닿았을 때, 그는 바주데바가 배를 말뚝에 매는 것을 도와주었다. 그런 다음 뱃사공이 싯다르타를 자기 오두막에 들게 하여 빵과 물을 내놓자 그는 기분 좋게 먹었다. 그리고 바주데바가 권하는 망고도 기분 좋게 받아먹었다. 그런 다음 그들은 강기슭에 서 있는 한 그루 나무의 그루터기 위에 나란히 걸터앉았다. 해가 서산에 질 무렵이었다. 싯다르타는 뱃사공에게 자신의 내력과 인생을, 그리고 오늘 바로 그 절망의 순간에 자기가 살아온 인생이 자기 눈앞에 어떻게 나타났던가 이야기하였다. 밤이 이슥할 때까지 그의 이야기는 그칠 줄 모르고 계속되었다.

바주데바는 매우 주의 깊게 그의 말을 귀담아들었다. 그는 싯다르타가 이야기하는 내력, 유년 시절, 배움, 구도 행위, 기쁨, 곤경, 이 모든 것을 경청하면서 자기 내면에 받아들였다. 이것이야말로 뱃사공의 가장 큰 미덕들 가운데 하나였으니, 남의 말을 그보다 더 진지하게 귀 기울여 들어주는 사람은 거의 없었다. 이야기를 하고 있는 싯다르타는 바주데바가 한 마디 말도 하지 않은 채 자기가 하는 말을 고요하게, 마음을 툭 터놓고, 느긋하게 마음속으로 받아들이고 있음을, 바주데바가 자기가 하는 말을 하나도 빠뜨리지 않고, 초조하게 다음 말을 기다리는 법이 없이, 자기가 말하는 중에도 칭찬의 말도 꾸중의 말도 하지 않고서, 다만 가만히 귀 기울여 듣고만 있음을 느낄 수 있었다. 싯다르타는, 이런 식으로 자기 말을 들어주는 사람에게 자신을 고백한다는 것, 그리고 그런 사람의 마음속에다 자신의 인생, 자신의 구도 행위, 자신의 고뇌를 털어놓는다는 것이 얼마나 행복한 일인가를 느꼈다.

이야기가 끝나갈 무렵, 싯다르타가 강가의 야자나무 이야기, 강물에 뛰어들려고 하였던 이야기, 성스러운 옴 이야기, 그리고 깜빡 졸던 선잠 상태에서 깨어난 후 어떻게 그 강에 대해 그러한 사랑을 느끼게 되었는가 하는 이야기를 하였을 때, 뱃사공은 주의력을 한층 배가시키고 정신을 온통 집중한 채 눈을 지그시 감고서 그의 이야기를 귀 기울여 들었다.

그러다가, 싯다르타가 아무 말도 하지 않고 한참 침묵이 흐르자, 이윽고 바주데바가 입을 열었다. "내가 생각하고 있던 그대로군요. 강이 당신에게 말을 건넸던 거예요. 당신에게도 강은 친구이며, 당신에게도 강은 말을 건네는 거예요. 잘된 일이에요, 정말 아주 잘된 일이에요. 나의 친구 싯다르타여, 내 곁에 머물도록 해요. 나는 한때 잠자리를 함께하였던 아내가 있었어요. 그렇지만 그녀는 이미 오래전에 죽고 없으며, 오랫동안 나는 홀몸으로 살아왔지요. 이제 나와 함께 삽시다. 두 사람이 지낼 정도의 공간과 식량은 있으니까요."

"당신에게 감사를 드립니다." 싯다르타가 말하였다. "감사하는 마음으로 당신의 제안을 받아들이겠습니다. 그리고 바주데바, 당신이 나의 말을 그렇게 귀 기울여 들어준 데 대해서도 감사를 드립니다. 남의 말을 귀담아들어 줄 줄 아는 사람은 드문 법입니다. 그리고 당신만큼 남의 말을 귀담아들어 주는 사람을 나는 만나 보지를 못하였습니다. 남의 말을 귀담아들어 주는 점도 나는 당신한테 배우게 되겠지요."

"당신이 그걸 배우게 될 터이긴 하지만." 바주데바가 말하였다. "그러나 나한테서는 아니에요. 남의 말을 귀담아듣는 것을 나에게 가르쳐 준 것은 강이었어요. 당신도 강으로부터 그것을 배우게 될 거예요. 그 강은 모든 것을 알고 있어서, 우리는 강으로부터 모든 것을 배울 수 있지요. 보세요, 당신도 이미 강물로부터, 아래를 향하여 나아가는 것, 가라앉는 것, 깊이를 추구하는 것이 좋은 일이라는 것을 배웠어요. 부유하고 고귀한 신분의 싯다르타가 노 젓는 천한 사람이 되리라, 학식 높은 바라문인 싯다르타가 뱃사공이 되리라, 이러한 것도 강이 당신에게 들려준 말이지요. 당신은 다른 것도 강으로부터 배우게 될 거예요."

오랜 침묵의 시간이 흐른 후 싯다르타가 말하였다. "바주데바, 다른 어떤 것 말입니까?"

바주데바는 몸을 일으켰다. "시간이 늦었으니." 그는 말하였다. "잠자리에 듭시다. 친구여, 당신에게 그 '다른 것'이 뭐라고 이야기해 줄 수는 없어요. 당신은 그것을 배우게 될 거예요, 어쩌면 당신은 그것을 이미 알고 있는지도 모르죠. 이보세요, 나는 학자도 아니고, 말할 수 있는 능력도 없고, 사색할 수 있는 능력도 없어요. 나는 단지 남의 말을 경청하는 법과 경건해지는 법만을 배웠을 뿐, 그 밖에는 아무것도 배운 것이 없어요. 만약 내가 그것을 말하고 가르칠 수 있는 능력이 있다면, 그러면 아마 나는 현인이 되어 있을지도 모르겠소. 그러나 나는 그런 능력이 없으므로 한낱 뱃사공에 불과한 것이오. 그리고 강을 건네주는 일, 바로 그것이 나의 임무예요. 나는 수많은 사람들, 수천의 사람들을 건네다 주었지요. 그들에게는 나의 강이 단지 여행하는 데 장애물에 지나지 않았어요. 그들이 여행하는 목적은 가지가지였지요. 돈과 사업을 위해 여행하는 사람도 있었고, 혼인식에 가거나 순례를 떠나려고 하는 사람도 있었어요. 그들에게는 이 강이 방해가 되었지요. 뱃사공은 그들이 장애물을 신속하게 건널 수 있도록 해 주기 위해 있는 것이지요. 하지만 그들 수천 명 가운데 몇 사람에게만은, 아주 몇 안 되는 너더댓 명의 사람에게만은, 이 강이 장애물 노릇하는 것을 그만두었던 셈인데, 그 까닭은 그들이 이 강의 소리를 들었으며, 그들이 이 강물 소리에 귀를 기울였기 때문이에요. 이 강은 나에게 성스러운 것이 되었던 것과 마찬가지로 그들에게도 성스러운 것이 되었지요. 싯다르타, 이제는 쉬러 갑시다."

싯다르타는 그 뱃사공 집에 머물면서 나룻배 다루는 법을 배웠으며, 나루터에서 할 일이 없을 때에는 바주데바와 함께 들에 나가 일을 하거나, 땔감을 장만해 오거나, 바나나 열매를 따거나 하였다. 그는 노 만드는 법을 배웠고, 나룻배 수선하는 법을 배웠고, 바구니 짜는 법을 배웠으며, 자기가 배운 이 모든 일에 대하여 흥겨워하였다. 이렇게 지내는 동안 날과 달이 쏜살같이 흘러갔다. 바주데바가 그에게 가르칠 수 있었던 것 이상으로 그 강이 많은 것을 가르쳐 주었다. 강으로부터 그는 쉴 새 없이 배웠다. 그는 강으로부터 무엇보다도 경청하는 법, 그러니까 고요한 마음으로, 기다리는 영혼, 활짝 열린 영혼으로, 격정도, 소원도, 판단도, 견해도 없이 귀 기울여 듣는 것을 배웠다.

그는 바주데바와 더불어 정답게 살아갔다. 이따금씩 그들은 서로 말을 주고받기도 하였는데, 그 말은 몇 마디 안 되었지만 오랫동안 심사숙고한 것이었다. 바주데바는 말을 좋아하는 사람이 아니어서, 싯다르타가 그의 말문을 여는 데 성공하는 일은 드물었다.

"당신도." 싯다르타가 한번은 그에게 물었다. "당신도 그 비밀, 그러니까 시간이란 존재하지 않는다는 그 비밀을 강물로부터 배웠습니까?"

바주데바의 얼굴이 밝은 미소로 가득 찼다.

"그래요, 싯다르타." 그는 말했다. "당신이 말하고자 하는 바는, 강물은 어디에서나 동시에 존재하고 있다, 강의 원천에서나, 강 어귀에서나, 폭포에서나, 나루터에서나, 시냇물의 여울에서나, 바다에서나, 산에서나, 도처에서 동시에 존재하고 있다, 그리고 강에는 현재만이 있을 뿐, 과거라는 그림자도, 미래라는 그림자도 없다, 바로 이런 것이지요?"

"바로 그렇습니다." 싯다르타가 말하였다. "그리고 그것을 배웠을 때 나는 나의 인생을 다시 바라보게 되었습니다. 그러자 나의 인생도 한 줄기 강물이었습니다. 소년 싯다르타는 장년 싯다르타와 노년 싯다르타로부터 단지 그림자에 의하여 분리되어 있을 뿐, 진짜 현실에 의하여 분리되어 있는 것은 아니라는 사실을 알게 되었습니다. 싯다르타의 전생(前生)들도 결코 과거의 일이 아니었으며, 싯다르타의 죽음이나 범천(梵天)에로의 회귀도 결코 미래의 일이 아니었습니다. 아무것도 없었으며, 아무것도 없을 것입니다. 모든 것은 현존하는 것이며, 모든 것은 본질과 현재를 지니고 있습니다."

싯다르타는 무아지경에 빠져 황홀한 상태로 말하였으니, 이러한 깨달음이 그를 그토록 기쁘게 하였던 것이다. 아, 일체의 번뇌의 근원이 시간 아니고 도대체 무어란 말인가, 자신을 괴롭히는 것도, 두려워하는 것도 그 근원은 모두 시간 아니고 도대체 무어란 말인가. 그렇다면 인간이 그 시간이라는 것을 극복하는 즉시, 인간이 그 시간이라는 것을 없는 것으로 생각할 수 있는 즉시, 이 세상에 있는 모든 힘겨운 일과 모든 적대감이 제거되고 극복되는 것이 아닌가? 그는 무아지경에 빠져 말을 계속하였다. 그러나 바주데바는 밝게 빛나는 얼굴로 미소를 짓고 그의 말이 맞다는 듯이 고개를 끄덕이고 있을 뿐이었다. 그는 아무 말 없이 고개만 끄덕이다가 손으로 싯다르타의 등을 쓰다듬어 주고 나서는 자기 할 일을 하러 몸을 돌렸다.

그리고 또 언젠가 한번, 마침 우기(雨期)여서 강물이 불어나 무서운 소리를 내며 힘차게 흘러가고 있을 때, 싯다르타가 이렇게 말하였다. "이보세요, 친구, 이 강은 아주 많은 소리를 갖고 있지요, 그렇지 않나요? 이 강은 왕의 소리, 전사의 소리, 황소의 소리, 야조(夜鳥)의 소리, 임산부의 소리, 탄식하는 사람의 소리, 그리고 그 밖에도 수천 가지의 소리를 갖고 있는 게 아닌가요?"

"사실 그래요." 바주데바가 고개를 끄덕였다. "강의 소리 속에는 삼라만상의 모든 소리들이 다 들어 있지요."

"그러면." 싯다르타가 말을 계속하였다. "당신이 그 강의 수천 가지나 되는 모든 소리들을 동시에 들을 수 있다면 강이 무슨 말을 하고 있는지도 알고 있겠군요?"

바주데바의 얼굴에 행복한 웃음이 번져 나갔다. 그는 싯다르타를 향하여 몸을 숙이더니 그의 귀에다 대고 성스러운 옴을 발하였다. 그리고 이 소리는 싯다르타도 들었었던 바로 그 소리였다.

그리고 한 번 두 번 횟수를 거듭할수록 싯다르타의 미소는 점점 더 뱃사공의 미소를 닮아 갔다. 그의 미소는 뱃사공의 미소와 거의 마찬가지로 밝은 빛을 발하였고, 거의 마찬가지로 행복으로 밝게 빛났으며, 그 뱃사공의 미소와 꼭 마찬가지로 수천 개의 잔주름으로 빛을 발하고, 꼭 마찬가지로 어린아이처럼 천진난만하고, 꼭 마찬가지로 노인다워 보였다. 많은 여행자들은 그 두 뱃사공을 보게 되면, 그들을 형제라고 여기게 되었다. 저녁이 되면 그 두 사람은 자주 강가에 있는 나무의 그루터기 위에 함께 앉아 아무 말도 하지 않은 채 강물 소리에 귀를 기울이곤 하였다. 이제 그들에게는 그것이 단순한 물소리가 아니라, 생명의 소리요, 현존하는 것의 소리이자 영원히 생성하는 것의 소리였다. 그들은 강물 소리에 귀를 기울이면서 둘 다 똑같은 일들을, 예컨대 자신들이 이틀 전에 나누었던 어떤 대화나 얼굴과 운명이 자신들의 마음에서 지워지지 않았던 어느 여행자, 죽음, 자신들의 어린 시절을 생각한 적도 이따금씩 있었다. 그리고 그 두 사람이, 그 강물이 자신들에게 무언가 좋은 말을 들려줄 때면, 바로 똑같은 순간에 서로 얼굴을 마주 볼 때도 이따금씩 있었다. 그때 두 사람은, 마음속으로 완전히 똑같은 것을 생각하면서, 똑같은 물음에 똑같은 답변을 하는 서로의 얼굴을 보며 기뻐하곤 하였다.

그 나루터와 두 뱃사공한테서는 어떤 이상한 분위기가 풍겨 나와서, 여행자들 가운데 몇몇은 그것을 감지하기도 하였다. 이따금, 길 가던 어떤 나그네가 두 뱃사공 가운데 한 사람의 얼굴을 들여다본 후에, 자신이 살아온 인생을 이야기하기 시작하고, 고민을 털어놓고, 사악한 죄를 고백하고, 위로와 충고의 말을 간절히 듣고 싶어 하는 일도 있었다. 때로는 어떤 사람이 강물 소리를 귀 기울여 들어 보려고 하룻밤을 그들 곁에 묵어 가게 허락해 달라고 부탁하는 일도 있었다. 그런가 하면 나루터에 두 사람의 현인, 또는 마술사, 또는 성자가 살고 있다는 소문을 듣고 호기심 많은 사람들이 그곳을 찾아오는 경우도 있었다. 호기심 많은 사람들은 여러 가지 질문을 던져 보았지만 아무런 답변도 얻어듣지를 못하였다. 그리고 그들은 마술사도 현인도 발견하지 못하였으며, 단지 벙어리처럼 말이 없고 어딘지 괴짜 같고 미욱해 보이는 늙고 친절한 두 사람의 범인을 발견하였을 따름이었다. 그러고 나면 그 호기심 많은 사람들은 너털웃음을 웃으면서, 사람들이 얼마나 어리석고 경박하기 짝이 없으면 그런 헛소문을 다 퍼뜨렸겠느냐고 하면서 한심하다는 투로 서로 이야기를 나누는 것이었다.

몇 해가 흘렀지만, 아무도 몇 해가 흘렀는지 헤아려 보지 않았다. 그러던 어느 날, 부처 고타마를 신봉하는 제자들로서 순례를 하며 떠돌아다니던 승려들이 그들에게 와서 강을 좀 건네달라고 부탁하였다. 그 뱃사공들은 승려들의 이야기를 듣고서, 그들이, 세존이 위독하여 곧 인간으로서 마지막 죽음을 맞이하고 극락왕생하게 될 것이라는 소문이 항간에 널리 퍼졌기 때문에 아주 급히 서둘러 그들의 위대한 스승에게 되돌아가고 있다는 사실을 알게 되었다. 얼마 지나지 않아 순례를 하며 떠돌던 한 무리의 새로운 승려들이 왔으며, 그리고 뒤이어 또 한 무리가 왔는데, 그 승려들뿐만 아니라 그 밖의 대부분의 여행자들이나 방랑객들도 이야기의 화제는 오직 고타마와 임박해 있는 그의 입적(入寂)뿐이었다. 그리하여 출정식(出征式)이나 왕의 대관식이 있으면 온나라 방방곡곡에서 사람들이 모여들어 흡사 개미떼처럼 북적거리게 되듯이, 흡사 어떤 마법의 힘이 그들을 끌어당기기라도 하듯이 사람들은 그 위대한 부처가 입적을 기다리고 있는 그곳을 향하여 물밀듯이 몰려가고 있었던 것이다. 그곳에서는 한 영겁(永劫)의 위대한 완성자가 영광스런 열반의 세계에 입적한다고 하는 어마어마하게 놀라운 사건이 머잖아 일어나게 될 터였다.

그때 싯다르타의 머릿속에는, 죽어 가고 있는 그 현인, 그 위대한 스승에 대한 수많은 추억이 주마등처럼 떠올랐다. 그의 목소리는 중생을 훈계하고 수십만에 이르는 사람들을 깨우쳐 주었다. 싯다르타는 그의 음성을 들은 적이 있었고 그의 성스러운 얼굴을 경외의 눈으로 바라본 적이 있었다. 싯다르타는 다정한 마음으로 그를 회상하였으며, 그의 완성의 길을 눈앞에 그려 보며 그 옛날 자기가 아직 젊은 시절 그 세존에게 던졌던 말들을 회상하면서 빙그레 미소를 지었다. 그 말들은 당돌하고 건방지기 짝이 없는 말이었던 것 같다는 생각을 하면서 미소를 지었던 것이다. 벌써 오래전부터 그는 자기가 고타마와 이제 더 이상 떼려야 뗄 수 없는 사이라는 것을 알고 있었다. 그렇지만 그는 고타마의 가르침을 받아들일 수는 없었다. 그렇다, 진실로 도를 구하고자 하는 자라면, 진실로 도를 얻고자 하는 자라면, 어떠한 가르침도 받아들일 수가 없는 법이다. 그러나 이미 득도한 자는 모든 각각의 가르침을, 모든 각각의 길을, 모든 각각의 목표를 인정할 줄 아는 법이며, 그런 경지에 도달한 자를, 영원 속에 살며 신적인 것을 호흡하는 수천의 다른 성자들과 떼어 놓을 수 있는 것은 아무것도 없는 것이다.

그토록 많은 사람들이 죽어 가는 부처를 향하여 순례의 길을 떠나던 그 무렵의 어느 날, 한때 가장 아름다운 기생이었던 카말라도 부처를 향하여 순례의 길에 나섰다. 그녀는 이미 오래전에 예전의 생활을 청산하고 정원을 고타마의 제자인 승려들에게 헌납하였으며, 부처의 가르침에 귀의하여, 순례자들의 친구이자 은인들 가운데 한 사람이 되었다. 그녀는 고타마의 입멸이 임박했다는 소식을 듣고서 아들인 소년 싯다르타와 함께 간소한 옷차림으로 걸어서 길을 떠났었던 것이다. 어린 아들과 함께 목적지로 가던 도중에 그녀는 그 강가에 도달하게 되었다. 그 소년은 곧 지쳐 집으로 돌아가자고 떼를 썼으며, 쉬어 가자고 칭얼거렸으며 먹을 것을 달라고 떼를 쓰고, 심술을 부리다가 울음보를 터뜨리는 지경에까지 이르렀다. 카말라는 아들과 함께 자주 쉬어 가지 않으면 안 되었다. 어린 아들은 그녀의 뜻에 거슬러 자기 마음대로 억지를 부리는 습관이 들어 있었던 것이다. 그녀는 아들에게 먹을 것을 주어야만 하였으며, 아들을 달래야만 하였으며, 아들을 꾸짖어야만 하였다. 그 소년은 무엇 때문에 자기가 어머니와 함께 전혀 알지도 못하는 곳을 향하여, 한 낯선 성자가 죽어 가고 있는 곳을 향하여 이토록 힘들고 서글픈 순례 여행을 하지 않으면 안 되는 것인지 도무지 이해하지 못하였다. 그 사람이 죽든 말든 그것이 자기와 무슨 상관이 있다는 말인가?

바주데바의 나루터에서 그다지 멀지 않은 곳에 이르렀을 때, 소년 싯다르타는 쉬어 가자며 또다시 어머니를 졸라 댔다. 카말라 자신도 지쳐 있었던 터였다. 그녀는 아들이 바나나 한 개를 씹어 먹고 있는 동안 땅바닥에 털썩 주저앉아 잠시 눈을 붙이고 쉬고 있었다. 그런데 갑자기 그녀가 외마디 비명 소리를 질러댔다. 그 소년이 깜짝 놀라 어머니를 쳐다보니 얼굴이 겁에 질려 새하얗게 변해 있었으며, 옷자락 밑에서 작고 검은 뱀 한 마리가 스르륵 빠져나왔다. 카말라는 그 뱀한테 물렸던 것이다.

그 모자는 사람들에게 도움을 청하기 위하여 허둥지둥 달려서 나루터 근처까지 다다르게 되었다. 그곳에서 카말라는 주저앉아 버렸다. 이제 더 이상 움직일 수가 없는 형편이었다. 소년은 어머니에게 입맞춤을 해 대고 어머니의 목덜미를 껴안고 통곡하는 비명을 질러 댔다. 도와 달라고 큰 소리로 울부짖는 아들의 소리에 어머니의 외침도 가세하여, 마침내 그 소리가 나루터에 서 있던 바주데바의 귀에까지 들렸다. 그는 재빨리 달려가서 그 여인을 팔로 안아 들고 배에 실었다. 아들도 함께 달려왔다. 곧 그 세 사람 모두 오두막에 이르게 되었다. 싯다르타는 마침 거기에 서서 아궁이에 불을 지피고 있었다. 그의 눈에서 섬광이 반짝거렸다. 그는 맨 먼저 소년의 얼굴을 보았다. 그 얼굴은 놀랍게도 그로 하여금 기억이 떠오르게 하였으며, 잊힌 과거의 일을 잊지 말라고 독촉하고 있었다. 그는 카말라를 보았는데, 비록 그녀가 의식을 잃은 채 뱃사공의 팔에 안겨 있었음에도 불구하고, 당장 그녀를 알아보았다. 그리고 이제 그는 자기에게 잊힌 과거를 다시 떠올리라고 독촉하는 표정을 지어 보였던 그 소년이 바로 자신의 아들이라는 사실도 알게 되었다. 그러자 그의 가슴속에서 심장이 마구 고동쳤다.

카말라의 상처 부위는 씻어 냈지만 이미 검게 변해 있었으며 온몸이 퉁퉁 부어올라 있었다. 물약을 입 속으로 넣어 주자 그녀는 의식을 되찾았다. 그녀는 오두막 안에 놓여 있는 싯다르타의 잠자리에 누워 있었는데, 머리맡에는 예전에 그녀를 그토록 사랑하였던 싯다르타가 몸을 굽힌 채 서 있었다. 그녀는 꿈을 꾸고 있는 것 같은 생각이 들었다. 그녀는 미소를 지으며 자기의 옛날 애인의 얼굴을 빤히 쳐다보았다. 그녀는 아주 서서히 자신이 어떤 처지에 놓여 있는가를 깨닫게 되었으며, 뱀에게 물렸다는 사실을 기억해 내고는 겁먹은 목소리로 그 소년을 불렀다.

"그 애는 당신 곁에 있으니 아무 걱정 말아요." 싯다르타가 말하였다.

카말라는 그의 눈을 물끄러미 쳐다보았다. 독이 퍼져 마비되었기 때문에 잘 돌아가지 않는 혀로 그녀는 말하였다. "여보, 당신 늙으셨군요." 하고 그녀는 말하였다. "머리카락이 다 하얗게 세었군요. 그러나 당신의 모습은, 그 옛날 옷도 걸치지 않은 채 잔뜩 먼지가 묻은 발로 나의 정원 안으로 들어오던 때의 그 젊은 사문의 모습과 닮았어요. 지금 당신의 모습은,

당신이 나와 카마스와미를 버리고 떠나던 때의 모습보다도 젊은 사문 시절의 모습과 훨씬 더 닮았어요. 싯다르타, 눈매가 젊은 사문 시절의 눈매와 비슷하군요. 아, 나도 늙었지요. 그런데 이렇게 늙어 버렸는데도 나를 알아볼 수가 있었나요?"

싯다르타는 미소를 지으며 말하였다. "사랑하는 카말라, 나는 당신을 금방 알아볼 수 있었소."

그러자 카말라는 자기의 사내아이를 가리키며 말하였다. "당신은 이 아이도 알아보셨나요? 그 애는 당신 아들이랍니다."

그녀의 두 눈이 초점을 잃고 어찌할 바를 몰라하더니 딱 감기고 말았다. 소년이 울음을 터뜨리자, 싯다르타는 그 아이를 무릎 위에 앉히고는 울게 그대로 내버려 둔 채 머리를 쓰다듬어 주었다. 그러다 그 아이의 얼굴을 내려다보았을 때, 자기 자신이 어린 소년 시절에 배웠었던 한 바라문의 기도가 퍼뜩 뇌리에 떠올랐다. 천천히, 노래 부르는 목소리로, 그는 그 기도를 읊조리기 시작하였다. 지나간 과거와 어린 시절로부터 말들이 흘러나왔다. 그리고 노래 부르듯 읊조리는 그의 기도 소리를 들으면서 아이는 차츰 진정이 되었지만, 깨어나면 이따금씩 훌쩍거리기도 하다가 이내 스르르 잠이 들었다. 싯다르타는 그 아이를 바주데바의 잠자리에다 살며시 뉘었다. 바주데바는 부뚜막에 서서 쌀로 밥을 짓고 있었다. 싯다르타가 그에게 눈길을 보내자, 그도 미소를 지으며 대꾸하는 눈길을 보내왔다.

"그녀는 죽을 것입니다." 싯다르타가 나지막이 말하였다.

바주데바가 고개를 끄덕였다. 부뚜막에서 나오는 불빛이 그의 다정스런 얼굴을 비추어 주고 있었다.

카말라는 다시 한번 깨어나서 의식을 되찾았다. 그녀의 얼굴은 고통으로 일그러졌다. 싯다르타의 눈은 그녀의 입과 백짓장처럼 하얀 그녀의 뺨에 드러난 그녀의 고통을 읽고 있었다. 그는 그녀가 당하고 있는 고통을 침착하게, 세심하게, 기다리는 마음으로 그녀의 고통 속에 빠져들어 가면서 읽고 있었다. 카말라는 그것을 느끼고 있었다. 그녀의 시선이 그의 눈을 찾고 있었다.

그를 쳐다보면서 그녀가 말하였다. "이제서야 당신의 두 눈도 달라졌다는 것을 알았어요. 눈이 아주 딴판으로 달라졌어요. 그런데 무엇을 보고 당신이 싯다르타라는 사실을 아직도 내가 알아낼 수 있을까요? 당신은 싯다르타이기도 하고, 싯다르타가 아니기도 한데요."

싯다르타는 아무 말도 하지 않고서, 잠자코 두 눈으로 그녀의 두 눈을 들여다보았다.

"당신은 그것을 얻으셨나요?" 그녀가 물었다. "당신은 평화를 얻으셨어요?"

그러자 그는 미소를 지으며 손을 그녀의 손 위에 올려놓았다.

"그것이 보여요." 그녀가 말하였다. "그것이 보인단 말이에요. 나도 평화를 얻을 거예요."

"당신은 평화를 얻었소." 싯다르타가 속삭이는 소리로 말하였다.

카말라는 시선을 고정시킨 채 그의 눈을 들여다보았다. 그녀는, 자기가 완성자의 얼굴은 어떤가를 보기 위하여, 그 완성자의 평화를 호흡하기 위하여, 고타마한테로 순례의 길을 떠나려 했었는데, 고타마 대신에 이제 싯다르타를 보게 되었으며, 이것은 잘된 일이라고, 고타마를 만난 것만큼이나 잘된 일이라고 생각하고 있었다. 그녀는 그런 생각을 그에게 이야기하고 싶었지만, 그러나 그녀의 혀가 이제 더 이상 그녀의 의지를 따라 주지 않았다. 그녀는 아무 말도 못한 채 그저 그를 쳐다보고만 있었으며, 그는 그녀의 눈에서 생명의 등불이 꺼져 가고 있음을 알 수 있었다. 마지막 고통이 그녀의 눈을 가득 채웠을 때, 마지막 전율이 그녀의 사지 위로 퍼졌을 때 그는 손가락으로 그녀의 눈을 감겨 주었다.

오랫동안 그는 그 자리에 앉아 영원히 잠들어 버린 그녀의 얼굴을 내려다보았다. 오랫동안 그는 그녀의 입을, 얄팍하게 되어 버린 입술을 한 그녀의 늙고 피곤에 지친 입을 찬찬히 바라보고 있었다. 그러다가 그는 자기가 일찍이 인생의 청춘 시절에 이 입을 막 터진 듯한 무화과 열매에 비유했었던 적이 있었음을 기억해 냈다. 그는 오랫동안 앉아서, 그녀의 창백한 얼굴을, 피로에 지친 주름살을 들여다보았으며, 그녀를 바라보는 일에 온통 정신이 팔려 있었다. 한참 바라보다 보니, 그녀의 얼굴과 마찬가지로 백짓장처럼 하얗게 되고, 생명의 빛을 잃은 채 거기에 누워 있는 자기 얼굴도 보였다. 그와 동시에, 그의 얼굴과 그녀의 얼굴이 붉은 입술과 타는 듯한 눈동자를 지닌 젊은 시절의 얼굴이 되어 있는 것이 보이기도 하였다. 그러자 현재와 동시성이라는 감정이, 영원성이라는 감정이 그의 마음을 파고들어 와 온통 가득 채웠다. 그는 그 순간, 모든 생명의 불멸성과 모든 순간의 영원성을 깊이, 그 어느 때보다도 더 깊이 느꼈다.

그가 몸을 일으키자 바주데바는 그에게 밥을 차려 주었다. 그렇지만 싯다르타는 밥을 먹지 않았다. 그 두 늙은이는 염소를 키우는 외양간에 짚을 깔아 잠자리를 만들었다. 그리고 바주데바는 잠을 자기 위하여 드러누웠다. 그러나 싯다르타는 밖으로 나가 강물 소리에 귀를 기울이면서, 과거라는 파도에 씻겨 넘어지면서, 자기가 살아온 인생의 모든 시간들과 접촉함과 동시에 그 시간들에 에워싸인 채, 오두막 앞에 앉아 꼬박 밤을 지새웠다. 그는 가끔씩 몸을 일으켜서는 오두막 문 옆으로 가서 소년이 자고 있는지 아닌지 귀 기울여 보기도 하였다.

다음날 아침 일찍, 아직 해가 모습을 보이기도 전에, 바주데바가 외양간 밖으로 나와서는 친구인 싯다르타에게 갔다.

"당신은 한숨도 안 잤군요." 그는 말하였다.

"그래요, 바주데바. 나는 여기 앉아 있었으며, 나는 강물 소리에 귀를 기울였어요. 강은 나에게 많은 이야기를 해 주었으며, 나의 마음을 유익한 사상으로, 바로 그 단일성의 사상으로 온통 깊숙이 채워 주었습니다."

"싯다르타, 당신은 고통스런 일을 당했어요. 그러나 나는 당신의 마음속에 슬픔이 파고들어 가지는 않았다는 것을 알아요."

"그래요, 도대체 내가 슬퍼해야 할 까닭이 뭐가 있겠습니까? 부유하고 행복하였던 내가 지금은 훨씬 더 부유하고 훨씬 더 행복해졌습니다. 아들을 선물로 받았으니까요."

"당신 아들은 나 역시 환영합니다. 싯다르타, 이제 우리 일하러 갑시다, 할 일이 많아요. 옛날에 나의 아내가 죽었던 바로 그 자리에서 카말라도 죽었어요. 옛날에 내가 아내를 화장할 장작더미를 쌓았던 바로 그 언덕 위에 카말라를 화장할 장작더미를 쌓도록 합시다."

소년이 아직 잠들어 있는 동안에 그들은 화장할 장작더미를 쌓았다.

아들

소년은 겁을 먹은 듯 서먹서먹해하고 울먹이면서 어머니의 장례식에 참석하였다. 싯다르타는 그 소년을 아들로서 기쁘게 맞아들였으며, 바주데바의 오두막에서 자기와 함께 살고 싶다면 언제라도 환영한다고 말하였다. 그렇지만 소년은 슬픔에 잠긴 어두운 표정을 지은 채 서먹서먹해하면서 싯다르타의 말을 잠자코 듣고만 있었다. 소년은 창백한 낯빛을 하고 며칠 동안이나 어머니 무덤가에 앉아 있었으며, 먹을 것을 입에 대지도 않으려고 하였다. 그는 두 눈을 꼭 감고 마음의 문을 닫은 채 운명에 저항하였으며 운명을 거역하였다.

싯다르타는 그 아이를 조심스레 보살폈으며 그가 하는 대로 내버려 두었다. 그는 그 아이의 슬픔을 존중해 주었던 것이다. 싯다르타는 아들이 자기를 알지 못하는 것을, 아들이 자기를 아버지로서 사랑할 수 없는 것을 이해하였다. 그는 열한 살 먹은 자기 아들이 버릇없는 아이라는 것도, 어머니한테 귀여움만 받으며 자란 응석받이라는 것도, 그리고 부자들의 온갖 습관에 젖어 자랐으며 좋은 음식과 푹신한 침대에 길들여져 있으며 하인들을 부리는 습관에 젖어 있다는 것도 서서히 알게 되었으며 이해하게 되었다. 싯다르타는 버릇이 잘못 든 데다 어머니를 잃은 슬픔까지 당한 그 응석받이가 이 낯설고 가난에 찌든 상황에 갑자기 그리고 선선히 만족할 수는 없다는 점을 이해하였다.

그는 그 아이에게 강요하지 않았으며, 그 아이를 위해 많은 일을 해 주었으며, 언제나 가장 좋은 음식을 골라 먹였다. 느긋한 마음으로 그는, 다정하게 참고 기다리면 결국 그 아이의 마음을 얻을 수 있을 것으로 기대하였다.

그 소년이 자기한테 왔을 때 싯다르타는 스스로 부자이며 행복한 사람이라고 칭했었다. 하지만 그 사이에 제법 시간이 흘렀음에도 그 소년은 여전히 낯설고 어두운 표정을 하고, 건방지고 불손한 마음을 드러내 보였으며, 아무 일도 하려 들지 않았으며, 두 노인을 어려워하며 공경하는 태도를 보여 주지도 않았고, 바주데바의 과일 나무에서 열매를 훔쳐 먹기도 하였다. 싯다르타는 자기 아들이 옴으로써 자기에게 행복과 평화가 찾아온 것이 아니라 고통과 근심 걱정이 찾아왔다는 사실을 이해하기 시작하였다. 그러나 그는 소년을 사랑하였으며, 그 소년이 없이 평화와 행복을 누리느니 차라리 그 소년 때문에 사랑의 고통을 겪고 사랑에서 비롯된 근심 걱정을 하는 편이 더 낫다고 생각하였다.

어린 싯다르타가 오두막에 온 날 이래로 두 노인은 일을 서로 분담하여 해 오고 있었다. 바주데바는 다시 혼자서 뱃사공의 일을 떠맡았으며, 싯다르타는 아들과 함께 있기 위하여 오두막과 들에서 하는 일을 떠맡았다.

오랜 시간 동안, 여러 달 동안, 싯다르타는 아들이 자기를 이해하게 되기를, 아들이 자기 사랑을 받아들여 주기를, 아들이 행여나 자기 사랑에 응답해 주기를 기다렸다. 바주데바는 여러 달을 그냥 지켜보기만 하면서 아무 말 없이 기다렸다. 그러던 어느 날 어린 싯다르타가 아버지한테 반항하면서 온갖 고집과 변덕을 부려 또다시 아버지의 마음을 몹시 아프게 하더니 급기야는 밥그릇 두 개를 아버지한테 던져서 깨 버린 일이 일어났다. 바주데바는 그날 저녁 친구 싯다르타를 한쪽으로 데리고 가서는 이야기를 나누었다.

"섭섭하게 생각하지 말아요." 그는 말하였다. "두터운 우의에서 당신에게 말하는 거예요. 나는 당신이 괴로워하고 걱정하고 있다는 것을 잘 알아요. 친애하는 벗이여, 당신 아들은 당신에게 걱정을 끼치고 있어요, 나한테도 마찬가지구요. 그 어린 새는 다른 생활에, 다른 보금자리에 익숙해 있어요. 그 아이는 당신처럼 구토증이 나고 넌더리가 난 나머지 부(富)와 도시로부터 탈출해 온 것이 아니라, 자기 의지와 어긋나게 그 모든 것을 뒤로하고 떠나올 수밖에 없었어요. 나는 강물에게 물어보았지요. 오 친구여, 여러 차례 나는 강물한테 물어보았지요. 그러나 강물은 그저 웃고 있어요. 강물은 나를 실컷 비웃고 있으며, 강물은 나와 당신을 실컷 비웃고 있어요. 우리들의 어리석음을 보고 배꼽을 잡고 웃고 있다는 말이에요. 물은 물끼리 어울리고 싶어 하고, 청춘은 청춘끼리 어울리고 싶어 하는 법이죠. 당신 아들은 지금 무럭무럭 자라날 수 있는 그런 곳에 있지 않아요. 당신도 강물에게 물어보고, 강물이 하는 말을 귀담아들어 봐요."

괴롭고 걱정스러운 표정으로 싯다르타는 그의 다정한 얼굴을 들여다보았다. 그의 얼굴에 잡혀 있는 수많은 주름살에는 영속적인 명랑함이 깃들어 있었다.

"내가 도대체 그 아이와 헤어질 수가 있을까요?" 그는 부끄러운 기색으로 나지막하게 물어보았다. "나에게 좀 더 시간을 주십시오, 친애하는 친구여. 나는 그 아이를 얻으려고 싸우고 있습니다. 그 아이의 마음을 얻으려고 애쓰고 있으며, 사랑과 다정한 인내심으로 그 아이의 마음을 사로잡으려 하고 있다는 말입니다. 언젠가 그 아이한테도 강이 말을 건넬 날이 올 거예요. 그 아이도 부름을 받고 있어요."

바주데바의 미소가 한층 더 따사롭게 피어올랐다. "오, 물론 그렇지요. 그 아이도 부름을 받고 있지요. 그 아이도 영원한 생명으로부터 태어났지요. 그렇지만 우리가, 당신과 내가, 무엇을 위하여 그 아이가 부름을 받고 있는 것인지, 어떤 길을 가도록 부름을 받고 있는 것인지, 어떤 행위를 하도록 부름을 받고 있는 것인지, 어떤 고통을 겪도록 부름을 받고 있는 것인지 도대체 알고 있기나 한가요? 앞으로 그 아이의 고통은 적지 않을 거예요. 그 아이의 마음은 사실인즉 자부심이 대단하고 억세기 짝이 없어요. 그런 마음을 가진 자들은 수많은 고통을 겪을 수밖에 없으며, 수많은 방황을 할 수밖에 없으며, 수많은 부당한 과실을 저지를 수밖에 없으며, 수많은 죄악의 짐을 짊어질 수밖에 없는 법이에요. 친애하는 친구여, 한번 말해 봐요. 당신은 당신 아들을 교육시키고 있는 것은 아닙니까? 그 아이에게 강요하고 있는 것은 아닙니까? 그 아이를 때리는 것은 아닙니까? 그 아이에게 벌을 주는 것은 아닙니까?"

"아닙니다, 바주데바, 나는 그런 일들은 하지 않습니다."

"나도 그것을 잘 알고 있어요. 당신은 그 아이에게 강요하지도 않고, 그 아이를 때리지도 않고, 그 아이에게 명령하지도 않아요. 당신은 부드러운 것이 단단한 것보다 더 강하다는 것을, 물이 바위보다 더 강하다는 것을, 사랑이 폭력보다 더 강하다는 것을 알고 있으니까요. 칭찬하고 싶을 만큼 당신은 아주 잘하고 있어요. 그렇지만 당신이 그에게 강요하지 않고 벌주지 않는다고 생각하고 있는 것은 당신의 착각이 아닐까요? 당신은 그 아이를 사랑이라는 끈으로 묶어 구속하고 있는 것은 아닐까요? 당신은 날마다 그 아이를 부끄럽게 만들고, 당신은 당신의 호의와 참을성으로 그 아이를 점점 더 힘들게 하고 있는 것은 아닐까요? 당신은 그 아이에게, 오만불손하고 버릇이 잘못 든 그 아이에게, 바나나나 먹고 살아가는 두 늙은이의 오두막에서 살라고 강요하고 있는 것은 아닐까요? 우리 늙은이들이야 쌀밥만 먹어도 별미라고 생각하지만 우리의 생각이 그 아이의 생각일 수는 없는 것이 아닐까요? 그 아이의 마음은 늙고 고요한 우리 늙은이들의 마음과는 아무래도 다르지 않을까요? 이런데도 그 아이가 강요받고 있는 것이 아니라고, 벌을 받고 있는 것이 아니라고 할 수 있을까요?"

싯다르타는 당황한 나머지 어찌할 바를 모르고 시선을 아래로 떨구었다. 그는 나지막하게 물었다. "그렇다면 당신은 내가 어떻게 해야 한다고 생각하십니까?"

바주데바가 말하였다. "그 아이를 시내로 데려다주세요, 그 아이 어머니의 집으로 데려다주라는 말입니다. 그곳에는 아직 하인들이 있을 터이니, 그들에게 그 아이를 맡기세요. 그리고 만약 거기에 아무도 남아 있지 않다면 그 아이에게 스승을 구해다 맡기세요. 가르침을 받게 하기 위해서가 아니라, 다른 소년들, 다른 소녀들과 어울리면서 그 아이의 세계에서 살도록 하기 위해서 말입니다. 그 점을 전혀 생각해 보지 않은 것은 아니지요?"

"당신은 내 마음속을 꿰뚫어 보고 계시군요." 싯다르타가 슬프게 말하였다. "나는 자주 그 점을 생각해 보았습니다. 하지만 생각해 보세요, 그렇잖아도 부드러운 마음씨를 갖고 있지 않은 그 아이를 내가 어떻게 그런 세계로 내보낼 수가 있단 말입니까? 그 아이는 사치스런 생활에 빠지지 않을까요? 그 아이는 쾌락과 권세의 늪에 빠져 버리지 않을까요? 그 아이는 자기 아비가 저질렀던 모든 과오들을 되풀이하지 않을까요? 그 아이는 혹시 윤회의 소용돌이 속에 온통 휘말려 버리지는 않을까요?"

뱃사공의 미소가 밝게 빛을 내기 시작하였다. 그는 싯다르타의 팔을 다정하게 어루만지면서 이렇게 말하였다. "친구여, 그 점에 대해서도 강물한테 물어보세요. 강물이 그 말을 듣고 어이없다는 듯이 비웃는 소리를 들어 보세요! 당신이 어리석은 짓을 저질렀던 것은, 당신 아들이 어리석은 짓을 저지르는 운명으로부터 벗어나게 하기 위해서였다, 당신은 설마 정말로 그렇게 믿고 있는 것은 아니겠지요? 그리고 도대체 당신이 무슨 능력으로 당신 아들을 윤회의 소용돌이로부터 보호해 줄 수 있다는 겁니까? 도대체 어떻게 그렇게 할 수가 있지요? 가르침을 통해서, 기도를 통해서, 훈계를 통해서 그럴 수 있다는 겁니까? 이보세요, 친구. 도대체 당신은 벌써 그 이야기를, 바라문의 아들 싯다르타의 그 교훈적인 이야기를 몽땅 잊어버렸단 말인가요? 당신이 나에게 그 옛날 바로 이 자리에서 들려주었던 그 이야기 말이에요. 누가 사문인 싯다르타를 윤회로부터, 죄업으로부터, 탐욕으로부터, 어리석음으로부터 지켜 주었던가요? 아버지의 경건함, 스승들의 훈계, 자신의 자식, 자신의 구도 행위가 그를 지켜 줄 수 있었던가요? 어느 아버지, 어느 스승이 지켜서서 그를 말릴 수가 있었겠어요? 스스로 삶을 영위하는 일, 그러한 삶으로 스스로를 더럽히는 일, 스스로 자신에게 죄업을 짊어지게 하는 일, 스스로 쓰디쓴 술을 마시는 일, 스스로 자신의 길을 찾아내고자 하는 일, 그런 일을 못하게 누가 막을 수 있었겠습니까? 친애하는 친구여, 이러한 길이 어느 누구한테는 혹시 면제되어 있는 것은 아닐까, 당신이 설마 그렇게 생각하고 있는 것은 아니겠지요? 당신이 어린 아들을 사랑하고 있기 때문에, 당신이 그 아이에게는 제발 번뇌와 고통과 환멸이 면제되었으면 좋겠다고 바라고 있기 때문에, 당신 아들에게는 그 길이 혹시 면제되었을지도 모르겠다, 이렇게 믿고 있는 겁니까? 그렇지만 설령 당신이 아들 대신 열 번을 죽어 준다 하더라도, 그것으로 그 아이의 운명을 눈곱만큼이라도 덜어 줄 수는 없을 겁니다."

바주데바가 그렇게 말을 많이 한 적은 아직 한 번도 없었다. 싯다르타는 그에게 다정스레 감사의 뜻을 표시하고 나서 걱정을 안은 채 오두막으로 들어갔다. 그는 한참 동안 잠을 이루지 못하였다. 바주데바가 자기에게 하였던 말 가운데 자기 스스로가 이미 생각하여 보지 않았거나 알지 못하였던 말은 하나도 없었다. 그러나 그것은 자기가 실천으로 옮길 수 없는 그런 앎에 불과하였다. 그러한 앎보다도 자기의 자식에 대한 사랑이 더 강하였으며, 그러한 앎보다도 자기의 자식에 대한 정이, 자식을 잃게 되지나 않을까 하는 자기의 불안한 마음이 더 강하였던 것이다. 도대체 자기가 여태까지 어떤 일에 이토록 마음을 온통 빼앗겨 본 적이 있었던가? 도대체 자기가 여태까지 이토록 맹목적으로, 이토록 고통스러워하며, 이토록 아무 결실도 없이, 그렇지만 이토록 행복한 마음으로 누군가를 사랑해 본 적이 있었던가?

싯다르타는 친구의 충고를 따를 수가 없었다. 그는 아들을 보낼 수가 없었다. 그는 아들이 자기한테 명령을 하여도 그대로 보고만 있었으며, 아들이 자기를 경멸하여도 그대로 보고만 있었다. 그는 아무 말 없이 기다렸으며, 날마다 친절이라는 무언의 전투를 시작하였으며, 인내라는 소리 없는 전쟁을 시작하였다. 바주데바 역시 아무 말 없이, 친절하게, 알면서도 모른 척하며, 참을성 있게 기다렸다. 참는 데에는 그들 두 사람 다 대가였다.

언젠가 한번 그 소년의 얼굴이 싯다르타에게 카말라를 무척이나 생각나게 하였던 적이 있었다. 그때 싯다르타는 자기도 모르는 사이에, 오래전 젊은 시절 언젠가 카말라가 자기에게 했던 말이 갑자기 생각났다. "당신은 사랑을 할 수가 없어요." 하고 그녀가 자기에게 말했었는데, 자기는 그녀의 말이 옳다고 인정하였으며, 자신은 하나의 별에, 어린애 같은 인간들은 떨어지는 나뭇잎에 비유했었다. 그러면서도 자기는 그녀의 말 속에 자기를 비난하는 감정도 숨어 있다는 것을 어렴풋이나마 느꼈었다. 사실 그는 여태껏 한 번도 어떤 다른 사람에게 홀딱 빠져서 자신을 몽땅 바칠 수가 없었으며, 자신을 망각할 수가 없었으며, 다른 사람에 대한 사랑 때문에 어리석은 일을 저지를 수도 없었다. 그 당시에 그는 그런 일을 결코 할 수가 없었으며, 그리고 바로 이 점이 자기와 어린애 같은 인간들을 구분해 주는 커다란 차이점이라고 여겼었다. 그런데 이제 자기 아들이 나타나고 나서부터는 싯다르타도 완전히 그런 어린애 같은 인간이 되어 버렸던 것이다. 한 인간 때문에 고통스러워하고, 한 인간을 사랑하고, 어떤 사랑에 빠져 버리고, 어떤 사랑 때문에 바보가 되어 버리는 그런 어린애 같은 인간이 되어 버렸던 것이다. 이제 그도 인생에서 한 번, 늘그막에 와서야 비로소 가장 강렬하고 가장 진기한 이러한 열정을 느끼게 되었으며, 그 열정 때문에 비참할 정도로 괴로운 슬픔을 맛보왔다. 그렇지만 그는 행복에 젖어 있었고 예전과는 약간 다른 새로운 인간이 되어 있었으며, 마음이 약간 더 부유해진 상태였다.

그는 이 사랑이, 자기 아들에 대한 이 맹목적인 사랑이, 일종의 번뇌요, 매우 인간적인 어떤 것이라는 사실과, 또한 이 사랑이 윤회요, 흐릿한 슬픔의 원천이요, 시커먼 강물이라는 사실을 잘 알고 있었다. 그럼에도 불구하고 그는 이와 동시에, 그 사랑이 가치 없는 것이 아니라는 것을, 그 사랑이 필수불가결한 것이며 자신의 본질에서 우러나오는 것임을 느꼈다. 이러한 쾌락도 만족시키고 싶었으며, 이러한 고통도 맛보고 싶었으며, 이런 어리석은 짓도 저질러 보고 싶었다.

그동안 아들은 아버지가 어리석은 짓을 하든 말든 그냥 두고 보기만 하였으며, 아버지가 자기의 환심을 사려고 애쓰도록 내버려 두었으며, 매일같이 변덕이 죽 끓듯 하는 자기 비위를 맞추도록 내버려 두었다. 이 아버지라는 사람은 자기를 매혹시킬 만한 것을 하나도 갖고 있지 않았으며, 자기가 두려워할 만한 것도 하나도 갖고 있지 않았다. 이 아버지라는 사람은 좋은 사람이었다. 그는 선량하고 마음씨 좋고 부드러운 사람이었으며, 어쩌면 매우 경건한 사람이었을지도 모르고, 어쩌면 성자였을지도 모를 일이다. 그러나 이 모든 것은 그 소년의 마음을 사로잡을 수 있는 특성이 아니었다. 자기를 그 초라한 오두막 안에 가두어 놓고 있는 이 아버지라는 사람이 소년에게는 지겨운 존재였다. 아들이 볼 때 이 아버지라는 사람은 정말로 지겹기 짝이 없는 존재였다. 그리고 자기가 아무리 무례

한 행동을 하여도 이 아버지라는 사람은 미소로 대하고, 자기가 아무리 막된 욕을 퍼부어도 다정하게 대하고, 자기가 아무리 악의를 보여도 선의로 대꾸하였는데, 바로 이런 점이야말로, 소년의 눈으로 볼 때는, 늙고 음흉한 위선자의 가장 가증스런 교묘한 술수였던 것이다. 소년한테는 이 아버지라는 사람에게 위협을 받는 편이, 학대를 당하는 편이 오히려 훨씬 더 나을 것 같았다.

그러던 어느 날 마침내 어린 싯다르타의 성질이 폭발하여 아버지한테 드러내 놓고 마구 대드는 사건이 터지고야 말았다. 아버지가 아들에게 한 가지 지시를 했었다. 땔감으로 쓸 덤불을 모아 오라는 분부를 내렸었던 것이다. 그러나 소년은 오두막에서 나올 생각도 하지 않은 채 버티고 서서 막무가내로 고집을 부리며 분통을 터뜨렸으며, 바닥을 다지기라도 하듯 발을 동동 굴러 댔으며, 주먹을 불끈 쥐고는, 성질이 폭발하여 버럭버럭 소리를 지르면서 아버지의 면전에다 대고 증오와 멸시의 말을 퍼부어 댔다.

"당신이 쓸 덤불은 당신이 직접 가져오라고요!" 아이는 입에 거품을 물고 소리를 질러 댔다. "난 당신의 종이 아니란 말이에요. 난 당신이 나를 때리지 않는다는 것을 잘 알고 있어요. 사실 당신은 감히 나를 때릴 엄두도 못 내고 있다고요. 나는 말이에요, 당신이 당신의 그 경건함과 당신의 그 관대함으로 끊임없이 나를 벌주려고 하고 나를 왜소하게 만들려고 한다는 걸 너무나 잘 알고 있어요. 당신은 내가 당신처럼 되어야 한다고, 당신처럼 나도 그토록 경건하고, 그토록 부드럽고, 그토록 현명해지기를 바라고 있는데 말이에요. 하지만 난 말이에요, 이걸 잘 들어 두세요, 나는 당신을 괴롭히는 일을 할 거예요. 당신 같은 사람이 되느니 차라리 노상강도가 되든지 살인자가 되어서 지옥에나 갈 거란 말이에요. 난 당신을 증오해요. 당신은 절대로 내 아버지가 아니에요. 설령 당신이 열 번이나 내 어머니의 정부였다고 해도 말이에요."

분노와 원한의 감정이 그의 내면에서 부글부글 끓어올라, 살벌하고 악의에 찬 수백 가지의 말들이 아버지의 면전에 쏟아졌다. 그런 다음 소년은 집을 나갔다가 저녁 늦게야 비로소 다시 돌아왔다.

그러나 그 다음날 아침 아이는 사라져 버렸다. 두 뱃사공이 뱃삯으로 받은 동전과 은화를 보관해 두던, 두 가지 색깔의 나무껍질로 짠 작은 바구니도 없어져 버렸다. 나룻배도 사라지고 없었는데, 싯다르타는 그 나룻배가 맞은편 강가에 놓여 있는 것을 보았다. 그 소년은 도망을 쳐 버렸던 것이다.

"내가 그 아이를 뒤쫓아 가야겠어요." 싯다르타가 말하였다. 그는 어제 아이한테 욕을 얻어먹은 후부터 줄곧 너무나 비참한 심정이 되어 몸을 부르르 떨고 있었다. "어린애 혼자서는 숲을 빠져나갈 수 없습니다. 그 아이는 죽고 말 것입니다. 바주데바, 강을 건너기 위하여 우리는 뗏목을 만들지 않으면 안 되겠습니다."

"우리는 뗏목을 만들 거요." 바주데바가 말하였다. "그 소년이 끌고 가 버린 우리 배를 다시 가져오기 위해서 말이에요. 친구여, 하지만 그 아이는 그대로 도망가게 놔두는 게 좋을 것 같아요. 그 아이는 이제 더 이상 어린아이가 아니니, 스스로 자구책을 강구하여 곤경에서 빠져나올 수 있을 겁니다. 그 아이는 시내로 가는 길을 찾아 나설 터인데, 그 아이로서는 당연한 일이에요. 그 점을 잊어서는 안 됩니다. 그 아이는 당신이 해 주어야 하는데 소홀하여 해 주지 않았던 바로 그 일을 한 것입니다. 그 아이는 자기 스스로를 돌보고 있으며 제 갈 길을 가고 있는 거예요. 싯다르타, 당신이 괴로워하는 것을 보고 있자니 나도 괴로워요. 그러나 당신이 당하고 있는 고통은 사람들이 대수롭지 않게 웃어넘겨 버릴 그런 고통, 당신 스스로도 곧 웃어넘겨 버릴 그런 고통입니다."

싯다르타는 아무런 대꾸도 하지 않았다. 그는 벌써 두 손으로 도끼를 잡아들었으며, 대나무로 뗏목을 만들기 시작하였다. 그리고 바주데바는, 싯다르타가 풀을 엮어 만든 새끼줄로 대나무 다발을 묶는 일을 거들어 주었다. 그런 다음 그들은 뗏목을 타고 강을 건너기 시작하였는데, 물살에 휩쓸려 상당히 멀리 떠밀려 내려간 후에야 맞은편 강가에 다다랐다.

"무엇 때문에 당신은 도끼를 가져오셨지요?" 싯다르타가 물었다.

바주데바가 말하였다. "우리 나룻배의 노가 없어져 버렸을지도 모르는 노릇 아니겠소."

하지만 싯다르타는 친구가 속으로 무슨 생각을 하고 있는가를 알았다. 바주데바는, 그 아이가 분풀이를 하기 위해서, 또는 자기들이 추적해 오는 것을 방지하기 위해서, 노를 내던져 버렸거나 부수어 버렸을 거라고 생각하고 있었던 것이다.

그리고 실제로 그 나룻배 안에는 노가 없었다. 바주데바는 그 나룻배의 밑바닥을 가리키며 빙그레 미소를 지으면서 친구 싯다르타를 바라다보았다. 그는 마치 '당신 아들이 당신에게 하고 싶어 하는 말이 무슨 말인지 이래도 모르겠소? 그 아이가 추격을 당하고 싶어 하지 않는다는 것을 이래도 모르겠소?' 하고 말하고 싶어 하는 것 같았다. 그는 새 노를 만들기 시작하였다. 그러나 싯다르타는 도망친 아들을 찾아 나서기 위하여 그에게 작별을 고하였다. 바주데바는 그를 말리지 않았다.

싯다르타는 벌써 오랫동안 숲속을 헤매고 있었다. 그러던 도중에, 그 아이를 찾아다니는 일이 쓸데없는 짓이라는 생각이 불쑥 떠올랐다. 그 아이는 자기가 따라잡을 수 없을 정도로 훨씬 앞질러 가서 벌써 시내에 들어가 있거나, 또는, 설령 그렇지 않고 도시로 가는 도중에 있다 하더라도, 추적자인 자기를 피해 몸을 숨겨 버릴 것이다. 이런저런 생각을 계속하다 보니 그는, 자신이 아들을 걱정하고 있지 않다는 사실도 알게 되었으며, 그리고 아들이 죽지도 않았을 것이고 숲속에서 위험에 처하는 일도 없으리라는 것을 자기가 마음 가장 깊은 곳에서는 알고 있다는 사실도 알게 되었다.

그렇지만 그는 쉬지 않고 계속 달렸다. 이제는 그 아이를 구해 보겠다는 일념 때문이 아니라, 오로지 행여라도 그 아이의 모습을 다시 한번 볼 수만 있다면 얼마나 좋을까 하는 간절한 마음에서 계속 달렸던 것이다. 그리하여 그는 마침내 도시 근교까지 달려가게 되었다.

도시 근교에서 폭이 넓은 거리에 다다랐을 때 그는 옛날에 카말라의 소유였던 그 아름다운 정원의 입구에 멈추어 섰다. 바로 그곳에서 그 옛날 자기는 가마에 타고 있던 카말라의 모습을 맨 처음 보았었다. 그 당시의 일이 그의 영혼 속에서 다시 생생하게 떠올랐다. 그는 이제 다시 거기에 서 있는 자신의 젊은 시절의 모습을 보았다. 수염이 텁수룩하게 난 벌거벗은 한 사문이 머리카락에 잔뜩 먼지를 뒤집어쓴 모습이었다. 싯다르타는 오랫동안 거기에 서 있었다. 그리고 열린 대문 틈으로 정원 내부를 들여다보았다. 누런 법복을 입은 승려들이 아름다운 나무들 아래에서 걸어 다니는 모습이 보였다.

한참 동안 그는 깊은 사색에 잠긴 채, 아련히 떠오르는 여러 모습들을 보면서, 자기가 살아온 생의 이야기에 귀를 기울이면서 서 있었다. 한참 동안을 그는 그렇게 서 있었다. 그는 눈길을 돌려 승려들 쪽을 바라보았다. 그런데 어느 사이엔가 그의 눈에 보이는 것은 승려들의 모습 대신에 젊은 싯다르타의 모습과 젊은 카말라가 그 높은 나무들 아래에서 거니는 모습이었다. 그는 자기가 카말라한테 대접을 받고 있는 모습, 자기가 그녀의 첫 입맞춤을 받고 있는 모습, 그리고 자기가 자신의 사문 시절을 오만하고 경멸하는 태도로 되돌아보면서, 자신만만하고 갈망하는 마음가짐으로 세속 생활을 시작하는 모습 등, 지난 시절 자신의 모습을 분명하게 보았다. 그는 카마스와미를 보았으며, 하인들과 술잔치, 주사위 노름꾼들, 악사들을 보았으며, 새장에 갇혀 있는 카말라의 지저귀는 새를 보았으며, 이 모든 것들을 다시 한번 살려 내었으며, 윤회를 숨쉬었으며, 다시 한번 늙고 피곤에 지쳐 다시 한번 구토감을 느꼈으며, 다시 한번 자신을 파멸시키고 싶은 욕망을 느꼈으며, 다시 한번 그 성스러운 옴의 힘으로 자신을 치유하였다.

싯다르타는 그 정원의 대문 앞에 한참을 서 있었다. 그러고 나서 그는 자기를 이 장소까지 오게끔 내몰았던 욕망이 어리석은 욕망이라는 것을, 자기가 아들을 도와줄 수 없다는 것을, 자기가 아들에 집착하고 애착을 느껴서는 안 된다는 것을 깨달았다. 그는 도망친 아들에 대한 사랑을 마치 하나의 상처처럼 가슴속 깊이 느꼈으며, 이와 동시에 이 상처가 결코 자기의 마음을 아프게 쑤셔 놓으라고 주어진 것이 아니라는 것을, 이 상처가 장차 틀림없이 활짝 꽃을 피우고 빛을 발하게 되리라는 것을 느꼈다.

이 시간에도 아직 그 상처가 꽃을 피우지도 않고 아직 빛을 발하고 있지도 않다는 사실이 그를 슬프게 하였다. 도망친 아들을 쫓아 여기까지 자기를 뛰어오게 만들었던 그런 욕심에 찬 목적의식이 사라져 버리고 그 자리에 이제 공허한 마음이 대신 들어서 있었다. 비참한 심정이 되어 그는 땅바닥에 털썩 주저앉았다. 그는 자기의 마음속에 무엇인가가 죽어가고 있음을 느꼈으며, 공허함을 느꼈으며, 아무리 눈을 씻고 보아도, 이제 더 이상 아무런 기쁨도, 목적도 보이지 않았다. 그는 침잠 상태에 빠진 채 앉아서 마냥 기다리고 있었다. 이것을, 오직 이 한 가지만을, 즉 기다리는 것, 인내심을 갖는 것, 귀 기울여 듣는 법을 그는 강가에서 배웠다. 그는 거리의 먼지를 흠뻑 다 뒤집어쓴 채 앉아서 귀 기울여 듣고 있었다. 그는 가슴에다 귀를 대고, 가슴이 어떻게 피곤에 지치고 슬프게 뛰는가를 귀 기울여 들으면서 한 소리를 기다리고 있었다. 그는 쭈그리고 앉아서 여러 시간 동안 귀를 기울이고 있었다. 이제 더 이상 아무런 환상도 보이지 않았다. 그는 공(空)의 상태에 빠져들어 갔으며, 자기 자신을 가라앉혔다. 아무런 길도 보이지 않았다. 그리고 그 상처가 쑥쑥 쑤셔 오는 것을 느낄 때마다 그는 아무 소리도 내지 않고 옴을 발하였으며, 옴으로 자신을 가득 채웠다. 정원에 있던 승려들이 그를 보았다. 그리고 그가 많은 시간 동안 쭈그리고 앉아 있었고 그의 잿빛 머리카락 위에 먼지가 잔뜩 쌓이고 있었기 때문에, 한 승려가 와서는 바나나 두 개를 그 앞에 내려놓았다. 그러나 그는 그 승려를 보지 못하였다.

이렇게 응고된 듯한 무감각 상태에 빠져 있던 그를 깨운 것은 어떤 손길, 그의 어깨에 닿은 어떤 손길이었다. 그는 자기 어깨에 닿은 이 손길, 상냥하고 수줍은 이 손길을 알아채자마자 금방 제정신을 차렸다. 그는 몸을 일으켜 세우더니 자기를 뒤쫓아온 바주데바에게 반갑게 인사를 하였다. 그리고 그는 바주데바의 다정한 얼굴, 마치 온통 미소로만 가득 찬 것 같은 그 잔주름들, 그 해맑은 두 눈을 보자, 미소를 지어 보였다. 그제야 그는 자기 앞에 바나나가 놓여 있는 것을 보았으며, 그것을 집어들더니 한 개는 뱃사공에게 주고 나머지 한 개는 자기가 먹었다. 그러고 나서 그는 아무 말 없이 바주데바와 함께 숲으로, 나루터 집으로 되돌아왔다. 아무도 그날 일어났던 사건을 이야기하지 않았으며, 아무도 그 아이의 이름을 입 밖에 내지 않았으며, 아무도 그 아이의 도망 이야기를 꺼내지 않았으며, 아무도 그 상처에 대해서 이야기하지 않았다. 오두막에 들어와서 싯다르타는 자기 자리에 드러누웠다. 그리고 얼마 후 그에게 야자유를 한 사발 주려고 다가간 바주데바는 그가 이미 잠들어 있다는 것을 알았다.

옴

그 후에도 오랫동안 그 상처는 아물지 않고 화끈거렸다. 싯다르타는 아들이나 딸을 데리고 다니는 많은 여행자들을 건네다 주어야 하였다. 그런 사람들을 볼 때마다 그는 부러움을 느끼며 이렇게 생각하였다. '이토록 많은 사람들, 이토록 많은 수천의 사람들은 이처럼 애정이 가득 담긴 행복을 누리고 있다. 그런데 왜 나는 그렇지 못할까? 악한 사람들도, 도둑과 강도들도 자식들이 있으며 그 자식들을 사랑하고 그 자식들한테 사랑을 받고 있는데 오직 나 혼자만 그렇지 못하구나.' 이제 그는 이렇듯 단순하고, 이렇듯 사리분별도 없이 생각하고 있었으니, 그는 어린애 같은 인간들을 닮아 가고 있었던 것이다.

이제 그는 사람들을 예전과는 다른 눈으로 보았다. 예전보다 덜 총명하고 덜 오만스러워진 대신에, 더 따뜻하고 더 호기심이 많고 더 많은 관심을 지닌 눈길로 사람들을 보았다. 흔히 볼 수 있는 그런 통상적인 부류의 여행자들, 그러니까 어린애 같은 인간들과 장사꾼들, 그리고 무사들과 부인네들을 건네다 줄 때면 예전과는 달리 그 사람들이 낯설게 느껴지지 않았다. 그는 그들을 이해하였다. 그리고 그는, 생각과 통찰에 의해서가 아니라 오로지 충동과 욕망에 의해 좌우되는 그들의 생활을 이해하였으며, 그 자신도 더불어 그런 생활을 하였다. 그는 그들과 똑같이 느꼈다. 비록 그가 완성의 경지에 가까이 가 있었고, 최근 마음의 상처로 고통스러워하고 있었음에도 불구하고, 그에게는 이러한 어린애 같은 인간들이 자기의 형제들처럼 느껴졌다. 그들의 허영심, 탐욕이나 우스꽝스러운 일들을 이제 그는 웃음거리가 아니라 모두 이해할 수 있는 일, 사랑스러운 일, 심지어는 존경할 만한 일로 여기게 되었다. 자식에 대한 어머니의 맹목적인 사랑, 외동아들에 대해 우쭐해하는 아버지의 어리석고 맹목적인 자부심, 몸에 달고 다닐 장신구를 얻기 위하여, 그리고 사내들이 자기들을 경탄의 눈길로 바라보도록 하기 위하여 애쓰는 허영심 많은 젊은 여인들의 맹목적이고도 거친 열망, 이 모든 충동들, 이 모든 어린애 같은 유치한 짓들, 이 모든 단순하고 어리석은, 그렇지만 어마어마하게 강한, 억센 생명력을 지닌, 끝까지 강력하게 밀어붙여 확고한 자리를 굳히는 충동들과 탐욕들이 싯다르타에게는 이제 더 이상 결코 어린애 같은 짓으로 여겨지지 않았다. 그는 바로 그런 것들 때문에 사람들이 살고 있다는 것을 알았으며,

바로 그런 것들 때문에 사람들이 무한한 업적을 이루고, 여행을 하고, 전쟁을 일으키고, 무한한 고통을 겪고, 무한한 고통을 감수한다는 것을 알았다. 그리고 그는 바로 그러한 이유 때문에 그들을 사랑할 수 있었으며, 그는 그들의 모든 욕정들과 행위들 하나하나에서 바로 생명, 그 생동하는 것, 그 불멸의 것, 범(梵)을 보았다. 그런 인간들은 바로 그들의 맹목적인 성실성, 맹목적인 강력함과 끈질김으로 인하여 사랑할 만한 가치가 있고 경탄할 만한 가치가 있었다. 그들에게는 아무것도 부족한 것이 없었으며, 지식인이자 사색가인 자기가 그들보다 앞선 것이라고는 단 한 가지 빼놓고는 아무것도 없었다. 미미하고 사소한 그 한 가지란 것은 바로 그 의식, 즉 모든 생명의 단일성을 의식하는 생각이라는 것이었다. 싯다르타는 심지어 가끔씩 이러한 지식, 이러한 생각이 과연 그렇게 매우 높게 평가되어야 하는 것인가, 이러한 생각이라는 것도 따지고 보면 혹시 생각하는 인간, 아니 생각하는 철부지인 자기의 어린애 같은 유치한 짓은 아닐까 하고 의심을 품는 일까지 있었다. 생각한다는 점을 제외한 그 밖의 다른 모든 점에서는 세속적 인간들이 현인인 자기와 대등한 위치에 있었으며, 자기를 훨씬 능가할 때도 자주 있었다. 이는 짐승들도 불가피한 경우에는 끈질기고 확실한 행동을 취한다는 점에서 인간을 능가하는 것처럼 보일 수가 있는 경우가 많은 것과 흡사한 일이었다.

싯다르타의 내면에서는, 도대체 지혜란 것이 무엇이며 자신이 오랜 세월 동안 추구해 온 목적이 과연 무엇인가에 대한 인식과 깨달음이 서서히 꽃피어 났으며 서서히 무르익어 갔다.

그 무엇이라는 것은 바로 매 순간마다, 삶의 한가운데에서 그 단일성의 사상을 생각할 수 있는, 그 단일성을 느끼고 빨아들일 수 있는 영혼의 준비 상태, 그런 일을 해낼 수 있는 하나의 능력, 하나의 비밀스러운 기술에 다름 아니었다. 조화, 세계의 영원한 완전성에 대한 깨달음, 미소, 단일성이 그의 내면에서 서서히 꽃피어 났으며, 바주데바의 늙은 동안(童顔)으로부터 그에게 반사되어 비추었다.

그러나 그 상처는 아직도 아물지 않고 화끈거렸다. 싯다르타는 애를 태우며 쓰라린 마음으로 아들 생각을 하였으며, 아들에 대한 사랑과 정을 가슴속에 품고 있었으며, 고통으로 자기 스스로를 갉아먹었으며, 사랑 때문에 어리석은 짓이라는 짓은 모조리 저질렀다. 이 사랑의 불꽃은 저절로 사그라들지 않았다.

그러던 어느 날, 그 상처가 극심하게 쑤셔 대자, 마침내 싯다르타는 강을 건너게 되었다. 그리움이 사무친 탓이었다. 배에서 내린 그는 그 도시로 가서 아들을 찾아보고 싶은 마음으로 안달이 났다. 강물은 부드럽고 나지막한 소리를 내며 흐르고 있었다. 비가 오지 않는 건기였지만 강물 소리가 이상하게 울려왔다. 그것은 웃는 소리였다! 그 강은 분명히 웃음소리를 내고 있었다. 강은 비웃고 있었다. 강은 밝고 맑은 웃음소리를 내며 늙은 뱃사공 싯다르타를 실컷 비웃고 있었다. 싯다르타는 멈추어 섰으며, 강물 소리를 좀 더 잘 듣기 위하여 강물 위로 몸을 굽혔다. 그리고 고요하게 흘러가는 강물 속에 자신의 얼굴이 반사되어 있는 것을 보았다. 이 반사된 얼굴에서 그는 까맣게 잊고 있었던 어떤 기억을 더듬어 내었다. 곰곰이 생각해 보고는 그것이 무엇인가를 알아내었다. 그 얼굴은 자기가 예전에 알았었던, 사랑하였었던, 또한 두려워하였었던 어떤 사람의 얼굴과 비슷하였다. 그것은 바라문이었던 자기 아버지의 얼굴과 비슷하였다. 그러자 자기가 아주 오래전인 젊은 시절에 고행자들한테로 가게 해 달라고 아버지를 강요하였던 일하며, 자기가 아버지에게 작별을 고하였던 일, 그리고 길을 떠난 다음 다시는 돌아가지 않았던 일들에 대한 추억이 주마등처럼 떠올랐다. 아버지 또한 자기 때문에, 자기가 지금 자기 아들 때문에 겪고 있는 것과 똑같은 고통을 겪었던 것은 아닐까? 아버지는 당신의 아들을 다시는 보지도 못한 채 이미 오래전에 홀로 외롭게 돌아가시지는 않았을까? 이것은, 이러한 반복은, 이처럼 숙명적인 순환의 테두리 속에서 다람쥐 쳇바퀴 돌듯 도는 것은 한 바탕의 희극, 기이하고 어리석은 일이 아닐까?

강은 웃고 있었다. 그렇다, 그런 것이다. 끝장을 볼 때까지 고통을 겪지 않아 해결이 안 된 일체의 것은 다시 되돌아오는 법이며, 똑같은 고통들을 언제나 되풀이하여 겪게 되어 있는 법이다. 싯다르타는 다시 나룻배에 올라타 아버지를 생각하면서, 아들을 생각하면서, 강물의 비웃음을 받으면서, 자신과 싸우면서, 절망적인 마음 상태가 되어 자신과 온 세상에 대해 함께 큰 소리로 비웃어 주고 싶은 생각을 적잖이 하면서 오두막으로 되돌아왔다. 아, 아직도 그 상처는 꽃을 피우지 못하고 있었으며, 아직도 그의 마음은 자신의 운명에 거역하고 있었으며, 아직도 그의 고통으로부터 유쾌함과 승리의 빛이 뿜어 나오지 않고 있었다. 그렇지만 그는 희망을 느끼고 있었다. 그리고 오두막에 되돌아오자 그는 바주데바 앞에서 자기 마음을 몽땅 털어놓고 싶은, 그에게 하나도 남김없이 모조리 드러내 놓고 싶은, 남의 말을 경청하는 데는 대가인 그에게 모든 것을 말해 버리고 싶은 억누르기 힘든 욕망을 느꼈다.

바주데바는 오두막 안에 앉아 바구니를 짜고 있었다. 그는 이제 나룻배로 강을 오가는 일을 하지 않고 있었다. 그는 시력이 약해지기 시작하고 있었다. 시력뿐만 아니라 손과 팔도 약해지기 시작하고 있었다. 그래도 그의 얼굴의 기쁜 표정과 환한 호의의 표정만은 예나 전혀 다름없이 빛나고 있었다.

싯다르타는 그 늙은이 곁에 자리잡고 앉아 서서히 말하기 시작하였다. 그는 자기가 여태껏 한 번도 이야기한 적이 없는 그런 것을 이야기하였다. 그 당시 자기가 도시로 간 이야기, 쑥쑥 쑤시는 상처 이야기, 행복스러운 아버지들을 바라볼 때 부러운 마음이 든다는 이야기, 그러한 욕망들이 어리석은 일임을 자기도 알고 있다는 이야기, 그러한 욕망들에 맞서 싸워 보았지만 허사였다는 이야기 따위였다. 그는 모든 것을 남김없이 말하였으며, 제아무리 고통스러운 이야기라 할지라도 흉금을 털어놓고 하나도 숨김없이 드러내 놓고 모조리 다 말할 수가 있었다. 그는 자신의 상처를 드러내 보였으며, 오늘 있었던 자신의 도주 사건, 그러니까 어린애처럼 유치하기 짝이 없는 도망자인 자기가 그 도시를 향하여 갈 작정을 하고 어떻게 강을 건넜던가, 그리고 강이 어떻게 웃었던가 하는 이야기도 털어놓았다.

그가 이야기를 하는 동안, 한참 동안 이야기를 하는 동안 바주데바는 내내 잔잔한 표정을 지은 채 귀 기울여 듣고 있었다. 싯다르타는 바주데바가 이처럼 귀 기울여 듣는 것을 그 어느 때보다도 더 강하게 느꼈다. 그는 자신의 온갖 고통과 온갖 불안한 마음이 바주데바를 향하여 흘러들어 가고 있음을, 그리고 자신의 은밀한 희망이 그한테 흘러들어 갔다가 다시 자기를 향하여 되돌아 흘러나오고 있음을 느꼈다. 자기 말에 귀 기울이는 이런 사람에게 자신의 상처를 드러내 보인다는 것은, 마치 그 상처를 강물에 넣어 씻어서 결국은 상처가 아물어 강물과 하나가 되는 것과 똑같은 일이었다. 싯다르타는 아직도 계속 이야기를 하고 있었으며, 아직도 여전히 고백을 하고 참회를 하고 있었다. 그러는 동안 싯다르타는 자기의 말에 귀를 기울이고 있는 이 사람이 이제 더 이상 바주데바가 아니요, 이제 더 이상 인간 존재가 아니라는 것을, 미동도 하지 않은 채 귀 기울여 듣고 있는 이 사람이 스스로의 내면으로 마치 한 그루 나무가 빗물을 빨아들이는 것처럼 자기의 고백을 빨아들이고 있다는 것을, 이 사람이 바로 신 그 자체라는 것을, 이 사람이 바로 영원한 존재 자체라는 것을, 점점 더 강렬하게 느꼈다. 싯다르타가 자신에 대하여, 그리고 자신의 상처에 대하여 생각하는 일을 멈추고 있는 동안, 바주데바의 변해버린 본질에 대한 이러한 인식이 그의 머릿속을 온통 차지하고 있었다. 싯다르타가 그것을 더 많이 느끼면 느낄수록, 그런 인식 속으로 파고들어 가면 파고들어 갈수록, 그것은 그만큼 더 이상스럽지 않은 것이 되어 갔으며, 그러면 그럴수록 싯다르타는, 모든 것이 일사불란하게 질서가 잡혀 있으며 지극히 자연스러운 일이라는 것을, 바주데바는 벌써 오래전부터 언제나 그런 존재였는데, 다만 자신만이 그것을 완전히 인식하지 못하였을 따름이라는 것을, 사실상 자신도 그런 바주데바와 거의 다르지 않은 존재라는 것을, 점점 더 많이 통찰하게 되었다. 그는 자기가 지금 이 늙은 바주데바를 마치 백성들이 신들을 우러러보듯이 그렇게 우러러보고 있음을, 이러한 상태가 끊임없이 지속될 수 없으리라는 것을 느꼈다. 그는 마음속에서 바주데바에게 작별을 고하기 시작하였다. 그렇지만 그의 이야기는 끊이질 않고 계속 이어지고 있었다.

마침내 그는 이야기를 끝마쳤다. 그때 바주데바는 그에게 다정하지만 약간 희미해진 시선을 보냈으며, 아무 말도 하지 않고, 침묵하면서 그에게 사랑의 눈빛과 유쾌함의 눈빛, 그리고 그의 심정을 이해하고 있으며 알고 있다는 듯한 눈빛을 보냈다. 그는 싯다르타의 손을 잡고서 그들이 늘 앉던 강가의 자리로 데리고 가서는 그와 함께 털썩 주저앉았으며, 그 강물을 향하여 미소를 보냈다.

"당신은 저 강물이 웃는 소리를 들었지요?" 그가 말하였다. "하지만 당신은 모든 소리를 다 들은 것이 아니에요. 우리 귀 기울여 들어보도록 합시다. 그러면 당신은 더 많은 것을 듣게 될 것입니다."

그들은 귀를 기울였다. 수많은 소리가 어우러진 강물의 노랫소리가 은은하게 울려왔다. 싯다르타는 강물 속을 들여다보았는데, 흘러가는 물결 속에 여러 모습들이 나타났다. 자기 아버지의 외로운 모습이 나타났는데, 아들인 자기 때문에 슬픔에 잠겨 있는 모습이었으며, 자신의 모습이 나타났는데, 자기 역시 아버지와 마찬가지로 멀리 떨어져 있는 아들에게 그리움의 끈으로 묶여 있는 외로운 모습이었다. 어린 아들의 모습도 나타났는데, 아들 역시 열망에 사로잡혀 자기의 길을 미친 듯이 치닫고 있는 외로운 모습이었으니, 모두가 스스로의 목표를 향하고 있었고, 모두가 그 목표에 사로잡혀 있었으며, 모두가 고통을 당하고 있었다. 강은 고통에 찬 소리로 노래 부르고 있었으며, 강은 그리움에 사무쳐 노래 부르고 있었으며, 강은 그리움에 사무친 채 목표를 향하여 흘러갔으며, 강은 비탄에 젖은 소리를 내고 있었다.

"들려요?" 바주데바가 말없는 시선으로 물어왔다. 싯다르타는 고개를 끄덕였다.

"더 잘 들어 봐요!" 바주데바가 속삭이듯 말하였다.

싯다르타는 더 잘 들어 보려고 애를 썼다. 아버지의 모습, 자신의 모습, 아들의 모습이 함께 어우러져 흘러가고 있었으며, 카말라의 모습도 나타났다가 스르르 녹듯이 사라져 버렸으며, 고빈다의 모습과 그 밖의 다른 모습들도 나타나 모두 한데 어우러져 흘러가다가, 모두가 강물이 되었다. 모두가 강이 되어 그리움에 사무쳐서, 갈구하면서, 고통스러워하면서 목표를 향하여 나아가고 있었다. 그리고 강의 소리는 그리움으로 가득 찬 채, 가슴을 에는 듯한 비통함으로 가득 찬 채, 도저히 잠재울 수 없는 욕구로 가득 찬 채, 울려 퍼지고 있었다. 강물은 목표를 향하여 나아가고 있었다. 싯다르타는 그 강이 자신과 자신의 가족들과 이제까지 살아오면서 자기가 보았던 모든 사람들로 이루어진 그 강이 서둘러 흘러가는 것을 보았다. 이 모든 파도와 물결은 고통스러워하면서 여러 목표를 향하여, 폭포, 호수, 여울, 바다 따위의 수많은 목표를 향하여 급히 흘러가, 모두 제각기의 목표에 도달하였다. 그리고 그 각각의 목표에는 하나의 새로운 목표가 뒤따르고 있었다. 강물은 수증기가 되어 하늘로 올라갔다가 비가 되어 하늘로부터 다시 아래로 떨어져서 샘이 되고, 시내가 되고, 강이 되었다. 그리고 또다시 새롭게 목적지를 향하여 나아갔으며, 또다시 새롭게 흘러갔다. 그러나 그 그리움에 사무친 소리는 변하였다. 그 소리는 여전히 고통에 가득 찬 채 무언가를 찾는 소리를 내며 울리고 있었지만, 그러나 다른 소리들, 그러니까 기쁨의 소리와 고뇌의 소리, 선한 소리와 악한 소리, 웃는 소리와 슬퍼하는 소리, 백 가지, 천 가지의 소리들이 끼어들어 그 소리와 한 동아리를 이루었다.

싯다르타는 귀를 기울였다. 그는 이제 온통 귀 기울여 듣는 자가 되어, 온통 듣는 데 몰두하였으며, 마음을 온통 비운 채, 온통 빨아들이고 있었다. 그는 자기가 이제는 귀 기울여 듣는 법을 끝까지 다 배웠음을 느꼈다. 진작부터 그는 자주 이 모든 소리들을, 그러니까 강물 속에 들어 있는 이 수많은 소리들을 들어 왔었지만, 오늘은 그 소리의 울림이 새로웠다. 그는 더 이상 그 수많은 소리들을 서로 구분할 수가 없었으니, 기쁜 소리를 슬픈 소리와 구분할 수도, 어린애 소리를 어른 소리와 구분할 수도 없었다. 그 모든 소리들이 함께 어우러져 있었다. 그리움에 애타는 탄식 소리, 깨닫는 자의 웃음소리, 분노의 외침소리와 죽어가는 사람의 신음 소리, 이 모든 것이 하나가 되어 있었으며, 이 모든 것이 수천 갈래로 얽혀서 서로 밀착하여 결합되어 있었다. 그리고 이런 것들이 합해져서, 그러니까 일체의 소리들, 일체의 목적들, 일체의 그리움, 일체의 번뇌, 일체의 쾌락, 일체의 선과 악, 이 모든 것들이 함께 합해져서 이 세상을 이루고 있었다. 이 모든 것이 함께 합해져서 사건의 강을 이루고 있었으며, 생명의 음악을 이루고 있었다. 그리고 싯다르타가 세심한 주의를 기울여서 이 강에, 이 수천 가지 소리가 어우러진 노래에 귀를 기울일 때면, 그가 고통의 소리에도 웃음소리에도 귀 기울이지 않고, 자신의 영혼을 어떤 특정한 소리에 묶어 두거나 자신의 자아와 더불어 그 어떤 특정한 소리에 몰입하지 않고 모든 소리들을 듣고, 전체, 단일성에 귀를 기울일 때면, 그 수천의 소리가 어우러진 위대한 노래는 단 한 개의 말로 이루어지는 것이었으니, 그것은 바로 완성이라는 의미의 옴이라는 말이었다.

"저 소리가 들려요?" 바주데바의 눈빛이 다시 묻고 있었다.

바주데바의 미소가 밝게 빛나고 있었다. 그 미소는, 마치 강물의 온갖 소리들 위에 옴이 둥실둥실 떠돌아다니는 것처럼, 그의 노안을 가득 메운 모든 주름살 위에 밝은 빛을 내면서 둥실둥실 떠돌아다니고 있었다. 싯다르타가 친구 바주데바의 얼굴을 바라보았을 때 이렇게 바주데바의 미소가 밝게 빛나고 있었는데, 이제 싯다르타의 얼굴에도 이와 똑같은 미소가 밝은 빛을 내면서 피어오르고 있었다. 그의 상처에서 한창 꽃이 피어나고, 그의 고통이 빛을 발하고, 그의 자아가 그 단일성 앞으로 흘러들어 가고 있었던 것이다.

이 순간 싯다르타는 운명과 싸우는 일을 그만두었으며, 고민하는 일도 그만두었다. 그의 얼굴 위에 깨달음의 즐거움이 꽃피었다. 어떤 의지도 이제 더 이상 결코 그것에 대립하지 않는, 완성을 알고 있는 그런 깨달음이었다. 그 깨달음은 함께 괴로워하고 함께 기뻐하는 동고동락의 마음으로 가득 찬 채, 그 도도한 강물의 흐름에 몸을 내맡긴 채, 그 단일성의 일부를 이루면서 그 사건의 강물에, 그 생명의 흐름에 동의하고 있었다.

바주데바는 강가의 앉은 자리에서 몸을 일으켰다. 그는 싯다르타의 눈을 들여다보고는, 그 눈에서 깨달음의 즐거움이 밝게 빛나는 것을 보았다. 그러자 그는 여느 때와 마찬가지로 신중하고 상냥한 방식으로 싯다르타의 어깨를 손으로 살며시 만지면서 이렇게 말하였다. "친애하는 친구여, 나는 이 순간을 기다려 왔었어요. 이제 그 순간이 왔으니, 나를 보내줘요. 오랫동안 나는 이 순간을 기다려 왔으며, 오랫동안 나는 뱃사공 바주데바로 살아왔어요. 이제 그것으로 충분합니다. 잘 있거라, 오두막아, 잘 있거라 강물아! 잘 있어요, 싯다르타!"

싯다르타는 작별을 고하는 그 사람에게 허리를 깊이 숙여 하직 인사를 하였다.

"이렇게 작별하게 되리라는 것을 알고 있었어요." 그는 나지막하게 말하였다. "당신은 숲속으로 들어가실 거지요?"

"나는 숲속으로 들어갑니다, 나는 그 단일성 안으로 들어갑니다." 바주데바는 환한 빛을 발하면서 말하였다.

환한 빛을 발하면서 그는 저 멀리 사라져 갔다. 싯다르타는 그의 모습이 보이지 않을 때까지 오랫동안 바라보고 있었다. 마음속 깊이 한편으로는 기쁜 마음이면서도 한편으로는 진정 아쉬운 마음으로, 그는 떠나가는 사람의 모습이 보이지 않을 때까지 눈으로 전송하였다. 바주데바의 걸음걸이는 온통 평화로 가득하였으며, 그의 머리는 온통 반짝반짝 윤이 났으며, 그의 온몸은 온통 빛으로 가득하였다.

고빈다

고빈다는 언젠가 한번 휴식 기간 동안에 다른 승려들과 함께 기생 카말라가 고타마의 제자들에게 헌납한 정원에서 잠시 머무른 적이 있었다. 그는 그곳에서 한 늙은 뱃사공에 대한 이야기를 들었는데, 그 뱃사공은 한나절 정도 걸어가면 닿을 수 있는 강가에 살고 있으며 많은 사람들로부터 현인으로 여겨지고 있다는 것이었다. 고빈다는 휴식을 끝내고 다시 순례 길에 나섰을 때 그 뱃사공을 만나 보고 싶은 열망 때문에 나루터로 가는 길을 택하였다. 그는 평생을 계율에 따른 생활을 해 왔으며 자기보다 더 젊은 승려들로부터 겸손한 노승이라고 존경을 받기도 하였지만 그의 마음속에는 여전히 불안과 구도(求道)의 불길이 꺼지지 않고 있었던 것이다.

그는 강가에 이르러 그 노인에게 강을 좀 건네 달라고 부탁하였으며, 건너편에 도착하여 배에서 내릴 때 그 노인에게 이렇게 말하였다. "당신은 우리 승려들과 순례자들에게 좋은 일을 많이 해 주시는군요. 당신은 벌써 우리 가운데 많은 사람들을 건네다 주었지요. 뱃사공 양반, 당신도 정도(正道)를 찾고 있는 구도자가 아니신지요?"

노안(老眼)에 미소를 지으면서 싯다르타는 이렇게 말하였다. "존경하는 스님이시여, 스님은 스스로를 구도자라고 칭하시면서도, 이미 고령이신데도 불구하고 아직도 고타마의 승복을 입고 다니시는 겁니까?"

"하기야 나는 늙은 몸이지요." 고빈다가 말하였다. "하지만 나는 구도하는 일을 멈추지 않았습니다. 앞으로도 결코 구도하는 일을 멈추지 않을 터인즉, 이것이 나의 숙명인 것 같습니다. 내가 보기에는 당신도 구도의 길을 걸어오신 것 같습니다. 존경받는 노인장, 나에게 한 말씀 들려주시겠습니까?"

싯다르타가 말하였다. "내가 스님에게 들려드릴 말씀이 무엇이 있겠습니까? 혹시 이런 말씀을 드릴 수 있을지도 모르겠습니다만, 스님은 지나칠 정도로 구도의 길을 걷고 있는 것은 아닐까요? 구도 행위에 너무 매달린 나머지 깨달음에 이르지 못하는 것은 아닌지요?"

"도대체 어째서 그렇다는 겁니까?" 고빈다가 물었다.

"누군가 구도를 할 경우에는." 싯다르타가 말하였다. "그 사람의 눈은 오로지 자기가 구하는 것만을 보게 되어 아무것도 찾아낼 수 없으며 자기 내면에 아무것도 받아들일 수가 없는 결과가 생기기 쉽지요. 그도 그럴 것이 그 사람은 오로지 항상 자기가 찾고자 하는 것만을 생각하는 까닭이며, 그 사람은 하나의 목표를 갖고 있는 까닭이며, 그 사람은 그 목표에 온통 마음을 빼앗기고 있는 까닭이지요. 구한다는 것은 하나의 목표를 갖고 있다는 뜻입니다. 하지만 찾아낸다는 것은 자유로운 상태, 열려 있는 상태, 아무 목표도 갖고 있지 않음을 뜻합니다. 스님, 당신은 어쩌면 실제로 구도자일 수도 있겠군요. 목표에 급급한 나머지 바로 당신의 눈앞에 있는 많은 것을 보지 못하고 있으니 말입니다."

"아직도 나는 당신 말을 다 알아듣지는 못하겠습니다." 고빈다가 간청을 하였다. "도대체 그것이 무슨 말입니까?"

싯다르타가 말하였다. "스님이여, 언젠가 여러 해 전에 당신은 벌써 한 번 이 강가에 온 적이 있어요. 그리고 강가에서 잠자고 있는 한 사람을 발견하고는 그 사람이 잠자는 것을 지켜주기 위하여 그 사람 옆에 자리잡고 앉았지요. 오 고빈다, 자네는 그 잠자는 사람을 알아보지 못하지 않았는가?"

승려는 마치 마법에 홀린 사람처럼 어안이 벙벙하여 뱃사공의 눈을 뚫어져라 들여다보았다.

"자네 싯다르타 아닌가?" 그는 수줍은 듯한 목소리로 물었다. "내가 이번에도 하마터면 자네를 알아보지 못할 뻔했군. 싯다르타, 정말 진심으로 반갑네. 자네를 또다시 만나 보게 되어 기쁘기 그지없네. 벗이여, 그런데 자네 많이 달라졌군. 그러니까 이제 자네는 뱃사공이 되었단 말인가?"

싯다르타가 다정하게 웃었다. "그래, 뱃사공이 되었지. 고빈다, 사람들 가운데에는 피치 못할 사정으로 많이 달라질 수밖에 없고, 여러 가지 옷을 걸칠 수밖에 없는 사람이 있게 마련이지. 이보게, 나도 그런 사람들 중 하나인 셈이지. 잘 왔네, 고빈다. 오늘밤은 나의 오두막에서 묵고 가게나."

고빈다는 그날 밤 그 오두막에 머물렀으며, 바주데바가 옛날에 쓰던 잠자리에서 잠을 잤다. 그는 젊은날의 친구에게 많은 질문을 해 댔으며, 싯다르타는 그에게 자기가 살아온 생애에 대하여 많은 이야기를 들려주어야만 하였다.

다음날 아침 짜여진 일정에 따른 순례의 길을 떠날 때가 되자 고빈다는 몇 번이나 말을 할까 말까 망설이다가 마침내 입을 열었다. "싯다르타, 나의 길을 떠나기 전에 자네한테 한 가지 묻는 것을 허락해 주게. 자네는 어떤 교리를 갖고 있지? 자네가 추종하는 어떤 믿음이나 지식이 있나? 자네가 살아가는 데, 올바로 행동하는 데 도움을 주는 믿음이나 지식을 갖고 있느냐 말이야."

싯다르타가 말하였다. "이보게 친구, 그 옛날 젊은 시절 우리가 숲속의 고행자들과 함께 생활하였을 때 이미 내가 그 가르침들과 스승들을 불신하게 되어 그 가르침들과 스승들한테 등을 돌렸다는 것은 자네도 익히 알고 있지 않은가? 그 후에도 그런 생각에는 변함이 없었어. 그렇지만 나는 그 이후로 많은 사람들을 스승으로 삼게 되었지. 한 아리따운 기생이 오랫동안 나의 스승이었으며, 한 부유한 상인이 나의 스승이었으며, 몇몇 주사위 노름꾼들도 나의 스승이었네. 언젠가 한번은 떠돌아다니는 불제자 한 사람이 나의 스승이 된 적도 있었지. 그는 내가 숲속에서 잠들어 있는 것을 보고는 순례하던 도중에 발걸음을 멈추고 내 곁에 앉아 나를 지켜봐 주었네. 그한테도 나는 배웠으며, 또한 그에게 고마운 마음을 느끼고 있네. 하지만 나는 여기 이 강으로부터, 그리고 내가 뱃사공 일을 하기 전에 이 일을 맡아 하고 있었던 나의 전임자 바주데바한테서 가장 많이 배웠다네. 바주데바라는 이름을 가진 그 사람은 매우 소박한 사람이었지. 그는 사상가는 아니었지만, 고타마에 못지않게 필연의 이치를 깨닫고 있었네. 그는 완성된 자이자 성자였네."

고빈다가 말하였다. "싯다르타, 자네는 아직도 예나 다름없이 농담하는 것을 좋아하는군. 그래. 나는 자네의 말을 믿어. 자네가 결코 한 사람의 스승도 뒤따른 일이 없다는 것을 잘 알아. 하지만 자네 스스로 비록 하나의 교리는 아니라 하더라도 어떤 사상이랄지 어떤 인식을 찾아내었던 것은 아닌가? 그래서 그것들을 자네 자신의 것으로 만들어 자네가 살아가는 데 도움을 받았던 것은 아닌가? 만약 자네가 이런 것들에 대해 약간이라도 말해 준다면 나의 마음이 기쁘기 그지없겠네만."

싯다르타가 말하였다. "나는 사상들을 가졌었지, 그래, 그리고 이따금씩 인식들을 가져 본 적도 있었지. 나는 가끔씩, 한 시간 정도 아니면 하루 정도, 마치 사람들이 가슴속에 생명이 고동치는 것을 느끼듯이, 나의 가슴속에서 지식이 살아 있음을 느끼곤 한 적이 있었네. 그것은 여러 가지 생각들이었지. 그러나 그것들을 자네에게 전달하기란 나로서는 힘든 일일 것 같네. 이보게, 고빈다, 내가 얻은 생각들 중의 하나는 바로, 지혜라는 것은 남에게 전달될 수 없는 것이라는 사실이네. 지혜란 아무리 현인이 전달하더라도 일단 전달되면 언제나 바보 같은 소리로 들리는 법이야."

"자네 농담을 하는 건가?" 고빈다가 물었다.

"농담하고 있는 게 아닐세. 나는 내가 깨달은 사실을 말하고 있는 걸세. 지식은 전달할 수가 있지만, 그러나 지혜는 전달할 수가 없는 법이야. 우리는 지혜를 찾아낼 수 있으며, 지혜를 체험할 수 있으며, 지혜를 지니고 다닐 수도 있으며, 지혜로써 기적을 행할 수도 있지만, 그러나 지혜를 말하고 가르칠 수는 없네. 바로 이러한 사실을 이미 젊은 시절부터 나는 이따금씩 예감했으며, 이 때문에 내가 그 스승들 곁을 떠났던 거야. 나는 한 생각을 얻었지. 고빈다, 내가 그 생각이 무엇인가를 말하면 자네는 그것을 또 농담 또는 어리석은 말이라고 여길 터이지만 그 생각은 나로서는 최고의 생각이네. 내가 깨달은 최고의 생각이란 이런 거야. '모든 진리는 그 반대도 마찬가지로 진리이다!' 좀 더 자세하게 이야기하자면 이렇네. '진리란 오직 일면적일 때에만 말로 나타낼 수 있으며, 말이라는 겉껍질로 덮어씌울 수가 있다.' 생각으로써 생각될 수 있고 말로써 말해질 수 있는 것, 그런 것은 모두 다 일면적이지. 모두 다 일면적이며, 모두 다 반쪽에 불과하며, 모두 다 전체성이나 완전성, 단일성이 결여되어 있지. 그리하여 세존 고타마께서도 이 세상에 대하여 설법을 하실 때에, 이 세상을 윤회와 열반, 미혹과 진리, 번뇌와 해탈로 나누지 않을 수 없었던 거야. 달리 어떤 방법이 없지. 가르치고자 하는 사람에게는 그 방

법 말고는 다른 방법이 없어. 그러나 이 세계 자체, 우리 주위에 있으며 우리 내면에도 현존하는 것 그 자체는 결코 일면적인 것이 아니네. 한 인간이나 한 행위가 전적인 윤회나 전적인 열반인 경우란 결코 없으며, 한 인간이 온통 신성하거나 온통 죄악으로 가득 차 있는 경우란 결코 없네. 그런데도 그렇게 보이는 까닭은 우리가 시간을 실제로 존재하는 것으로 착각하고 있기 때문이네. 시간은 실제로 존재하는 것이 아니네, 고빈다, 나는 이것을 몇 번이나 거듭하여 체험하였네. 그리고 시간이 실제로 존재하지 않는 것이라면, 현세와 영원 사이에, 번뇌와 행복 사이에, 선과 악 사이에 가로놓여 있는 것처럼 보이는 간격이라는 것도 하나의 착각인 셈이지."

"어째서 그렇다는 거지?" 고빈다가 겁먹은 소리로 물었다.

"잘 들어 봐, 이보게, 잘 들어 보라고! 나도 죄인이고 자네도 죄인이야. 그러나 그 죄인이 언젠가는 다시 브라흐마[22)]가 될 것이고, 그 죄인이 언젠가는 열반에 이르게 될 것이고, 부처가 될 거야. 그런데 이걸 알아 두게. 이 '언젠가'라는 것은 착각이고 다만 비유에 불과한 것임을 말이야! 그 죄인은 불성(佛性)으로 나아가는 도중에 있는 것이 아니야. 그 죄인은 어떤 하나의 발전 과정 속에 있는 것이 아니란 말이야. 비록 우리의 사유라는 것이 만사를 그렇게 생각할 수밖에 없고 달리 생각할 능력을 갖추지 못하고 있지만 말이지. 그 죄인의 내면에는 지금 그리고 오늘 이미 미래의 부처가 깃들어 있다, 바로 그런

22) 바라문교의 창조신.

이야기야. 그 죄인의 미래라는 것은 모두 다 이미 존재하고 있는 것이네. 자네는 그 죄인의 내면에 깃들어 있는, 자네의 내면에 깃들어 있는, 아니 모든 중생 개개인의 내면에 깃들어 있는, 바로 그 생성되고 있는 부처를, 바로 그 부처가 될 가능성을 지닌 부처를, 바로 그 숨어 있는 부처를 존중하지 않으면 안 되네. 고빈다, 이 세계는 불완전한 것도 아니며, 완성을 향하여 서서히 나아가는 도중에 있는 것도 아니네. 그럼, 아니고 말고, 이 세계는 매 순간순간 완성된 상태에 있으며, 온갖 죄업은 이미 그 자체 내에 자비(慈悲)를 지니고 있으며, 작은 어린애들은 모두 자기 내면에 이미 백발의 노인을 지니고 있으며, 젖먹이도 모두 자기 내면에 죽음을 지니고 있으며, 죽어가는 사람도 모두 자기 내면에 영원한 생명을 지니고 있지. 아무도 다른 사람에 대하여 그 사람이 스스로의 인생행로에서 얼마만큼 나아간 경지에 있는가를 감히 이러쿵저러쿵 말할 수는 없네. 도둑과 주사위 노름꾼의 내면에 부처가 깃들어 있고, 바라문의 내면에 도둑이 도사리고 있으니 말이야. 깊은 명상에 잠긴 상태에서는 시간을 지양할 수가 있으며, 과거에 존재하였던, 현재 존재하고 있는, 그리고 미래에 존재할 모든 생명을 동시적인 것으로 볼 수가 있어. 그러면 모든 것이 선하고, 모든 것이 완전하고, 모든 것이 바라문이야. 따라서 나에게는 존재하고 있는 것은 선하게 보이며, 나에게는 죽음이나 삶이 다 같게 보이며, 죄악이나 신성함이 똑같이, 지혜로움이나 어리석음이 똑같이 보여. 세상만사의 이치가 틀림없이 그러하며, 세상만사는 오로지 나의 동의, 오로지 나의 흔쾌한 응낙,

그리고 나의 선선한 양해만을 필요로 할 뿐이네. 이것은 나에게는 좋은 일이지. 나를 후원해 줄 뿐, 나에게 결코 해를 입힐 수는 없으니 말이야. 나는 나 자신의 육신의 경험과 나 자신의 영혼의 경험을 통하여 이 세상을 혐오하는 일을 그만두는 법을 배우기 위하여, 이 세상을 사랑하는 법을 배우기 위하여, 이 세상을 이제 더 이상 내가 소망하는 그 어떤 세상, 내가 상상하고 있는 그 어떤 세상, 내가 머릿속으로 생각해 낸 일종의 완벽한 상태와 비교하는 것이 아니라, 이 세상을 있는 그대로 놔둔 채 그 세상 자체를 사랑하기 위하여 그리고 기꺼이 그 세상의 일원이 되기 위하여, 내가 죄악을 매우 필요로 하였다는 것을, 내가 관능적 쾌락, 재물에 대한 욕심, 허영심을 필요로 하였다는 것을 그리고 가장 수치스러운 절망 상태도 필요로 하였다는 것을 알게 되었네. 고빈다, 이것은 나의 마음속에 떠올랐던 생각들 가운데 몇 가지를 이야기한 거야."

싯다르타는 몸을 굽혀 땅바닥에서 돌멩이 한 개를 집어 들더니 손 안에 넣고 이리저리 흔들었다.

"여기 있는 이것은," 하고 그는 돌멩이를 만지작거리면서 말하였다. "한 개의 돌멩이네. 이 돌멩이는 일정한 시간이 지나면 아마도 흙이 될 것이며, 그 흙에서는 식물, 아니면 짐승이나 사람이 생겨나게 될 거야. 예전 같았으면 이럴 때 나는 다음과 같이 말했겠지. '이 돌멩이는 단지 한 개의 돌멩이일 뿐 아무런 가치가 없는 것이며, 그것은 마야의 세계에 속하는 것이다. 그러나 그것은 어쩌면 순환적인 변화를 거치는 가운데 인간이 될 수도 있고 정신이 될 수도 있을 것이다. 이런 연유로 나는 그것에도 가치를 부여해 주는 바이다.' 예전 같았으면 나는 아마도 그렇게 생각하였을 거야. 그러나 지금은 이렇게 생각하고 있어. '이 돌멩이는 돌멩이다. 그것은 또한 짐승이기도 하며, 그것은 또한 신이기도 하며, 그것은 또한 부처이기도 하다. 내가 그것을 존중하고 사랑하는 까닭은 그것이 장차 언젠가는 이런 것 또는 저런 것이 될 수도 있기 때문이 아니라, 그것이 이미 오래전부터 그리고 항상 모든 것이기 때문이다.' 그리고 바로 다음과 같은 사실, 그러니까 그것이 돌멩이라는 사실, 그것이 지금 그리고 오늘 나에게 돌멩이로 보인다는 사실, 바로 그러한 사실 때문에 나는 그것을 사랑하는 것이며, 돌멩이에 나 있는 갖가지 줄무늬와 움푹 패어 있는 구멍 하나하나, 노란색이나 회색을 띠고 있는 돌멩이의 빛깔, 돌멩이의 단단한 정도, 두드릴 때 돌멩이가 내는 소리, 말라 있거나 물기가 있는 돌멩이의 표면, 그런 것에서 나는 돌멩이의 가치와 의의를 발견하게 돼. 돌멩이를 만져 보면 그중에는 촉감이 기름이나 비누처럼 미끌미끌한 것도 있고, 나뭇잎 같은 것도 있고, 모래 같은 것도 있지. 모든 돌멩이는 하나하나가 제각기 독특한 것이며, 제각기 나름대로의 방식대로 옴을 읊조리고 있으니, 모든 돌멩이 하나하나가 바라문인 셈이지. 그렇지만 이와 동시에 꼭 마찬가지로 그 돌멩이는 돌멩이이기도 하며, 기름 같은 느낌을 주거나 비누 같은 느낌을 주기도 하지. 그리고 바로 이 점이 내 마음에 들어. 바로 이 점이 나에게는 경이롭고 숭배할 만한 가치가 있는 것처럼 여겨져. 하지만 이제 더 이상 내가 이 문제에 대해서 말하는 일이 없었으면 해. 말이란 신비로운 참뜻을 훼손해 버리는 법일세. 무슨 일이든 일단 말로 표현하게 되면 그 즉시 본래의 참뜻이 언제나 약간 달라져 버리게 되고, 약간 불순물이 섞여 변조되어 버리고, 약간 어리석게 되어 버린다는 이야기야. 그래. 그렇지만 이것도 매우 좋은 일이며 그리고 내 마음에도 아주 쏙 드는 일이야. 어느 한 사람에게는 소중한 보배이자 지혜처럼 여겨지는 것이 어떤 다른 사람에게는 항상 바보 같은 소리로 들린다는 사실에 대해서도 나는 동의하고 있어."

아무 말 없이 고빈다는 귀를 기울여 들었다.

"무슨 이유로 자네는 나에게 그 돌멩이 이야기를 하였나?" 그는 잠시 후에 머뭇거리며 말하였다.

"별다른 의도 없이 그냥 무심코 한 이야기였네. 그게 아니면 혹시, 나는 바로, 그 돌멩이를, 그 강을, 그리고 더 나아가, 우리가 관찰함으로써 배움을 얻을 수 있는 이 모든 사물들을 사랑하고 있다는 의미로 그 이야기를 하였었는지도 모르겠어. 한 개의 돌멩이를 나는 사랑할 수 있어, 고빈다, 그리고 나무 한 그루 또는 나무껍질 한 개도 사랑할 수 있고. 그것들은 사물이며, 그리고 우리는 사물을 사랑할 수가 있지. 그렇지만 나는 말은 사랑할 수가 없지. 그 때문에 나에게는 가르침이라는 것이 아무 쓸모가 없는 거야. 가르침은 아무런 단단함도, 아무런 부드러움도, 아무런 색깔도, 아무런 가장자리도, 아무런 냄새도, 아무런 맛도 갖고 있지 않아. 그 가르침이라는 것은 말 이외에는 다른 아무것도 갖고 있지 않다는 이야기지. 자네가 마음의 평화를 얻지 못하도록 방해하고 있는 것은 아마도 바로 이 가르침이라는 것, 바로 그 무수한 말들이 아닐까 싶어. 그 까닭은 말이지, 해탈과 미덕이라는 것도, 윤회와 열반이라는 것도 순전한 말에 지나지 않기 때문이야, 고빈다. 우리가 열반이라고 부르는 것, 그런 것은 존재하지 않아. 다만 열반이라는 단어만이 존재할 뿐이지."

고빈다가 말하였다. "이보게 친구, 열반이라는 것은 단지 하나의 말에 불과한 것이 아닐세. 그것은 하나의 사상이야."

싯다르타가 계속 말을 이어 갔다. "하나의 사상이라, 어쩌면 그럴지도 모르지. 친애하는 벗이여, 자네에게 나의 입장을 털어놓지 않을 수가 없군 그래. 나는 사상과 말을 별로 구별하지 않는 입장이야. 솔직히 말하자면, 나는 사상이라는 것도 별로 중요하다고 생각하지 않아. 나는 사물들을 더 중요하게 여기고 있어. 예를 들어 보자면, 여기 이 나룻배에 있던 한 사람, 한 성스러운 사람이 나의 전임자이자 스승이었는데, 그 사람은 오랜 세월 동안 단순히 그저 강만을 믿을 뿐 그 밖의 다른 것은 아무것도 믿지 않고 살아왔어. 그는 그 강물의 소리가 자기에게 무슨 이야기를 하고 있다는 것을 알아챘으며, 그 강물 소리로부터 배움을 얻게 되었지. 강물 소리가 그를 교육하고 그를 가르쳐 주었던 거야. 강은 그에게 하나의 신처럼 여겨졌지. 오랜 세월 동안 그는, 바람 한 점 없이, 구름 한 점 없이, 새 한 마리 한 마리가, 딱정벌레 한 마리 한 마리가 제각기 자기가 숭배하는 그 강물과 꼭 마찬가지로 신성할 뿐만 아니라 그 강물과 똑같은 정도로 많은 것을 알고 있으며 많은 것을 가르쳐 줄 수 있다는 사실을 모르고 지냈었지. 하지만 그

성자는 숲속으로 들어갈 때 모든 것을 알게 되었어. 그는 스승도 없고 책도 없이 자네나 나보다 더 많은 것을 알게 되었던 거야. 그 이유는 오직 한 가지, 그가 강을 믿었기 때문이지."

고빈다가 말하였다. "하지만 자네가 '사물'이라고 부르는 것이 과연 실제로 존재하는 어떤 현실적인 것, 어떤 본질적인 것일까? 그것은 단지 마야의 미혹에 불과한 것이 아닐까, 단지 심상이나 가상에 불과한 것이 아닐까? 자네가 이야기하는 돌멩이, 자네가 이야기하는 나무, 자네가 이야기하는 강, 그런 것들이 도대체 실제로 존재하는 현실일까?"

"그것 역시." 하고 싯다르타가 말하였다. "나에게는 별로 중요한 문제가 아니네. 그 사물들이 가상이든 아니든 그것은 별 문제가 안 돼. 만약 그 사물들이 가상이라면, 그렇다면 나 역시 사실 가상적 존재인 셈이지. 그리고 만약 그렇다면 그 사물들은 언제나 변함없이 나와 똑같은 종류인 셈이지. 그 사물들이 나와 동류의 존재라는 사실, 바로 이러한 사실 때문에 나는 그 사물들을 그토록 사랑스럽게 여기는 것이고 그토록 숭배할 만한 가치가 있는 것으로 여기는 거야. 그 사물들이 나와 동류라는 사실 때문에 나는 그것들을 사랑할 수 있어. 자네가 들으면 그런 가르침도 다 있느냐며 비웃을 터이지만 이것도 아무튼 하나의 가르침이야. 사랑이라는 것 말일세, 고빈다, 그 사랑이라는 것이 나에게는 무엇보다도 중요한 것으로 여겨져. 이 세상을 속속들이 들여다보는 일, 이 세상을 설명하는 일, 이 세상을 경멸하는 일은 아마도 위대한 사상가가 할 일이겠지. 그러나 나에게는, 이 세상을 사랑할 수 있는 것,

이 세상을 업신여기지 않는 것, 이 세상과 나를 미워하지 않는 것, 이 세상과 나와 모든 존재를 사랑과 경탄하는 마음과 외경심을 가지고 바라볼 수 있는 것, 오직 이것만이 중요할 뿐이야."

"무슨 말인지 알겠어." 고빈다가 말하였다. "그러나 바로 그것을 그분 세존께서는 미망(迷妄)으로 인식하셨지. 그분께서 우리에게 지니라고 명하고 계시는 것은 호의와 관대한 용서, 자비심과 인내심이지, 사랑은 아냐. 그분은 우리에게, 우리의 마음이 세속적인 것에 대한 사랑에 얽매이는 것을 금하셨어."

"나도 알고 있어." 싯다르타가 말하였다. 그의 미소가 황금빛으로 환하게 빛나고 있었다. "나도 알고 있어, 고빈다. 그런데 이것 봐, 우리들은 온갖 의견들이 무성한 숲을 이루고 있는 한가운데에서 이런저런 말 때문에 서로 다투고 있어. 우리가 이렇게 말다툼을 하는 이유는, 내가 사랑에 관하여 한 말들이 고타마가 하신 말씀들과 모순이 된다는 것을, 아무튼 겉으로 보기에는 모순이 된다는 것을 내가 부인할 수는 없기 때문이지. 바로 이러한 이유 때문에 나는 말들을 그토록 불신하는 거야. 왜냐하면 말이야, 나의 말과 고타마의 말씀이 실제로 모순이 되는 것이 아니라 착각 때문에 모순되는 것처럼 보일 뿐이라는 것을 내가 알고 있기 때문이야. 나는 내가 고타마와 의견이 같다는 것을 알고 있어. 그분이 어떻게 사랑을 모르실 수 있겠는가. 무릇 인간 존재라는 것이 덧없고 허무하다는 것을 인식하셨으며, 그럼에도 불구하고 인간 중생을 그토록 사랑하셔서, 온통 노고로 가득 찬 길고도 긴 한평생 동안 오로지 인간 중생을 도와주고 가르치는 데 온 힘을 다 쏟으셨던 그분이 아닌가! 그분, 즉 자네의 그 위대한 스승의 경우에 비추어 보더라도 나에게는 말보다는 사물이 더 마음에 들며, 그분의 행위와 삶이 그분의 말씀보다 더 중요하며, 그분의 손짓이 그분의 사상들보다 더 중요해. 나는 그분의 위대성이 그분의 말씀, 그분의 사상에 있는 것이 아니라 그분의 행위, 그분의 삶에 있다고 생각해."

오랫동안 두 늙은이는 아무 말이 없었다. 그러다가 마침내 고빈다가 작별 인사를 하면서 이렇게 말하였다. "싯다르타, 나에게 자네 사상의 일부를 말해 주어 고마워. 부분적으로 특이한 사상들이어서, 그 사상들 모두를 즉각적으로 이해할 수는 없었어. 그건 그렇다 치고 아무튼 자네에게 감사해. 그리고 내내 자네가 평안한 나날을 보내길 바라."

(그러나 그는 마음속으로는 은밀히 이렇게 생각하고 있었다. '이 싯다르타라는 친구는 참 별난 괴짜야, 그는 기괴한 사상들을 드러내 말하고 있으며, 그의 가르침은 바보스럽게 들린단 말이야. 세존의 순수한 가르침은 이와는 달리 더 선명하고, 더 명확하고, 더 알아듣기 쉽게 들렸으며, 그 가르침 속에는 기괴한 점이나, 바보스러운 점이나 또는 우스꽝스러운 점이라고는 전혀 들어 있지 않았는데 말이야. 그러나 싯다르타의 손과 발, 그의 두 눈, 그의 이마, 그의 숨결, 그의 미소, 그의 인사, 그의 걸음걸이는 그의 사상과는 아주 딴판으로 보이는군. 우리의 거룩하신 세존 고타마께서 열반에 드신 이래로 결코 한 번도, 그 이후로는 결코 한 번도 나는 어떤 사람을 보고 이 사람이야말로 성인이다 하는 그런 느낌을 받은 적이 없었다. 오직 이 싯

다르타라는 친구만이 내게 그런 느낌을 주는 유일한 사람이야. 비록 그의 가르침이 기괴하기는 하지만, 비록 그가 하는 말들이 바보스럽게 들리기는 하지만, 그의 눈빛과 그의 손, 그의 살갗과 그의 머리카락, 그의 몸의 모든 부분부분이 순결함의 빛을 내뿜고 있으며, 고요함의 빛을 내뿜고 있으며, 명랑함의 빛과 온유함의 빛과 성스러움의 빛을 내뿜고 있다. 우리의 거룩하신 스승께서 입멸하신 이래로 어느 누구에게서도 나는 이와 같은 모습을 보지 못하였다.')

고빈다는 이렇게 생각하고 있었다. 그리고 그의 마음속에서 모순되는 두 개의 생각이 서로 싸우고 있었다. 그런 상태에서 그는 사랑에 이끌려 다시 한번 싯다르타에게 몸을 숙여 절을 올렸다. 고요하게 앉아 있는 싯다르타에게 그는 큰절을 올렸던 것이다.

"싯다르타." 그는 말했다. "우리는 늙은이가 되었어. 자네나 나나 이런 모습으로 서로 다시 보기는 어려울 테지. 사랑하는 벗이여, 자네 모습을 보니 자네는 이미 평화를 얻었음을 알겠어. 고백하건대 나는 아직 그것을 얻지 못했어. 존경하는 벗이여, 나에게 한 마디만 더 들려주게나, 내가 파악할 수 있는 어떤 말, 내가 이해할 수 있는 말을 나에게 좀 해 주게나! 내가 가는 길에 적선하는 말을 좀 해 주게나. 내가 가는 길은 자주 힘이 들고, 자주 암담해, 싯다르타."

싯다르타는 아무 말도 하지 않았으며, 언제나 변함없이 똑같은 그 잔잔한 미소를 띤 채 그를 바라보았다. 고빈다는 불안한 마음으로, 동경하는 마음으로 싯다르타의 얼굴을 응시하였다. 고빈다의 시선에는 고뇌와 영원한 구도의 빛이, 영원히 찾을 수 없는 길에 대한 갈망의 빛이 완연히 어려 있었다.

싯다르타는 그것을 보고는 미소를 지었다.

"자네 나한테 몸을 좀 숙여 보게나!" 그는 고빈다의 귀에다 대고 나지막하게 속삭였다. "이쪽으로 나한테 몸을 좀 숙여 보라니까! 그래, 더 가까이 오게! 바짝 와 보라니까! 고빈다, 나의 이마에 입을 맞춰 봐!"

고빈다는 괴이하기 짝이 없는 일이라고 생각하면서도, 어떤 위대한 사랑과 예감에 이끌려 그가 시키는 대로 했다. 그러니까 그에게 몸을 바짝 숙인 채 그의 이마에 입술을 갖다 대었던 것이다. 그러자 고빈다에게 불가사의한 일이 일어났다. 고빈다는 여전히 조금 전에 싯다르타가 한 이상한 말에 대한 생각에 매달리고 있었으며, 고빈다는 여전히 헛되이 그리고 저항감을 지닌 채 시간의 관념을 지양해 보려고, 열반과 윤회를 하나로서 생각해 보려고 안간힘을 쓰고 있었다. 그리고 그의 내면에서는 심지어 친구 싯다르타가 한 말에 대한 어떤 경멸감이 그 친구에 대한 엄청난 사랑, 그 친구에 대한 외경심과 다투고 있었다. 이러한 상태에서 다음과 같은 불가사의한 일이 일어났다.

그의 눈에는 친구 싯다르타의 얼굴이 이제 더 이상 보이지 않았으며, 그 대신에 다른 얼굴들이 보였다. 수많은 얼굴들이 기다랗게 한 줄로 서서 나타났는데, 수백 개의 얼굴들이, 수천 개의 얼굴들이 유유히 흐르는 강물처럼 왔다가는 다시 흘러가 버렸다. 그렇지만 그 모든 얼굴들이 동시에 거기에 존재하고 있는 것 같았다. 모든 얼굴들은 끊임없이 모습을 바꾸어 새로운 모습의 얼굴로 변하였다. 그렇지만 그 얼굴들은 모두가 싯다르타의 얼굴이었다. 한 마리 물고기의 얼굴이, 무한한 고통을 못 이겨 입을 딱 벌리고 있는 한 마리 잉어의 얼굴이, 흐려진 눈빛을 하고서 죽어 가고 있는 한 마리 물고기의 얼굴이 보였다. 갓 태어난 어린아이의 얼굴도 보였는데, 온통 주름살로 가득한 빨간 핏덩이 모습으로, 당장이라도 울음을 터뜨리려는 듯 얼굴을 찡그리고 있었다. 한 살인자의 얼굴도 보였는데, 그 살인자가 어떤 사람의 몸에 칼을 찌르고 있는 모습이 보였다. 바로 똑같은 순간에 그 범죄자가 꽁꽁 묶인 채 무릎을 꿇고 있는 모습, 그리고 그의 머리가 망나니가 내리치는 칼에 댕강 잘려 나가는 모습도 보였다. 벌거벗은 채 온갖 체위로 격렬한 사랑의 싸움을 벌이는 남녀들의 몸뚱이도 보였다. 사지를 쭉 뻗은 채, 조용히, 차디차게, 공허하게 누워 있는 시체들의 모습도 보였다. 산돼지들의 머리, 악어들의 머리, 코끼리들의 머리, 황소들의 머리, 새들의 머리 등 온갖 짐승들의 머리도 보였다. 신들의 모습도 보였는데, 크리슈나[23]의 모습도 보였고 아그니[24]의 모습도 보였다. 그는 이 모든 형상들과 얼굴들이 각각 서로서로 도우면서, 서로서로 사랑하면서, 서로서로 미워하면서, 서로서로 파멸시키면서, 서로서로 새로운 생명

23) 힌두교 신화에 나오는 영웅신으로 악왕(惡王)을 죽이고 많은 악귀들을 퇴치 정복하여 세상을 구하기 위한 여러 가지 위업을 쌓았으며 나중에 비슈누신의 제8의 화신이 되었다.
24) 인도의 베다 신화에 나오는 불의 신으로, 암흑을 물리치고 부정(不淨)을 태워 없애며, 제물을 제단에서 하늘로 나르는 일을 한다.

체를 잉태시키면서 서로간에 수천 가지의 관계를 맺고 있는 것을 보았다. 그 형상들과 얼굴들 하나하나가 모두 다 일종의 죽음에의 의지였으며, 덧없음에 대한 심히 고통스러운 고백이었다. 그렇지만 그 어느 것도 죽은 것은 아니었다. 그것들 모두는 단지 모습을 바꾸고 있었을 뿐이며, 끊임없이 새롭게 태어났으며, 그때마다 끊임없이 새로운 모습의 얼굴을 하고 있었다. 그렇지만 하나의 얼굴과 다른 얼굴 사이에는 시간이라는 것이 가로놓여 있지 않은 것 같았다. 이 모든 형상들과 얼굴들은 멈추어 서기도 하고, 흘러가기도 하고, 새로 만들어지기도 하고, 떠내려가기도 하다가 마침내 서로 뒤섞여 하나가 되어 도도히 흘러가고 있었다. 그리고 이 모든 것 위에는 언제나 변함없이 어떤 무언가가, 실체는 없지만 그래도 존재하는 어떤 얇은 것이 마치 한 장의 얇은 유리나 한 겹의 살얼음처럼, 마치 속이 훤히 들여다보이는 투명한 살갗처럼, 마치 물로 된 껍질이나 물로 된 틀, 또는 물로 된 가면처럼 씌워져 있었다. 그리고 이 가면은 미소를 짓고 있었는데, 이 가면은 바로 싯다르타의 미소 짓는 얼굴이었다. 고빈다 자기와 바로 똑같은 순간에 입술을 갖다 대고 있던 그 싯다르타의 얼굴이었던 것이다. 그러자 고빈다는, 가면의 이러한 미소, 흘러가는 그 온갖 형상들을 내려다보며 던지는 이 단일성의 미소, 수천의 태어남과 죽음을 내려다보며 던지는 이 동시성의 미소, 싯다르타의 이 미소야말로 자신이 수백 번이나 외경심을 품고 우러러보았던 바로 그 부처 고타마의 미소와 하나도 다르지 않고 영락없이 똑같은 미소라는 것을 알게 되었다. 싯다르타의 미소는 부처 고타마의 미소, 그러니까 그 한결같은, 잔잔한, 우아한, 측량할 길 없이 불가사의한, 어쩌면 자비로운 듯하기도 하고, 어쩌면 조소하는 듯하기도 한, 현명한, 그 속뜻을 가늠하기 힘든 신비한 미소와 완전히 똑같은 것이었다. 고빈다는 완성을 이룬 자들은 이렇게 미소 짓는다는 것을 알게 되었다.

시간이라는 것이 존재하는지 그렇지 않은지조차, 이러한 직관(直觀)을 하는 데 걸린 시간이 일 초인지 백 년인지조차 이제 더 이상 알지 못한 채, 싯다르타라는 어떤 한 인간, 고타마라는 어떤 한 인간, 나와 너라는 존재가 있는지 없는지조차 이제 더 이상 알지 못한 채, 마음속 가장 내밀한 곳이 어떤 신성한 화살에 맞아 상처를 입었는데 그 상처 부위가 달콤한 맛을 내기라도 하는 것처럼, 마음속 가장 내밀한 곳이 마술에 걸려 녹아 없어져 버리기라도 한 것처럼, 고빈다는 그 후에도 여전히 한참 동안 자기가 방금 전에 막 입을 맞추었고 방금 전까지만 해도 모든 형상들과 모든 생성과 모든 존재의 무대였었던 바로 그 싯다르타의 고요한 얼굴 위에 몸을 굽힌 채 그대로 서 있었다. 싯다르타의 얼굴은 그 표면의 아래쪽 저 깊은 곳에 있는 수천 겹의 신비로운 문이 다시 닫혀 버리고 난 다음에도 하나도 달라진 것이 없었다. 그는 잔잔하게 미소 짓고 있었으며, 그윽하고 부드러운, 어쩌면 매우 자비로운 듯하기도 하고, 어쩌면 조소하는 듯하기도 한 미소를 머금고 있었다. 이것은 세존 고타마가 미소를 지었던 모습과 아주 똑같은 모습이었다.

고빈다는 허리를 굽혀 큰절을 올렸다. 영문을 알 수 없는 눈물이 그의 늙은 뺨을 타고 흘러내렸으며, 그의 가슴속에서는 진정에서 우러나온 가장 열렬한 사랑의 감정, 가장 겸허한 존경의 감정이 마치 불꽃처럼 활활 타올랐다. 싯다르타의 미소는 그에게 자신이 이제까지 살아오는 동안 사랑했었던 그 모든 것, 자신이 이제까지 살아오는 동안 가치 있고 신성하게 여겼던 그 모든 것을 떠오르게 해 주었다. 그는 꼼짝 않고 앉아 있는 싯다르타에게 머리가 땅에 닿을 정도로 허리를 굽혀 절을 올렸다.

작품 해설

이 세상 모든 존재와 자기 자신을 향한 외경심으로부터

헤르만 헤세(Hermann Hesse)의 대부분의 작품들은 한 개인의 영적인 성장 과정을 묘사하는 전통적인 교양 소설의 범주에 속한다. 그렇지만 교양 소설의 경우 주인공이 자신이 속한 사회 또는 전체에 유용한 인물로 성장하여 그 사회의 일원이 되는 반면, 헤세의 주인공들은 자신이 속한 사회가 아닌, 먼 미래의 이상향이나 문화 이전의 원시적 본향을 향하여 자신을 성장시켜 나간다. 스스로를 '시인이요 탐색자이며 고백자'라고 불렀던 작가 헤세의 작품들은 무엇보다도 한 인간의 자기 실현 과정을 그린 '영혼의 전기'라고 할 수 있다.

헤세가 작가로서 어느 정도 명성을 얻게 된 것은 1904년에 출간된 교양 소설 『페터 카멘친트(Peter Camenzind)』를 통해서이다. 이 소설의 주인공은 페터라는 천진난만한 소년이

다. 그는 외딴 마을에서 산과 호수, 바람과 별들과 구름에 몰두한 채 자라난다. 그는 자신이 자연과 하나라고 느낀다. 그는 인간의 소리보다도 '신의 언어'인 자연의 소리를 훨씬 더 잘 듣고 훨씬 더 잘 이해한다. 그러나 현실 세계로부터는 소외되었다는 느낌을 지닌 채 세상을 방황한다. 결국 페터는 고향으로 돌아와 소박한 민중들 틈에서 위대한 어머니 자연과 다시금 하나가 되는 것을 느끼고, 자연에 귀 기울이면서 단일성의 천국을 발견하게 된다. 이 소설의 성공으로 헤세는 경제적인 안정을 얻으면서 자유 작가로 살아갈 수 있었으며, 조용한 시골에서 자연을 벗 삼아 낭만적인 창작 기간을 보낸다.

제1차 세계 대전은 헤세의 세계 인식과 작품 세계에 변화를 가져오는 계기가 된다. 전쟁 동안 헤세는 인간으로서뿐만 아니라 예술가로서도 외적, 내적인 존재의 위기에 빠져들었다. 그러나 그러한 위기는 동시에 헤세의 주요 창작 시기를 열어 주는 계기가 되었다. 이제까지는 작가 헤세의 사유와 감정이 평화로운 고향 세계에 지나치게 매여 있어서 깊은 불안에 빠진 시대를 뚜렷이 묘사할 수 없었는데, 이제는 현대의 모든 문제들이 확연히 드러남으로써 헤세로 하여금 새로운 방향을 잡도록 강요한다.

에밀 싱클레어라는 가명으로 출판한 『데미안. 에밀 싱클레어의 청소년 시절 이야기(Demian. Die Geschichte einer Jugend von Emil Sinclair)』(1919년)에서 헤세는 이전의 낭만적인 작풍을 지양하고 정신 분석 심리학의 주요 사상과 인식을 받아들이고 있다. 『데미안』은 불안에 사로잡혀 있고 혼란된 정신의 소유자인 십 대 소년의 이야기이다. 소설의 본래적인 사건이 일어나는 곳은 영혼의 영역으로, 그 속에서 모든 체험이 심화되어 의미심장하게 재현된다. 주인공 싱클레어는 열 살 때에 이미 인간 생활의 이중성을 예감한다. 하나는 도덕적이고 사랑으로 가득 찬 밝은 세계이고, 다른 하나는 타락과 죄악으로 유혹하는 어두운 뒷골목 세계이다. 이러한 이중생활의 고통으로부터 싱클레어를 구해주는 존재가 바로 데미안이다. 데미안은 싱클레어에게, 세계란 선과 악이 함께할 때에야 비로소 하나가 되며, 인생의 양면성을 단일성으로 포용하고 두 세계 모두를 신성하게 여기라고 가르친다. 이를 상징하는 새로운 신 아브락사스는 모든 양극성을 한몸에 지닌 채 세계의 대립적 다양성을 포괄하여 하나로 합일시키는 존재이다. 아브락사스를 존경하는 자는 이제 자신의 새로운 계명에 순종하게 됨으로써, 옛 기독교적 계명이 극도의 개성적인 윤리 뒤로 물러나게 된다. 이 개성적 윤리의 핵심을 이루는 것은 자기 자신을 찾아 완전히 실현시킬 의무이다. '각자의 진정한 사명은 오로지 자기 자신에 도달하는 일뿐이었다. 그 과정에서 시인, 미친 사람, 또는 범죄자로 끝날지라도 그것은 하등 문제될 것이 없다.' 자기 실현을 위하여 자기 자신에로의 내면의 길을 걷는 것, 바로 이것이 전쟁으로 야기된 혼란과 가치 전도에 대한 헤세의 대답이다. 그렇지만 사회적, 정치적 현실에 대한 책임은 거부되고 있다. '미래를 어떻게 만들어 나가야 하는가 하는 문제는 우리 낙인찍힌 자들이 할 일이 아니었던 것이다.' 당시의 젊은 전쟁 세대는 이 작품에 많은 공감을 보냈다. 『데미안』에 그들 자신의 정신적 곤경이 숨김없이 솔직하고 강렬하게 표현되어 있었을 뿐만 아니라, 기독교와 시민적 도덕이라는 전통적 도그마에서 해방되어 신과 인간의 새로운 상(像)에 도달하려는 싱클레어의 통찰이 그들 자신의 변화된 생활 감정과 일치하였기 때문이다.

1921년부터 약 일 년 반 동안 헤세는 거의 창작 활동이 불가능할 정도의 우울증에 빠졌으나 정신분석 치료를 받은 후 1922년 일종의 종교적 성장소설 『싯다르타. 한 인도의 시(Siddhartha. Eine indische Dichtung)』를 발표한다. 사실 헤세가 이 작품을 쓰기 시작한 것은 1919년부터이다. 그러나 주인공 싯다르타가 끊임없이 고뇌하고 투쟁하는 금욕주의자로서 나타나는 부분, 즉 싯다르타의 사문 생활까지 쓰고 난 다음, 헤세는 스스로의 체험 없이 『싯다르타』를 계속 집필하는 것은 무의미하다고 느끼고, 일 년 반의 자기 체험 기간을 거친 후에야 승리자이자 긍정하는 자로서의 싯다르타의 세속 생활을 다시 쓰기 시작하여 1922년에 출간하였다.

유복한 바라문 가정에서 태어난 주인공 싯다르타는 모든 사람으로부터 사랑을 받는 존재이다. 그는 다른 모든 사람들에게는 기쁨을 주는 즐거움의 원천이지만 자기 스스로에게는 기쁨을 주지 못한 채 내면에 불만의 싹을 키우기 시작한다. 그는 부모의 사랑이나 '자신의 그림자' 같은 죽마고우인 고빈다의 사랑도 영원토록 자신을 행복하게 해 주지 못하리라는 것을 느낀다. 그는 바라문들의 최고의 지혜와 풍부한 지식을 접하고도 결코 만족을 얻지 못한다. 그는 자기 존재의 내면 속에 삼라만상과 하나이자 불멸의 존재인 아트만이 있음을 어렴풋이 깨닫는다. 싯다르타 앞에는 오직 한 가지 목표만이 있다. 그것은 모든 것을 비우는 일, 갈증과 소망과 기쁨과 번뇌로부터 벗어나 자기를 비우는 일이다. 자아로부터 벗어나 이제 더 이상 나 자신이 아닌 상태로 되는 것, 마음을 텅 비운 상태에서 평정함을 얻는 것, 자기를 초탈하는 경지의 사색을 하는 가운데 경이로움에 마음을 열어 놓는 것, 이것이 그의 목표이다.

이러한 목표를 이루기 위하여 그는 친구 고빈다와 함께 집을 떠나 사문 생활을 시작한다. 사문 생활을 하면서 싯다르타는 자아로부터 벗어나는 법을 배운다. 그는 명상을 하고 고통과 굶주림과 갈증과 피로와 권태를 극복함으로써 자기 초탈의 길을 간다. 그러나 그러한 길들은 비록 자아로부터 멀리 떨어진 곳으로 통하기는 하지만 그 끝은 언제나 자아로 되돌아오는 그런 길들이다. 그는 자아와 시간의 속박으로부터 도무지 빠져나올 수가 없다. 명상이나 단식 수행이라는 것도 자아 상태의 고통으로부터 잠시 동안 빠져나오는 것, 인생의 고통과 무의미함을 잠시 동안 마비시키는 것에 불과하며, 자아로부터의 구제인 열반의 경지에는 이르지 못한다. 사문 생활을 하던 중에 그는, 세상의 번뇌를 극복하고 윤회의 수레바퀴를 정지시킨 부처 고타마에 관한 소문을 듣게 된다. 그는 고빈다와 함께 사문 생활을 청산하고 길을 떠나 마침내 고타마를 만나게 되고 그의 설법을 듣게 된다. 그는 온몸에서 평온함과 완전함이 풍겨 나오는 고타마가 완성자임을 감지하며, 세상의 이치를 인과응보의 관계로 설명하는 고타마의 가르침에서 세상의 영원한 순환 작용을 깨닫는다. 하지만 싯다르타는 아무리 각성자라 할지라도 깨달음의 순간에 체험한 것을 말이나 가르침을 통하여 전달할 수는 없다는 사실, 즉 삶과 인식 사이에 가로놓여 있는 균열을 인지한다. 열반은 '이성적으로 파악되는 것이 아니라 한순간의 심오한 통찰 속에서 체험될 수 있는 것'임을 깨달은 싯다르타는 편력의 길을 계속한다.

이제 싯다르타는 인생이라는 학교를 거친다. 그는 세속 생활을 하면서 기생 카말라에게서 사랑의 기술을 배우기도 하고, 끊임없이 생의 유희에 몸을 바치는 어린애 같은 인간들에게서 재산도 얻고 권력도 얻는다. 그러나 그는 곧 자기가 태어남과 죽음과 다시 태어남이 반복되는 영원한 윤회의 수레바퀴 속에 빠져 들어가 있음을 깨닫는다. 그는 어린애 같은 인간들에게서 그의 생이 하나의 극복된 성장 단계임을 의식하게 된다. 그래서 그는 새로이 각성을 경험하며, 이 각성이 그로 하여금 뱃사공 바주데바의 조수가 되도록 한다. 싯다르타는 강을 통하여 참선을 하고 세상의 이치를 깨닫는다. 물은 서로 상이한 형상으로 나타나지만 어디에서나 동일한 것이다. 생의 흐름에 대한 비유로서의 강에 대한 이러한 깨달음, 이것은 시간의 극복을 의미하는 참선의 경지로 정신 수련의 최고 단계이다. 소년 싯다르타, 장년 싯다르타, 노년 싯다르타는 그림자를 통해 분리되는 것일 뿐, 실제에 있어서는 언제나 동일한 것이다. 끊임없는 변화와 생성의 개념은 시간의 개념이 지양됨과 더불어 지양된다. 싯다르타가 참선을 통하여 없애고자 하였던 자아라는 존재는 실제의 삶을 통하여 없어져야 하였던 것이다. 세속 생활은 싯다르타에게, 자아를 버리고 범아 일여의 통찰에 이르는 준비 과정을 위한 일종의 정화 작용을 의미한다. 결국 영원한 존재자이자 영원한 생성자인 강에 대한 명상에서 그의 오랜 탐색의 목표이자 참다운 지혜에 대한 통찰이 마음속에서 원숙하기에 이르러 그는 세계의 단일성을 느끼게 된다. 헤세가 부처 석가모니의 전설에서 그의 이름 싯다르타와 줄거리의 세세한 부분, 그리고 해탈 과정을 그대로 재현하면서도 싯다르타의 세속 생활을 삽입하는 것은 관조적인 삶(vita contemplativa)과 실제적 삶(vita activa)을 대비시키면서 인간 존재에 놓인 양극성, 즉 사유와 감각, 정신과 욕망의 배후에서 탐구되는 단일성이 어느 한쪽에 편중되지 않도록 하기 위해서이다. 육체적, 정신적, 영적인 모든 면에서 자기 인식을 위한 명상의 수련은 진리의 심연에 돌입하기 위하여 우선은 세상과의 인연을 끊게 하는 것을 목표로 한다. 그러나 참선의 경지에서 수련을 닦는 자기 내부와 마찬가지로 외부도 인정하며 가시적이고 물질적인 현실 속에서도 신을 인식한다. 외부의 현상계가 내면의 세계와 모순되지 않고 내부와 외부가 신비적으로 합일된다.

서양적인 유산과 동양적인 유산이 이 소설 속에 서로 결합되어 시적인 치환을 통해 변화된 새로운 형식으로 나타나고 있다. 종교적인 단일성 체험이 지니는 특수한 점은, 인도적 가르침에서처럼 인간에게 지워진 윤회의 고통을 깨뜨리고 고양된 의식 속에서 삶을 지양하는 데 있는 것이 아니라, 신적인 총체성 속으로 몰입하여 그 속에서 안정을 얻는 데에 있다. 이것은 '인간의 모든 노력과 목표는 주 하나님 안에서의 영원한 안정'이라는 서구적인 사유와 일치하는 것이다. 이 소설에 형상화된 싯다르타의 모습이 '예수와 부처의 종합'이라든가 이 소설이 '동양의 신비적 구원의 도(道)에 기독교적 색채가 담겨져 있다.'든가 하는 지적은 별로 중요하지 않다. 인도에서 선교사 생활을 하였으며 인도와 중국의 철학 및 정신세계에 평생 몰두한 아버지 요하네스 헤세(Johannes Hesse), 선교사이자 저명한 인도학자였던 외할아버지 헤르만 군데르트(Hermann Gundert)의 영향으로 일찍부터 기독교뿐만 아니라 인도의 종교와 정신세계를 배웠고 공자와 노자, 장자 등 중국 철학과 사상에 대해서도 많은 것을 알고 있었던 헤세가 『싯다르타』에서 그려내고 있는 것은 어느 종파에도 속하지 않는 극히 개인적인 자신의 독자적 신앙인 것이다. 싯다르타는 사랑을 무엇보다도 중요한 것으로 여긴다. 이 세상과 자기 자신과 모든 존재를 사랑과 경탄하는 마음과 외경심을 가지고 바라볼 수 있는 것, 오직 그것만이 중요할 뿐이다. 신적인 총체성을 완성하는 이러한 사랑이야말로 『싯다르타』가 지니는 고유하고도 본질적인 면이다.

세계 단일성의 체험을 통한 참다운 인류 발전이라는 테마는 『싯다르타』에서 가장 설득력 있게 문학적 형태를 띠고 나타난다. 에밀 싱클레어의 자기 실현의 단계가 자신의 최초의 인식 및 확인이라는 형식에 머물러 버림으로써 미숙하고 잠정적인 성격을 지닌 반면에, 바라문의 아들 싯다르타가 가는 길은 수많은 자기 발전의 단계를 거치며 그는 결국 생애의 막바지에는 세계 단일성의 환상 속에서 자기 완성에 이른다. 영원히 지속적으로 변화하며 존재하는 것에 대한 상징인 강물을 보면서 단일 사상을 깨달은 싯다르타에게는 정신과 자연, 사상과 육욕, 선과 악의 대립이 이제 더 이상 존재하지 않으며 모든 것이 단일성의 한 극으로서 똑같이 긍정된다.

1924년 헤세는 첫 부인과 이혼하고 스무 살 연하의 성악가 루트 벵어(Ruth Wenger)와 재혼하였으나 성격 차이로 1927년에 다시 이혼을 하였다. 이 무렵 헤세는 자기 자신의 인생과 활동에 대한 절망감과 그 시대의 출구 없는 정신적 분위기 때문에 또다시 극심한 우울증에 시달리게 된다. '한 인도의 시'가 나올 수 있었던 성숙과 조화의 상태에 이어 그 반작용으로, 출구 없는 시대적 정신 상황에 대한 새로운 고뇌가 뒤따랐다. 파멸이 임박하였다는 위협감이 자기 자신과 병든 시대를 새롭게 분석하도록 충동질하는 지속적인 상황 속에서 마침내 헤세는 '문화의 위기에 처한 인간'이라는 주제를 담은 장편 소설 『황야의 이리(Der Steppenwolf)』(1927년)를 발표한다. 『싯다르타』에서는 인간의 구제가 어디에서 발견될 수 있는가 하는 문제에 대하여 가장 긍정적인 대답이 주어진 반면에 『황야의 이리』에서는 믿음의 상실로 특징지어진 우리 시대를 부정적인 시각으로 폭로하고 있다. 현대의 대도시를 배경으로 하여 동물적 충동과 인간적 정신을 함께 지닌 주인공 하리 할러의 고뇌와 혼돈으로 가득 찬 이중생활을 그린 이 소설에서 사회의 국외자적인 자아 추구와 문명 비판이 극에 달하였다. 형식상으로도 『황야의 이리』는 문학의 한 장르로서의 소설이라는 형식이 점차 해체되고 있는 변형된 형식의 소설이다. 이러한 형식은, 양립할 수 없는 요구들에 시달리는 현대적 인간의 절망적 상황을 반영하는 데 매우 적절한 것이다.

헤세가 생의 권태와 육체적 허탈 상태를 극복한 데에는 영리하고 이해심 많은 오스트리아의 예술사가 니논 돌빈(Ninon Dolbin)의 공이 컸다. 그녀는 헤세와 1927년부터 동거 생활을 하다가 1931년에 정식으로 결혼한 후 그의 여생의 반려자가 되었다. 비평가들로부터 헤세의 '가장 아름다운 책'으로 평가받는 『나르치스와 골드문트(Narziß und Goldmund)』(1930년)에는 환상적인 중세의 한 수도원에서 엄격한 금욕 생활을 하는 정신적 인간 나르치스와 육감적으로 생을 긍정하는 자연적 인간 골드문트 사이에 생겨난 우정의 관계가 다루어지고 있다. 이 소설은 옛날의 분열된 자아를 극복하고 무수한 대립적 요소를 관조적으로 인식하는 도중에 있던 작가 헤세가 모든 양극성을 넘어선 보다 고차원적인 단일성을 시적으로 깊이 관조한 데서 생겨났다. 대립적으로 보이는 두 주인공 사이에는 서로 화해할 수 없는 극단적인 적대 관계나 이원론이 지배하지 않는다. 오히려 그 두 사람은 서로를 보완하고 있으며, 하나의 단일성에 함께 속하는 그 둘이 합쳐진 상태의 존재가 이상적인 인간상으로 제시된다.

1931년부터 쓰기 시작하여 십이 년의 각고 끝인 1943년에 출간한 대작 『유리알 유희(Das Glasperlenspiel)』에서도 헤세는, 모든 삶의 양극성과 이 모든 대립성 뒤에서 작용하는 단일성의 투시와 체험에 관한 주제를 다루고 있다. 헤세는 '예술과 학문의 단일성뿐만 아니라 인생의 모든 영역에 대한 단일성의 상징'인 유리알을 가지고 행하는 유희의 이념으로 우주의 온갖 대립성과 그 너머에 존재하는 단일 사상을 탁월하게 구현하였다.

제2차 세계 대전 이후 헤세는 건강도 좋지 않았으며 방대한 작품도 쓰지 못하였다. 그는 약간의 시와 단편, 회상록, 일기, 서간문 등을 잡지나 개인 출판을 통해 발표하였을 뿐이다. 그렇지만 많은 문학상을 받았으며 명예를 얻었다. 1946년에는 괴테 문학상에 이어 노벨 문학상을 받았으며 1947년에는 베른 대학에서 명예 박사 학위를 수여받았다. 그리고 나치의 박해를 받았던 작품들이 독일에서 다시 가치를 인정받기 시작하였다. 1962년 8월 9일 85세를 일기로 헤세는 마침내 마지막 숨을 거두었다.

영원에의 시선과 인간의 내면을 깊이 파고드는 헤세의 초월에의 의지는 여전히 신비의 베일에 가려져 있지만 그의 문학세계에 깃들어 있는 뛰어난 정신과 아름다운 정서 때문에 우리는 그의 문학에 경도되지 않을 수 없다. 끊임없이 시대의 병과 위기를 고발하면서 '내면으로의 길'을 통한 자아 해방과 새로운 생활 감정을 추구하는 작품을 발표함으로써 방황하는 젊은이들을 사랑의 손길로 어루만지고 고뇌하는 지식인들을 따뜻하게 위로해 온 헤세는 '우리 시대의 가장 위대한 정신적 스승'의 한 사람으로 영원히 남을 것이다.

1997년 7월

박병덕

작가 연보

1877년	7월 2일 독일 남부 뷔르템베르크주의 칼프에서 선교사의 아들로 태어났다. 외조부는 유명한 인도학자이자 선교사인 헤르만 군데르트이다.
1881~1886년	부모와 함께 스위스 바젤에 거주, 1883년에는 스위스 국적을 취득했다(그 전에는 러시아 국적이었음).
1886~1889년	칼프로 되돌아와, 학교에 입학했다.
1890~1891년	괴핑엔에 있는 라틴어 학교에 다녔다. 뷔르템베르크 시민권(독일 국적)을 취득했다.
1891~1892년	마울브론 수도원 학교에 입학했으나 일곱 달 뒤 도망쳤다(시인 이외에는 아무것도 되지 않고자 했기 때문에).

1892년	자살 기도(6월), 슈테텐 신경과 병원 입원(6~8월), 칸슈타트 김나지움에 입학했다.
1894~1895년	칼프의 시계 공장에서 실습했다.
1895~1898년	튀빙엔 헤켄하우어 서점에서 책거래 견습. 『낭만적인 노래들(Romantische Lieder)』을 출간했다.
1899년	소설 『고슴도치(Schweinigel)』 집필 시작(원고 미발견). 『자정 이후의 한 시간(Eine Stunde hinter Mitternacht)』을 출간했다.
1901년	첫 이탈리아 여행(피렌체, 제노바, 피사, 베네치아).
1902년	『시집(Gedichte)』을 출간했다.
1903년	두 번째 이탈리아 여행(피렌체, 베네치아).
1904년	『페터 카멘친트(Peter Camenzind)』를 출간했다. 마리아 베르누이(Maria Bernoulli)와 결혼했다. 연구서 『보카치오(Boccaccio)』와 『프란츠 폰 아시시(Franz von Assisi)』를 출간했다.
1905년	큰아들 브루노(Bruno)가 태어났다.
1906년	『수레바퀴 아래서(Unterm Rad)』를 출간했다. 잡지 《삼월(März)》을 창간했다.
1907년	중단편집 『이 세상에(Diesseits)』를 출간했다.
1908년	중단편집 『이웃들(Nachbarn)』을 출간했다.
1909년	둘째아들 하이너(Heiner)가 태어났다.
1910년	장편 『게르트루트(Gertrud)』를 출간했다.
1911년	시집 『도중에(Unterwegs)』를 출간했다. 셋째아들 마르틴(Martin)이 태어났다. 인도 여행.

1912년 단편집 『우회로들(Umwege)』을 출간했다. 스위스 베른으로 이주했다.

1913년 『인도에서. 인도 여행의 기록(Aus Indien. Aufzeichnungen einer indischen Reise)』을 출간했다.

1914년 장편 『로스할데(Roßhalde)』를 출간했다. 전쟁 초에 군 입대를 자원하였으나 복무 부적격 판정을 받아, 베른에서 '독일 포로 구호' 기구에 복무하며 전쟁 포로들과 억류자들을 위한 잡지를 발행했다. 자신의 출판사를 만들어 1918년에서 1919년까지 스물두 권의 소책자를 펴냈다.

1914~1919년 수많은 정치적 논문, 경고 호소문, 공개서한 등을 독일, 스위스, 오스트리아 신문 잡지들에 발표했다.

1915년 『크눌프. 크눌프 삶의 세 가지 이야기(Knulp. Drei Geschichten aus dem Leben Knulp)』, 단편집 『길가(Am Weg)』, 신작 시집 『고독한 사람의 음악(Musik des Einsamen)』, 단편집 『청춘은 아름다워라(Schön ist die Jugend)』를 출간했다.

1916년 부친 사망, 아내와 셋째아들의 병으로 신경쇠약 발병, 첫 심리 치료를 받았다.

1919년 정치적 유인물 『차라투스트라의 귀환. 어느 독일인이 독일 젊은이들에게 보내는 한마디(Zarathustras Wiederkehr. Ein Wort an die deutsche Jugend von einem Deutchen)』를 익명으로 출간, 이듬해 베를린에서 실명으로 출간했다. 스위스 테신주의 몬타뇰라로 이주하여 1931년까지 거주한다.

『데미안. 한 젊음의 이야기(Demian. Die Geschichte einer Jugend)』를 에밀 싱클레어라는 가명으로 출간했다.

『동화(Märchen)』를 출간했다. 잡지 《새로운 독일적인 것을 위하여(Vivos voco)》 창간호를 발행했다.

1920년 색채 소묘를 곁들인 열 편의 시 『화가의 시들(Gedichte des Malers)』, 『방랑(Wanderung)』, 단편집 『클링조어의 마지막 여름(Klingsors letzter Sommer)』을 출간했다. 도스토옙스키에 대한 에세이 『혼돈을 들여다보기(Blick ins Chaos)』를 출간했다.

1921년 『시선집(Ausgewählte Gedichte)』을 출간했다. 창작 위기. C. G. 융의 정신 상담을 받았다. 『테신에서 그린 수채화 열한 점(Elf Aquarelle aus dem Tessin)』을 출간했다.

1922년 『싯다르타(Siddhartha)』를 출간했다.

1923년 『싱클레어의 수첩(Sinclairs Notizbuch)』을 출간하고, 마리아 베르누이와 이혼했다.

1924년 스위스 국적 재취득. 루트 벵어(Ruth Wenger)와 재혼했다.

1925년	『요양객(Kurgast)』을 출간했다.
1926년	『그림책(Bilderbuch)』을 출간했다. 프로이센 예술원 문학분과의 국제위원으로 선출되었다.
1927년	『뉘른베르크 여행(Die Nürnberger Reise)』, 『황야의 이리(Der Steppenwolf)』를 출간했다. 50회 생일. 후고 발이 쓴 헤세의 전기가 출간되었다. 루트 벵어와 이혼했다.
1928년	『관찰(Betrachtungen)』과 『위기. 일기 한 토막(Krisis. Ein Stück Tagebuch)』을 출간했다.
1929년	신작 시집 『밤의 위로(Trost der Nacht)』를 출간했다.
1930년	『나르치스와 골드문트(Narziß und Goldmund)』를 출간했다.
1931년	니논 돌빈(Ninon Dolbin)과 재혼하고, 몬타뇰라에 거주했다.
	『내면으로의 길(Weg nach innen)』을 출간했다.
1932년	『동방순례(Die Morgenlandfahrt)』를 출간했다.
1932~1943년	『유리알 유희(Das Glasperlenspiel)』의 집필에 몰두했다.
1933년	『작은 세계(Kleine Welt)』를 출간했다.
1934년	시선집 『생명의 나무에서(Vom Baum des Lebens)』를 출간했다.
1935년	『우화집(Fabulierbuch)』 출간했다.

1936년	『정원에서 보낸 시간(Stunden im Garten)』을 출간했다.
1937년	『기념첩(Gedenkblätter)』, 『신 시집(Neue Gedichte)』, 『마비된 소년(Der lahme Knabe)』을 출간했다.
1939~1945년	헤세의 작품이 독일에서 불온하다고 간주되어 『수레바퀴 아래서』, 『황야의 이리』, 『관찰』, 『나르치스와 골드문트』가 더 이상 인쇄되지 못하고, 히틀러 집권 기간인 1933~1945년 사이 독일에는 총 스무 권의 헤세 저서가 나와 있었는데 십이 년 동안 총 481권의 문고본밖에 팔리지 않았다. 그런 이유로 전집은 스위스 프레츠 운트 바스무트 출판사에서 펴냈다.
1942년	『시집(Gedichte)』이 헤세의 첫 시전집으로 나왔다(취리히).
1943년	『유리알 유희(Das Glasperlenspiel)』가 출간되었다.
1945년	시선집 『꽃 핀 가지(Der Blütenzweig)』, 미완성 소설 『베르톨트(Berthold)』, 『꿈의 여행(Traumfährte)』이 출간되었다.
1946년	『전쟁과 평화(Kreig und Frieden)』가 출간되었다. 헤세의 작품이 다시 독일에서 출간되기 시작했으며, 프랑크푸르트시가 수여하는 괴테상을 수상했다. 같은 해 노벨 문학상을 받았다.
1951년	『후기 산문(Späte Prosa)』과 『서간집(Briefe)』을 출

간했다.

1952년　75회 생일 기념으로 선집이 발간되었다.

1954년　동화 『픽토르의 변신(Piktors Verwandlungen)』을 출간했다. 『헤르만 헤세-로망 롤랑 서한집(Briefwechsel: Hermann Hesse-Romain Rolland)』을 출간했다.

1956년　후기 산문 『마법(Beschwörungen)』을 출간했다. 독일 서적상의 평화상을 수상했다.

1956년　헤르만 헤세상 재단이 설립되었다(바덴-뷔르템베르크 독일 예술후원회).

1962년　바이블러의 헤르만 헤세 전기 『헤르만 헤세. 한 편의 전기』가 출간되었다. 8월 9일 몬타뇰라에서 사망했다. 이후 독일에서 헤세의 작품들에 관한 연구서들이 연이어 출간되었다.

세계문학전집 58

싯다르타

1판 1쇄 펴냄 1997년 8월 5일
2판 1쇄 펴냄 2002년 1월 20일
2판 81쇄 펴냄 2024년 12월 3일

지은이 헤르만 헤세
옮긴이 박병덕
발행인 박근섭, 박상준
펴낸곳 (주)민음사

출판등록 1966. 5. 19. (제 16-490호)
서울특별시 강남구 도산대로1길 62(신사동) 강남출판문화센터 5층 (우편번호 06027)
대표전화 02-515-2000 팩시밀리 02-515-2007
www.minumsa.com

ISBN 978-89-374-6058-6 04800
ISBN 978-89-374-6000-5 (세트)

* 잘못 만들어진 책은 구입처에서 교환해 드립니다.

민음사 세계문학전집

세계문학전집 목록

1·2 **변신 이야기** 오비디우스·이윤기 옮김 서울대 권장도서 100선
3 **햄릿** 셰익스피어·최종철 옮김 서울대 권장도서 100선 | 미국대학위원회 선정 SAT 추천도서
4 **변신·시골의사** 카프카·전영애 옮김 서울대 권장도서 100선
5 **동물농장** 오웰·도정일 옮김 미국대학위원회 선정 SAT 추천도서 | 《타임》 선정 현대 100대 영문소설
6 **허클베리 핀의 모험** 트웨인·김욱동 옮김 《뉴스위크》 선정 100대 명저
7 **암흑의 핵심** 콘래드·이상옥 옮김 미국대학위원회 선정 SAT 추천도서 | 《뉴스위크》 선정 10대 명저
8 **토니오 크뢰거·트리스탄·베네치아에서의 죽음** 토마스 만·안삼환 외 옮김 노벨 문학상 수상 작가
9 **문학이란 무엇인가** 사르트르·정명환 옮김
10 **한국단편문학선 1** 김동인 외·이남호 엮음 국립중앙도서관 선정 청소년 권장도서
11·12 **인간의 굴레에서** 서머싯 몸·송무 옮김
13 **이반 데니소비치, 수용소의 하루** 솔제니친·이영의 옮김 노벨 문학상 수상 작가
14 **너새니얼 호손 단편선** 호손·천승걸 옮김
15 **나의 미카엘** 오즈·최창모 옮김
16·17 **중국신화전설** 위앤커·전인초, 김선자 옮김
18 **고리오 영감** 발자크·박영근 옮김
19 **파리대왕** 골딩·유종호 옮김 노벨 문학상 수상 작가 | 《타임》 선정 현대 100대 영문소설
20 **한국단편문학선 2** 김동리 외·이남호 엮음
21·22 **파우스트** 괴테·정서웅 옮김 서울대 권장도서 100선 | 미국대학위원회 선정 SAT 추천도서
23·24 **빌헬름 마이스터의 수업시대** 괴테·안삼환 옮김
25 **젊은 베르테르의 슬픔** 괴테·박찬기 옮김 논술 및 수능에 출제된 책(1998~2005)
26 **이피게니에·스텔라** 괴테·박찬기 외 옮김
27 **다섯째 아이** 레싱·정덕애 옮김 노벨 문학상 수상 작가
28 **삶의 한가운데** 린저·박찬일 옮김
29 **농담** 쿤데라·방미경 옮김
30 **야성의 부름** 런던·권택영 옮김
31 **아메리칸** 제임스·최경도 옮김
32·33 **양철북** 그라스·장희창 옮김 노벨 문학상 수상 작가 | 서울대 권장도서 100선
34·35 **백년의 고독** 마르케스·조구호 옮김 노벨 문학상 수상 작가 | 서울대 권장도서 100선
36 **마담 보바리** 플로베르·김화영 옮김 서울대 권장도서 100선
37 **거미여인의 키스** 푸익·송병선 옮김
38 **달과 6펜스** 서머싯 몸·송무 옮김
39 **폴란드의 풍차** 지오노·박인철 옮김
40·41 **독일어 시간** 렌츠·정서웅 옮김
42 **말테의 수기** 릴케·문현미 옮김
43 **고도를 기다리며** 베케트·오증자 옮김 노벨 문학상 수상 작가 | 서울대 권장도서 100선
44 **데미안** 헤세·전영애 옮김 노벨 문학상 수상 작가
45 **젊은 예술가의 초상** 조이스·이상옥 옮김 서울대 권장도서 100선
46 **카탈로니아 찬가** 오웰·정영목 옮김
47 **호밀밭의 파수꾼** 샐린저·정영목 옮김 《타임》 선정 현대 100대 영문소설 | 미국대학위원회 선정 SAT 추천도서 | 《뉴스위크》 선정 100대 명저 | BBC 선정 꼭 읽어야 할 책
48·49 **파르마의 수도원** 스탕달·원윤수, 임미경 옮김
50 **수레바퀴 아래서** 헤세·김이섭 옮김 노벨 문학상 수상 작가 | 국립중앙도서관 선정 청소년 권장도서

51·52 **내 이름은 빨강** 파묵 · 이난아 옮김 노벨 문학상 수상 작가
53 **오셀로** 셰익스피어 · 최종철 옮김 서울대 권장도서 100선
54 **조서** 르 클레지오 · 김윤진 옮김 노벨 문학상 수상 작가
55 **모래의 여자** 아베 코보 · 김난주 옮김
56·57 **부덴브로크 가의 사람들** 토마스 만 · 홍성광 옮김 노벨 문학상 수상 작가
58 **싯다르타** 헤세 · 박병덕 옮김 노벨 문학상 수상 작가
59·60 **아들과 연인** 로렌스 · 정상준 옮김 《뉴스위크》 선정 100대 명저
61 **설국** 가와바타 야스나리 · 유숙자 옮김 노벨 문학상 수상 작가 | 서울대 권장도서 100선
62 **벨킨 이야기 · 스페이드 여왕** 푸슈킨 · 최선 옮김
63·64 **넙치** 그라스 · 김재혁 옮김 노벨 문학상 수상 작가
65 **소망 없는 불행** 한트케 · 윤용호 옮김 노벨 문학상 수상 작가
66 **나르치스와 골드문트** 헤세 · 임홍배 옮김 노벨 문학상 수상 작가
67 **황야의 이리** 헤세 · 김누리 옮김 노벨 문학상 수상 작가
68 **페테르부르크 이야기** 고골 · 조주관 옮김
69 **밤으로의 긴 여로** 오닐 · 민승남 옮김 노벨 문학상 수상 작가 | 미국대학위원회 선정 SAT 추천도서
70 **체호프 단편선** 체호프 · 박현섭 옮김
71 **버스 정류장** 가오싱젠 · 오수경 옮김 노벨 문학상 수상 작가
72 **구운몽** 김만중 · 송성욱 옮김 서울대 권장도서 100선 | 국립중앙도서관 선정 청소년 권장도서
73 **대머리 여가수** 이오네스코 · 오세곤 옮김
74 **이솝 우화집** 이솝 · 유종호 옮김 논술 및 수능에 출제된 책(1998~2005)
75 **위대한 개츠비** 피츠제럴드 · 김욱동 옮김 《타임》 선정 현대 100대 영문소설
76 **푸른 꽃** 노발리스 · 김재혁 옮김
77 **1984** 오웰 · 정회성 옮김 《타임》 선정 현대 100대 영문소설 | 《뉴스위크》 선정 100대 명저
78·79 **영혼의 집** 아옌데 · 권미선 옮김
80 **첫사랑** 투르게네프 · 이항재 옮김
81 **내가 죽어 누워 있을 때** 포크너 · 김명주 옮김 노벨 문학상 수상 작가
82 **런던 스케치** 레싱 · 서숙 옮김 노벨 문학상 수상 작가
83 **팡세** 파스칼 · 이환 옮김
84 **질투** 로브그리예 · 박이문, 박희원 옮김
85·86 **채털리 부인의 연인** 로렌스 · 이인규 옮김
87 **그 후** 나쓰메 소세키 · 윤상인 옮김
88 **오만과 편견** 오스틴 · 윤지관, 전승희 옮김 미국대학위원회 선정 SAT 추천도서
89·90 **부활** 톨스토이 · 연진희 옮김 논술 및 수능에 출제된 책(1998~2005)
91 **방드르디, 태평양의 끝** 투르니에 · 김화영 옮김
92 **미겔 스트리트** 나이폴 · 이상옥 옮김 노벨 문학상 수상 작가
93 **페드로 파라모** 룰포 · 정창 옮김
94 **차라투스트라는 이렇게 말했다** 니체 · 장희창 옮김 국립중앙도서관 선정 청소년 권장도서
95·96 **적과 흑** 스탕달 · 이동렬 옮김 국립중앙도서관 선정 청소년 권장도서
97·98 **콜레라 시대의 사랑** 마르케스 · 송병선 옮김 노벨 문학상 수상 작가 | BBC 선정 꼭 읽어야 할 책
99 **맥베스** 셰익스피어 · 최종철 옮김 서울대 권장도서 100선 | 미국대학위원회 선정 SAT 추천도서
100 **춘향전** 작자 미상 · 송성욱 풀어 옮김 서울대 권장도서 100선
101 **페르디두르케** 곰브로비치 · 윤진 옮김
102 **포르노그라피아** 곰브로비치 · 임미경 옮김
103 **인간 실격** 다자이 오사무 · 김춘미 옮김
104 **네루다의 우편배달부** 스카르메타 · 우석균 옮김
105·106 **이탈리아 기행** 괴테 · 박찬기 외 옮김

107 나무 위의 남작 칼비노 · 이현경 옮김
108 달콤 쌉싸름한 초콜릿 에스키벨 · 권미선 옮김
109·110 제인 에어 C. 브론테 · 유종호 옮김 BBC 선정 꼭 읽어야 할 책
111 크눌프 헤세 · 이노은 옮김 노벨 문학상 수상 작가
112 시계태엽 오렌지 버지스 · 박시영 옮김 《타임》 선정 현대 100대 영문소설 | 《뉴스위크》 선정 100대 명저
113·114 파리의 노트르담 위고 · 정기수 옮김 미국대학위원회 선정 SAT 추천도서
115 새로운 인생 단테 · 박우수 옮김
116·117 로드 짐 콘래드 · 이상옥 옮김 《뉴스위크》 선정 100대 명저
118 폭풍의 언덕 E. 브론테 · 김종길 옮김 미국대학위원회 선정 SAT 추천도서
119 텔크테에서의 만남 그라스 · 안삼환 옮김 노벨 문학상 수상 작가
120 검찰관 고골 · 조주관 옮김
121 안개 우나무노 · 조민현 옮김
122 나사의 회전 제임스 · 최경도 옮김 미국대학위원회 선정 SAT 추천도서
123 피츠제럴드 단편선 1 피츠제럴드 · 김욱동 옮김
124 목화밭의 고독 속에서 콜테스 · 임수현 옮김
125 돼지꿈 황석영
126 라셀라스 존슨 · 이인규 옮김
127 리어 왕 셰익스피어 · 최종철 옮김 서울대 권장도서 100선 | 《뉴스위크》 선정 100대 명저
128·129 쿠오 바디스 시엔키에비치 · 최성은 옮김 노벨 문학상 수상 작가
130 자기만의 방 · 3기니 울프 · 이미애 옮김
131 시르트의 바닷가 그라크 · 송진석 옮김
132 이성과 감성 오스틴 · 윤지관 옮김
133 바덴바덴에서의 여름 치프킨 · 이장욱 옮김
134 새로운 인생 파묵 · 이난아 옮김 노벨 문학상 수상 작가
135·136 무지개 로렌스 · 김정매 옮김
137 인생의 베일 서머싯 몸 · 황소연 옮김
138 보이지 않는 도시들 칼비노 · 이현경 옮김
139·140·141 연초 도매상 바스 · 이운경 옮김 《타임》 선정 현대 100대 영문소설
142·143 플로스 강의 물방앗간 엘리엇 · 한애경, 이봉지 옮김 미국대학위원회 선정 SAT 추천도서
144 연인 뒤라스 · 김인환 옮김
145·146 이름 없는 주드 하디 · 정종화 옮김
147 제49호 품목의 경매 핀천 · 김성곤 옮김 《타임》 선정 현대 100대 영문소설
148 성역 포크너 · 이진준 옮김 노벨 문학상 수상 작가 | 퓰리처상 수상 작가
149 무진기행 김승옥
150·151·152 신곡(지옥편 · 연옥편 · 천국편) 단테 · 박상진 옮김 《뉴스위크》 선정 100대 명저
153 구덩이 플라토노프 · 정보라 옮김
154·155·156 카라마조프가의 형제들 도스토옙스키 · 김연경 옮김
157 지상의 양식 지드 · 김화영 옮김 노벨 문학상 수상 작가
158 밤의 군대들 메일러 · 권택영 옮김 퓰리처상 수상 작가
159 주홍 글자 호손 · 김욱동 옮김 서울대 권장도서 100선 | 미국대학위원회 선정 SAT 추천도서
160 깊은 강 엔도 슈사쿠 · 유숙자 옮김
161 욕망이라는 이름의 전차 윌리엄스 · 김소임 옮김
162 마사 퀘스트 레싱 · 나영균 옮김 노벨 문학상 수상 작가
163·164 운명의 딸 아옌데 · 권미선 옮김
165 모렐의 발명 비오이 카사레스 · 송병선 옮김
166 삼국유사 일연 · 김원중 옮김 서울대 권장도서 100선

167 **풀잎은 노래한다** 레싱 · 이태동 옮김 노벨 문학상 수상 작가
168 **파리의 우울** 보들레르 · 윤영애 옮김
169 **포스트맨은 벨을 두 번 울린다** 케인 · 이만식 옮김
170 **썩은 잎** 마르케스 · 송병선 옮김 노벨 문학상 수상 작가
171 **모든 것이 산산이 부서지다** 아체베 · 조규형 옮김 《타임》 선정 현대 100대 영문소설
172 **한여름 밤의 꿈** 셰익스피어 · 최종철 옮김 미국대학위원회 선정 SAT 추천도서
173 **로미오와 줄리엣** 셰익스피어 · 최종철 옮김 미국대학위원회 선정 SAT 추천도서
174·175 **분노의 포도** 스타인벡 · 김승욱 옮김 노벨 문학상 수상 작가 | 《타임》 선정 현대 100대 영문소설
176·177 **괴테와의 대화** 에커만 · 장희창 옮김
178 **그물을 헤치고** 머독 · 유종호 옮김 《타임》 선정 현대 100대 영문소설
179 **브람스를 좋아하세요...** 사강 · 김남주 옮김
180 **카타리나 블룸의 잃어버린 명예** 하인리히 뵐 · 김연수 옮김 노벨 문학상 수상 작가
181·182 **에덴의 동쪽** 스타인벡 · 정회성 옮김 노벨 문학상 수상 작가
183 **순수의 시대** 워튼 · 송은주 옮김 《뉴스위크》 선정 100대 명저 | 퓰리처상 수상작
184 **도둑 일기** 주네 · 박형섭 옮김
185 **나자** 브르통 · 오생근 옮김
186·187 **캐치-22** 헬러 · 안정효 옮김 《타임》 선정 현대 100대 영문소설
188 **숄로호프 단편선** 숄로호프 · 이항재 옮김 노벨 문학상 수상 작가
189 **말** 사르트르 · 정명환 옮김
190·191 **보이지 않는 인간** 엘리슨 · 조영환 옮김 《타임》 선정 현대 100대 영문소설
192 **왑샷 가문 연대기** 치버 · 김승욱 옮김 퓰리처상 수상 작가
193 **왑샷 가문 몰락기** 치버 · 김승욱 옮김 퓰리처상 수상 작가
194 **필립과 다른 사람들** 노터봄 · 지명숙 옮김
195·196 **하드리아누스 황제의 회상록** 유르스나르 · 곽광수 옮김
197·198 **소피의 선택** 스타이런 · 한정아 옮김 퓰리처상 수상 작가
199 **피츠제럴드 단편선 2** 피츠제럴드 · 한은경 옮김
200 **홍길동전** 허균 · 김탁환 옮김
201 **요술 부지깽이** 쿠버 · 양윤희 옮김
202 **북호텔** 다비 · 원윤수 옮김
203 **톰 소여의 모험** 트웨인 · 김욱동 옮김
204 **금오신화** 김시습 · 이지하 옮김
205·206 **테스** 하디 · 정종화 옮김 미국대학위원회 선정 SAT 추천도서 | BBC 선정 꼭 읽어야 할 책
207 **브루스터플레이스의 여자들** 네일러 · 이소영 옮김
208 **더 이상 평안은 없다** 아체베 · 이소영 옮김
209 **그레인지 코플랜드의 세 번째 인생** 워커 · 김시현 옮김 퓰리처상 수상 작가
210 **어느 시골 신부의 일기** 베르나노스 · 정영란 옮김
211 **타라스 불바** 고골 · 조주관 옮김
212·213 **위대한 유산** 디킨스 · 이인규 옮김 서울대 권장도서 100선 | BBC 선정 꼭 읽어야 할 책
214 **면도날** 서머싯 몸 · 안진환 옮김
215·216 **성채** 크로닌 · 이은정 옮김
217 **오이디푸스 왕** 소포클레스 · 강대진 옮김 서울대 권장도서 100선
218 **세일즈맨의 죽음** 밀러 · 강유나 옮김
219·220·221 **안나 카레니나** 톨스토이 · 연진희 옮김 서울대 권장도서 100선
222 **오스카 와일드 작품선** 와일드 · 정영목 옮김
223 **벨아미** 모파상 · 송덕호 옮김
224 **파스쿠알 두아르테 가족** 호세 셀라 · 정동섭 옮김 노벨 문학상 수상 작가

225 **시칠리아에서의 대화** 비토리니 · 김운찬 옮김
226·227 **길 위에서** 케루악 · 이만식 옮김 《타임》 선정 현대 100대 영문소설 | 《뉴스위크》 선정 100대 명저
228 **우리 시대의 영웅** 레르몬토프 · 오정미 옮김
229 **아우라** 푸엔테스 · 송상기 옮김
230 **클링조어의 마지막 여름** 헤세 · 황승환 옮김 노벨 문학상 수상 작가
231 **리스본의 겨울** 무뇨스 몰리나 · 나송주 옮김
232 **뻐꾸기 둥지 위로 날아간 새** 키지 · 정회성 옮김 《타임》 선정 현대 100대 영문소설
233 **페널티킥 앞에 선 골키퍼의 불안** 한트케 · 윤용호 옮김 노벨 문학상 수상 작가
234 **참을 수 없는 존재의 가벼움** 쿤데라 · 이재룡 옮김
235·236 **바다여, 바다여** 머독 · 최옥영 옮김
237 **한 줌의 먼지** 에벌린 워 · 안진환 옮김 《타임》 선정 현대 100대 영문소설
238 **뜨거운 양철 지붕 위의 고양이 · 유리 동물원** 윌리엄스 · 김소임 옮김 퓰리처상 수상작
239 **지하로부터의 수기** 도스토옙스키 · 김연경 옮김
240 **키메라** 바스 · 이운경 옮김
241 **반쪼가리 자작** 칼비노 · 이현경 옮김
242 **벌집** 호세 셀라 · 남진희 옮김 노벨 문학상 수상 작가
243 **불멸** 쿤데라 · 김병욱 옮김
244·245 **파우스트 박사** 토마스 만 · 임홍배, 박병덕 옮김 노벨 문학상 수상 작가
246 **사랑할 때와 죽을 때** 레마르크 · 장희창 옮김
247 **누가 버지니아 울프를 두려워하랴?** 올비 · 강유나 옮김
248 **인형의 집** 입센 · 안미란 옮김
249 **위폐범들** 지드 · 원윤수 옮김 노벨 문학상 수상 작가
250 **무정** 이광수 · 정영훈 책임 편집 서울대 권장도서 100선
251·252 **의지와 운명** 푸엔테스 · 김현철 옮김
253 **폭력적인 삶** 파솔리니 · 이승수 옮김
254 **거장과 마르가리타** 불가코프 · 정보라 옮김
255·256 **경이로운 도시** 멘도사 · 김현철 옮김
257 **야콥을 둘러싼 추측들** 욘존 · 손대영 옮김
258 **왕자와 거지** 트웨인 · 김욱동 옮김
259 **존재하지 않는 기사** 칼비노 · 이현경 옮김
260·261 **눈먼 암살자** 애트우드 · 차은정 옮김 《타임》 선정 현대 100대 영문소설
262 **베니스의 상인** 셰익스피어 · 최종철 옮김
263 **말리나** 바흐만 · 남정애 옮김
264 **사볼타 사건의 진실** 멘도사 · 권미선 옮김
265 **뒤렌마트 희곡선** 뒤렌마트 · 김혜숙 옮김
266 **이방인** 카뮈 · 김화영 옮김 노벨 문학상 수상 작가 | 미국대학위원회 선정 SAT 추천도서
267 **페스트** 카뮈 · 김화영 옮김 노벨 문학상 수상 작가 | 국립중앙도서관 선정 청소년 권장도서
268 **검은 튤립** 뒤마 · 송진석 옮김
269·270 **베를린 알렉산더 광장** 되블린 · 김재혁 옮김
271 **하얀 성** 파묵 · 이난아 옮김 노벨 문학상 수상 작가
272 **푸슈킨 선집** 푸슈킨 · 최선 옮김
273·274 **유리알 유희** 헤세 · 이영임 옮김 노벨 문학상 수상 작가
275 **픽션들** 보르헤스 · 송병선 옮김 서울대 권장도서 100선
276 **신의 화살** 아체베 · 이소영 옮김
277 **빌헬름 텔 · 간계와 사랑** 실러 · 홍성광 옮김
278 **노인과 바다** 헤밍웨이 · 김욱동 옮김 노벨 문학상 수상 작가 | 퓰리처상 수상작

279 **무기여 잘 있어라** 헤밍웨이 · 김욱동 옮김 미국대학위원회 선정 SAT 추천도서
280 **태양은 다시 떠오른다** 헤밍웨이 · 김욱동 옮김 《타임》 선정 현대 100대 영문 소설
281 **알레프** 보르헤스 · 송병선 옮김
282 **일곱 박공의 집** 호손 · 정소영 옮김
283 **에마** 오스틴 · 윤지관, 김영희 옮김
284·285 **죄와 벌** 도스토옙스키 · 김연경 옮김 미국대학위원회 선정 SAT 추천도서
286 **시련** 밀러 · 최영 옮김
287 **모두가 나의 아들** 밀러 · 최영 옮김
288·289 **누구를 위하여 종은 울리나** 헤밍웨이 · 김욱동 옮김 노벨 문학상 수상 작가
290 **구르브 연락 없다** 멘도사 · 정창 옮김
291·292·293 **데카메론** 보카치오 · 박상진 옮김
294 **나누어진 하늘** 볼프 · 전영애 옮김
295·296 **제브데트 씨와 아들들** 파묵 · 이난아 옮김 노벨 문학상 수상 작가
297·298 **여인의 초상** 제임스 · 최경도 옮김 미국대학위원회 선정 SAT 추천도서
299 **압살롬, 압살롬!** 포크너 · 이태동 옮김 노벨 문학상 수상 작가
300 **이상 소설 전집** 이상 · 권영민 책임 편집
301·302·303·304·305 **레 미제라블** 위고 · 정기수 옮김
306 **관객모독** 한트케 · 윤용호 옮김 노벨 문학상 수상 작가
307 **더블린 사람들** 조이스 · 이종일 옮김
308 **에드거 앨런 포 단편선** 앨런 포 · 전승희 옮김 미국대학위원회 선정 SAT 추천도서
309 **보이체크 · 당통의 죽음** 뷔히너 · 홍성광 옮김
310 **노르웨이의 숲** 무라카미 하루키 · 양억관 옮김
311 **운명론자 자크와 그의 주인** 디드로 · 김희영 옮김
312·313 **헤밍웨이 단편선** 헤밍웨이 · 김욱동 옮김 노벨 문학상 수상 작가
314 **피라미드** 골딩 · 안지현 옮김 노벨 문학상 수상 작가
315 **닫힌 방 · 악마와 선한 신** 사르트르 · 지영래 옮김
316 **등대로** 울프 · 이미애 옮김 《타임》 선정 현대 100대 영문소설 | 《뉴스위크》 선정 100대 명저
317·318 **한국 희곡선** 송영 외 · 양승국 엮음
319 **여자의 일생** 모파상 · 이동렬 옮김
320 **의식** 노터봄 · 김영중 옮김
321 **육체의 악마** 라디게 · 원윤수 옮김
322·323 **감정 교육** 플로베르 · 지영화 옮김
324 **불타는 평원** 룰포 · 정창 옮김
325 **위대한 몬느** 알랭푸르니에 · 박영근 옮김
326 **라쇼몬** 아쿠타가와 류노스케 · 서은혜 옮김
327 **반바지 당나귀** 보스코 · 정영란 옮김
328 **정복자들** 말로 · 최윤주 옮김
329·330 **우리 동네 아이들** 마흐푸즈 · 배혜경 옮김 노벨 문학상 수상 작가
331·332 **개선문** 레마르크 · 장희창 옮김
333 **사바나의 개미 언덕** 아체베 · 이소영 옮김
334 **게걸음으로** 그라스 · 장희창 옮김 노벨 문학상 수상 작가
335 **코스모스** 곰브로비치 · 최성은 옮김
336 **좁은 문 · 전원교향곡 · 배덕자** 지드 · 동성식 옮김 노벨 문학상 수상 작가
337·338 **암 병동** 솔제니친 · 이영의 옮김 노벨 문학상 수상 작가
339 **피의 꽃잎들** 응구기 와 시옹오 · 왕은철 옮김
340 **운명** 케르테스 · 유진일 옮김 노벨 문학상 수상 작가

341·342 **벌거벗은 자와 죽은 자** 메일러 · 이운경 옮김 퓰리처상 수상 작가
343 **시지프 신화** 카뮈 · 김화영 옮김 노벨 문학상 수상 작가
344 **뇌우** 차오위 · 오수경 옮김
345 **모옌 중단편선** 모옌 · 심규호, 유소영 옮김 노벨 문학상 수상 작가
346 **일야서** 한사오궁 · 심규호, 유소영 옮김
347 **상속자들** 골딩 · 안지현 옮김 노벨 문학상 수상 작가
348 **설득** 오스틴 · 전승희 옮김
349 **히로시마 내 사랑** 뒤라스 · 방미경 옮김
350 **오 헨리 단편선** 오 헨리 · 김희용 옮김
351·352 **올리버 트위스트** 디킨스 · 이인규 옮김
353·354·355·356 **전쟁과 평화** 톨스토이 · 연진희 옮김
357 **다시 찾은 브라이즈헤드** 에벌린 워 · 백지민 옮김
358 **아무도 대령에게 편지하지 않다** 마르케스 · 송병선 옮김
359 **사양** 다자이 오사무 · 유숙자 옮김
360 **좌절** 케르테스 · 한경민 옮김 노벨 문학상 수상 작가
361·362 **닥터 지바고** 파스테르나크 · 김연경 옮김 노벨 문학상 수상 작가
363 **노생거 사원** 오스틴 · 윤지관 옮김
364 **개구리** 모옌 · 심규호, 유소영 옮김 노벨 문학상 수상 작가
365 **마왕** 투르니에 · 이원복 옮김 공쿠르상 수상 작가
366 **맨스필드 파크** 오스틴 · 김영희 옮김
367 **이선 프롬** 이디스 워튼 · 김욱동 옮김 퓰리처상 수상 작가
368 **여름** 이디스 워튼 · 김욱동 옮김 퓰리처상 수상 작가
369·370·371 **나는 고백한다** 자우메 카브레 · 권가람 옮김
372·373·374 **태엽 감는 새 연대기** 무라카미 하루키 · 김난주 옮김
375·376 **대사들** 제임스 · 정소영 옮김
377 **족장의 가을** 마르케스 · 송병선 옮김 노벨 문학상 수상 작가
378 **핏빛 자오선** 매카시 · 김시현 옮김
379 **모두 다 예쁜 말들** 매카시 · 김시현 옮김
380 **국경을 넘어** 매카시 · 김시현 옮김
381 **평원의 도시들** 매카시 · 김시현 옮김
382 **만년** 다자이 오사무 · 유숙자 옮김
383 **반항하는 인간** 카뮈 · 김화영 옮김 노벨 문학상 수상 작가
384·385·386 **악령** 도스토옙스키 · 김연경 옮김
387 **태평양을 막는 제방** 뒤라스 · 윤진 옮김
388 **남아 있는 나날** 가즈오 이시구로 · 송은경 옮김
389 **앙리 브륄라르의 생애** 스탕달 · 원윤수 옮김
390 **찻집** 라오서 · 오수경 옮김
391 **태어나지 않은 아이를 위한 기도** 케르테스 · 이상동 옮김 노벨 문학상 수상 작가
392·393 **서머싯 몸 단편선** 서머싯 몸 · 황소연 옮김
394 **케이크와 맥주** 서머싯 몸 · 황소연 옮김
395 **월든** 소로 · 정회성 옮김
396 **모래 사나이** E. T. A. 호프만 · 신동화 옮김
397·398 **검은 책** 오르한 파묵 · 이난아 옮김 노벨 문학상 수상 작가
399 **방랑자들** 올가 토카르추크 · 최성은 옮김 노벨 문학상 수상 작가
400 **시여, 침을 뱉어라** 김수영 · 이영준 엮음
401·402 **환락의 집** 이디스 워튼 · 전승희 옮김

403 **달려라 메로스** 다자이 오사무 · 유숙자 옮김
404 **아버지와 자식** 투르게네프 · 연진희 옮김
405 **청부 살인자의 성모** 바예호 · 송병선 옮김
406 **세피아빛 초상** 아옌데 · 조영실 옮김
407·408·409·410 **사기 열전** 사마천 · 김원중 옮김 서울대 권장도서 100선
411 **이상 시 전집** 이상 · 권영민 책임 편집
412 **어둠 속의 사건** 발자크 · 이동렬 옮김
413 **태평천하** 채만식 · 권영민 책임 편집
414·415 **노스트로모** 콘래드 · 이미애 옮김
416·417 **제르미날** 졸라 · 강충권 옮김
418 **명인** 가와바타 야스나리 · 유숙자 옮김 노벨 문학상 수상 작가
419 **핀처 마틴** 골딩 · 백지민 옮김 노벨 문학상 수상 작가
420 **사라진 · 샤베르 대령** 발자크 · 선영아 옮김
421 **빅 서** 케루악 · 김재성 옮김
422 **코뿔소** 이오네스코 · 박형섭 옮김
423 **블랙박스** 오즈 · 윤성덕, 김영화 옮김
424·425 **고양이 눈** 애트우드 · 차은정 옮김
426·427 **도둑 신부** 애트우드 · 이은선 옮김
428 **슈니츨러 작품선** 슈니츨러 · 신동화 옮김
429·430 **세계의 끝과 하드보일드 원더랜드** 무라카미 하루키 · 김난주 옮김
431 **멜랑콜리아 I-II** 욘 포세 · 손화수 옮김 노벨 문학상 수상 작가
432 **도적들** 실러 · 홍성광 옮김
433 **예브게니 오네긴 · 대위의 딸** 푸시킨 · 최선 옮김
434·435 **초대받은 여자** 보부아르 · 강초롱 옮김
436·437 **미들마치** 엘리엇 · 이미애 옮김
438 **이반 일리치의 죽음** 톨스토이 · 김연경 옮김
439·440 **캔터베리 이야기** 초서 · 이동일, 이동춘 옮김
441·442 **아소무아르** 졸라 · 윤진 옮김
443 **가난한 사람들** 도스토옙스키 · 이항재 옮김
444·445 **마차오 사전** 한사오궁 · 심규호, 유소영 옮김
446 **집으로 날아가다** 랠프 엘리슨 · 왕은철 옮김
447 **집으로부터 멀리** 피터 케리 · 황가한 옮김
448 **바스커빌가의 사냥개** 코넌 도일 · 박산호 옮김
449 **사냥꾼의 스케치** 투르게네프 · 연진희 옮김
450 **필경사 바틀비 · 선원 빌리 버드** 멜빌 · 이삼출 옮김
451 **8월은 악마의 달** 에드나 오브라이언 · 임슬애 옮김
452 **헌등사** 다와다 요코 · 유라주 옮김
453 **색, 계** 장아이링 · 문현선 옮김
454 **겨울 여행** 자우메 카브레 · 권가람 옮김
455 **기억의 빛** 마이클 온다치 · 김지현 옮김
456 **표범** 토마시 디 람페두사 · 이현경 옮김

세계문학전집은 계속 간행됩니다.